À mes filles,
pour qu'elles sachent qu'il faut parfois désobéir.

« Ne m'attends pas ce soir, car la nuit sera noire et blanche. »

Gérard de Nerval,
Lettre à sa tante du 24 janvier 1855,
juste avant son suicide.

PREMIER CERCLE

À CRAN

« Sous quelque angle qu'on le prenne, le présent est sans issue.

Ce n'est pas la moindre de ses vertus. »

Comité invisible,
L'insurrection qui vient.

1. Visages

Elle sort de l'obscurité du labo et se perd dans le jour. Elle a mal au crâne. Des éblouissements de vitres. Les tours de Jussieu forment des cathédrales de verre géantes autour d'elle. Le sol du parvis réverbère les éclats du soleil, il glisse et brille. Elle cligne des yeux devant la netteté du dehors, celle des angles et des visages de la ville. Elle se fraie un chemin au milieu des corps. Ils sont nombreux. Des étudiants, la plupart. Ils portent des sacs en toile. Rabattent des mèches sur leur front. Leurs visages restent approximatifs. Swann les frôle, parvient à les contourner. Elle manœuvre comme dans un jeu vidéo pour éviter les obstacles humains dressés sur sa route.

Depuis quelques jours, elle a l'impression d'être suivie. Elle se retourne. Ce pourrait être n'importe qui, s'il y a quelqu'un. Elle se demande d'où lui vient cette impression. Quels en sont les signes concrets. Les indices. Hier, ou peut-être avant-hier, elle a entendu un bruit de pas. Des semelles souples. Un homme, certainement. Elle s'est immobilisée, les pas se sont arrêtés. Quand elle a repris sa marche, le bruit a recommencé derrière elle. Sans doute une coïncidence. Aucune raison pour qu'on la suive — elle est toujours parvenue à se fondre dans le décor.

L'agression dont ils ont été victimes, Samuel et elle, est encore trop prochc. Elle ne s'en défait pas. Elle revoit les deux silhouettes. Elles s'approchent. Elles ne sont pas à dix mètres, Swann sent déjà les emmerdes. Elle est paralysée par la peur. Leurs visages massifs. Ils scrutent Samuel. Ils doivent pourtant sentir qu'il n'est pas de leur monde. Leur âge, leurs vêtements, leur allure les séparent. Ils l'interpellent :

— Hé toi, on se connaît !

— Vous vous trompez, répond Samuel.

— J'oublie jamais la gueule d'un mec qui m'a planté.

— Je ne vous ai jamais vu.

— Tu me remettrais peut-être mieux en bleu marine.

Swann ne parvient pas à bouger. Leur réalité l'éblouit. Dans le coin de cerveau où elle s'est échappée, elle continue à entendre leurs voix, mais lointaines, presque inaudibles. Un coup de poing. Swann voit la joue de Samuel se colorer de rouge. Elle pousse un cri. Samuel se défend. Le sang forme des jaillissements vermeils dans un monde devenu abstrait. Quand Samuel tombe par terre, Swann le couvre de son corps. Quelqu'un le lui raconte. Elle le pressent à cause de la contusion sur son front. Mais elle n'en a aucun souvenir. La peur a fait disjoncter sa conscience.

*

Une petite silhouette étriquée vient de se matérialiser au milieu des obstacles du chemin. Swann sursaute. Elle fait le point sur lui. C'est Georges Falguière, le directeur du département de sociologie, un ami de Samuel. Il se plante devant elle.

— On se retrouve à la manif à dix-huit heures ? Je repasse chercher ma vache et je fonce. Samuel y est déjà ?

— Non. Il a cours jusqu'à dix-huit heures.

Georges admire une fille en minijupe.

— La chatte se porte sans culotte, cette année ? Décidément, j'adore la nouvelle mode printemps-été.

Swann sourit. Elle ne répond rien. Georges recoiffe l'unique mèche qui couvre son crâne. Il se tend en direction de la minijupe, revient à Swann. Il se penche vers elle, soudain sérieux :

— J'espère qu'on sera un paquet, ce coup-ci. Vu la mobilisation merdique des dernières fois, ils risquent pas d'arrêter la privatisation de la fac.

Swann hoche la tête. Georges dispose momentanément sa mèche sur l'avant de son crâne. Il la déplace. Un carré de peau flamboie. Une goutte de sueur coule le long de sa tempe. Il sort un mouchoir de sa poche, essuie son front, remet le mouchoir dans son pantalon en velours côtelé marron. Il attrape le bras de Swann :

— Je t'offre une mousse tout à l'heure.

Deux étudiants apparaissent dans sa ligne de mire. Il leur adresse de grands gestes. Les étudiants s'arrêtent pour le saluer. Falguière les présente à Swann : Matéo et Justine.

Petit et râblé, Matéo porte une moustache et un bouc blond roux, une casquette rouge sur ses cheveux ras, des Doc Martens coquées. Il détaille le décolleté discret de Swann, ses hanches, ses jambes, remonte vers son cou. Il lui sourit en dévoilant une incisive manquante. Swann répond d'un hochement de tête buté.

Justine reste sur la réserve. Elle est incroyablement laide. Sa peau blafarde et luisante, ses yeux gris surmontés de sourcils en broussaille, le fil de ses lèvres, son nez prolongé par une boule de chair, son goitre. Entièrement vêtue de noir, jusqu'au chapeau melon. Swann la dévisage. Georges fait les présentations :

— Swann Ladoux, la compagne de Samuel Bordat.

Les deux étudiants la fixent avec attention. L'information semble, pour une raison ou une autre, les captiver.

— Justine fait une thèse avec moi sur la réinvention du genre masculin comme instrument de domination des femmes dans la société contemporaine.

Swann se rembrunit :

— Je suis une technicienne. Pas une intellectuelle.

— Pas besoin d'avoir fait une thèse de philo pour comprendre la domination masculine, si ? rétorque l'étudiante.

Falguière se racle la gorge. Il se tourne vers le garçon à la casquette :

— Et voici Matéo, qui semble se plaire chez nous puisqu'il termine sa troisième première année de socio.

Matéo ôte sa casquette d'un geste exagérément déférent :

— À mes heures perdues — et j'en perds dès que je peux —, je suis aussi poète surréaliste. Je n'écris, ça va de soi, aucun poème.

Swann ne trouve rien à répondre. Justine se tourne vers Georges :

— Vous allez à la manif ?

Georges hoche la tête. Il essuie une nouvelle coulée de sueur sur sa tempe. Sa peau est marbrée de rouge. Les étudiants adressent un signe du menton à Swann, ils s'en vont. Georges les regarde s'éloigner :

— Des sacrés numéros.

— Elle n'a pas l'air très aimable.

Georges rit :

— Son père, c'est le philosophe des plateaux télé, Jean-Michel Gand. Il l'a appelée Justine à cause de l'héroïne de Sade. Alors, il faut la comprendre : elle est un peu à cran.

Puis, il saisit Swann par les épaules :

— Allez, va, ma fille ! Tu seras plus utile à la manif qu'avec moi.

Il la relâche.

*

Swann passe la grille. Traverse le passage à niveau. Derrière, Paris est plus lisse qu'une vitrine. Sur la place Jussieu, la fontaine forme un cercle d'eau argenté, entourée d'une végétation domestiquée. Sur la gauche, les étudiants entrent et sortent de la bouche de métro. Les toilettes publiques. Plus loin, le kiosque à journaux. Les arbres sont plantés à intervalles réguliers, les pieds soudés dans des ronds de ferraille.

Swann prend à droite. Elle retrouve sa démarche rapide, glissant entre les étudiants. Elle remonte la rue des Fossés-Saint-Bernard vers l'Institut du monde arabe. Le parvis scintille. Elle cligne des yeux. Les diaphragmes de la façade sud se sont refermés sous l'effet de l'extrême luminosité. Ils semblent observer, paupières plissées, le spectacle extérieur. Maintenant qu'elle s'est habituée au soleil, elle distingue plus nettement autour d'elle.

Sur les dalles, une canette écrasée attire son attention. Cette saleté, surgie dans l'univers lisse et brillant, lui tape sur les nerfs.

Derrière, elle voit maintenant le clochard. Il a le visage écrasé, couvert d'ecchymoses. Une barbe grise. Il pue. Mal à l'aise, Swann détourne la tête et poursuit sa route.

L'impression d'être suivie ne l'a pas quittée.

Swann emprunte le pont de Sully. Elle le traverse. Un couple de touristes asiatiques, des hommes seuls, des familles. Dès le pont lui parviennent les rumeurs de la manifestation. Les cars de CRS interdisent la circulation. Swann traverse les masses en uniforme avec l'impunité de son âge, de son sexe et de sa couleur de peau. À leurs yeux, elle est du bon côté du monde. Au pire, une gauchiste tranquille ; au mieux, une riveraine qui va chercher ses enfants à l'école.

Boulevard Henri-IV, elle pénètre dans la masse compacte et bruyante des manifestants. Le cortège spécial « enseignement supérieur/recherche », qui a démarré de Jussieu pour rejoindre le point de départ de la manifestation générale à Bastille, piétine.

La place est bondée. Des jeunes ont traversé les grilles et se sont hissés sur les premiers niveaux, le piédestal circulaire en marbre blanc et le socle de la colonne de Juillet. Ils dissimulent l'inscription gravée sur la plaque : « À la gloire des citoyens français qui s'armèrent et combattirent pour la défense des libertés publiques dans les mémorables journées des 27, 28, 29 juillet 1830. » Au sommet scintille le Génie de la Liberté.

L'ambiance est bon enfant. Odeur de merguez et de cigarettes. Swann sent une main sur son dos. Elle se retourne brusquement. Personne. Ou plutôt, des dizaines de silhouettes possibles. Swann sort son portable pour voir si Georges l'a appelée. Rien. Elle suit la masse grouillante de gens qui lui ressemblent. Les hommes de tous les âges, mal rasés, portent des jeans et des tee-shirts larges. Les femmes ont enfilé des vêtements confortables, des chaussures de marche, des pantalons en toile. Peu ou pas de maquillage. Look de profs. Ils portent des banderoles « Sauvons la recherche » ou « Mais oui, mais oui : l'école est finie. »

Ils sont bien trop nombreux pour que Swann puisse retrouver Georges. Elle profite de sa solitude pour se faufiler entre les corps. Le trajet va jusqu'à Saint-Augustin en passant par République. Elle n'a jamais été rassurée par cette place. Trop vaste et impersonnelle, trop de têtes louches. La foule l'empêche de distinguer qui la suit. Pourtant, elle en jurerait, il y a quelqu'un. Il faudrait pouvoir les isoler un à un, comme les cellules sous son microscope. Mais ils sont bien plus mouvants et insaisissables que l'objet de ses recherches. Au boulot, tri, isolement, séquençage. Ici grouillent des entités humaines variées et indéfinissables.

Un garçon et une fille s'embrassent. Les mains du garçon passent sous le tee-shirt, en bas du dos. Les seins de la fille pointent à travers l'étoffe bleu clair. L'adolescente croise le regard de Swann. Gênée, elle repousse son compagnon et avance un peu plus loin.

Un type hurle dans un haut-parleur :

Du fric pour les facs et les lycées !

Pas pour les flics ou l'armée !

Parmi la foule, le slogan est repris mollement. Swann vérifie l'heure sur son portable. Elle a eu deux appels. Un appel en absence de Samuel et un message de Georges qui lui demande où elle est. Elle serait bien en peine d'expliquer sa position. Derrière une banderole « Le savoir coûte cher. Essayez l'ignorance » et sur une autre « Ne laissez pas la priorité à droite ». Elle hésite un moment à composer le numéro. Elle laisse tomber.

*

Un bris de verre, côté rue du Faubourg-du-Temple, lui fait relever la tête.

Une des vitrines d'Habitat vient d'exploser.

Swann se retourne. En face d'elle, des visages blanc et noir, terrifiants. Ils sont une dizaine, peut-être, tête cagoulée. Ils portent des foulards sombres qui remontent jusqu'à l'arête du nez et dissimulent leur menton et leur cou. Certains portent des lunettes de ski ou des masques. Leurs têtes sont couvertes de capuches ou de casquettes. Des parcelles de front révèlent la blancheur de leur peau. Pour le reste, vêtus de jeans et de sweats foncés, de Doc Martens ou de baskets. De loin, il lui semble apercevoir, entre le foulard et un chapeau noir, les yeux gris et les sourcils broussailleux de l'étudiante de Georges.

Un bruit sourd. Tribal. Derrière Swann, une trentaine de CRS avancent en tapant sur leur bouclier. Ils n'arrêtent pas. Cognent en rythme. *Bam. Bam. Bam.* Vêtus de bleu sombre. Leurs têtes sont couvertes de casques à bande jaune. *Bam. Bam. Bam.* La visière baissée sur leur visage aboli derrière ces masques angoissants. Écusson rouge et blanc sur leur poitrine. Protection renforcée aux épaules. Bouclier. Flash-Ball.

Swann se taille vers le boulevard Voltaire. Dans sa précipitation, elle bute contre un homme. Un SDF, visage sale, barbe crasseuse :

— Z'auriez pas un euro pour dépanner ?

Elle se dégage. Elle fonce. Aperçoit une bande

de jeunes regroupés, en joggings et capuches. Elle change de trottoir. Marche vite. Pique sur Richard-Lenoir. Elle a toujours l'impression d'être suivie.

Quand elle se retourne, elle ne voit que son ombre.

2. Samuel

Swann monte au quatrième. Frappe légèrement pour signaler sa présence à Samuel. Elle entre. Elle l'appelle. Personne ne répond. Dans la cuisine, la table bistrot en marbre blanc veiné de gris est propre. Les chaises ont été déplacées.

Swann allume le plafonnier du salon. L'abat-jour jaune diffuse une lumière douce sur le canapé rouge et la petite table en bois laqué. Sur les murs, des photographies prises par Samuel. Un livre est resté ouvert sur un fauteuil. Un vase brisé. Les éclats dispersés sur le parquet. Les coussins jetés par terre. Traces de cutter sur le canapé.

Swann grimpe l'escalier de leur duplex. En face, la porte de la salle de bains est ouverte. Boîte à bijoux dispersés au sol. Swann n'en porte jamais. Il n'y a que de vieilles breloques et des colliers en toc. Rien à voler.

Dans la chambre, les tiroirs ont tous été renversés. Les vêtements gisent pêle-mêle.

Au bout du couloir, c'est le bureau de Samuel.

Swann pousse la porte entrouverte. Elle voit d'abord le corps. Elle détourne les yeux.

Le contenu du bureau est éparpillé au sol. Les cours de Samuel, sa fine écriture régulière. La chaîne hi-fi et le vidéoprojecteur ont disparu. Les vitres de la fenêtre, ouverte sur les toits, ont été brisées.

Swann fait demi-tour. Elle redescend l'escalier. Elle ouvre la porte, la referme. Une fois dehors, elle tente de fuir. Ses jambes ne la soutiennent plus. Si elle part, le cauchemar se dissipera peut-être.

Il ne se dissipera pas, elle ne rêve pas. Pas besoin de se pincer, il suffit de sentir les pulsations de son cœur contre ses tempes, le blocage de sa respiration, la douleur qui grandit dans son ventre. Elle prend une grande inspiration. Elle entre à nouveau. Elle ferme soigneusement les deux serrures à clé. Elle remonte dans le bureau.

Samuel est étendu sur le ventre.

Elle se penche sur lui.

Il y a du sang sur la moquette.

Swann s'assoit par terre. Près d'elle, ouvert au hasard de la chute, *Voyous* de Jacques Derrida. Elle parcourt la page, espérant qu'elle contiendra une réponse :

« Le traumatisme reste traumatisant et incurable parce qu'il vient de l'avenir. Le virtuel traumatise aussi. Le traumatisme a lieu là où l'on est blessé par une blessure qui n'a pas encore eu lieu, de façon effective et autrement que par le signal de son annonce. »

Elle balance le livre contre le mur.

Dans sa famille d'intellectuels, Samuel a appris à lire, à comprendre, à regarder le monde, à en avoir une vue globale. Swann observe par le petit bout de la lorgnette — cellules, bactéries — les vêtements froissés de Samuel.

Les parents de Swann pourraient sans doute effacer la tache maculant le tee-shirt. Swann porterait le vêtement dans leur pressing. Ils l'étiquetteraient, avant d'inspecter l'état du tissu en prenant en compte les inscriptions du fabricant, l'état des accessoires, boutons et autres, comme les pertes de couleurs ou les trous. Le père de Swann, d'un ton plein d'orgueil, dirait :

— Y a qu'un professionnel de la détache qui peut déterminer les risques. À quoi ça servirait si, en enlevant les taches, on estompe la couleur ou qu'on y fasse un trou ?

Ils auraient procédé en trois étapes.

D'abord, la préparation. Ils auraient observé attentivement la tache, mais pas seulement. Ils auraient aussi inspecté les usures, les ourlets, les fermetures Éclair, les boutons et tout ce qui pourrait entraver la procédure du nettoyage. Ils auraient sans doute jugé indispensable de recoudre les deux trous, le petit au niveau du dos et celui de la poitrine, avant la mise en machine. Coton et sang : ils auraient probablement utilisé de l'ammoniaque.

Ensuite, le nettoyage à sec. Le tee-shirt aurait reçu un lavage au solvant à base de perchloréthylène dans un lave-linge à vapeur. Dans ces machines, le linge reçoit un double traitement qui nettoie et désinfecte le tissu.

Puis, le repassage. Ils l'auraient fait aux presses à la vapeur, non avec de simples fers à repasser, pour augmenter la durée de vie du tissu. Le coton nécessite plus de chaleur et de pression pour un finissage vif.

Ils auraient enfin emballé le tee-shirt de façon qu'il reste propre, frais et bien repassé.

Le père aurait dit encore :

— Le pire, ç'aurait été de laver le sang à l'eau chaude. Là, c'était foutu. La tache serait devenue indélébile.

Les vieux lui auraient rendu le tee-shirt comme neuf, sentant bon le frais. À deux accrocs près.

*

Swann attend.

Elle observe la position du corps. La main droite de Samuel est posée au-dessus de sa tête, presque à plat. Ses longs doigts. Swann chasse les pensées érotiques qui l'assaillent chaque fois qu'elle contemple une main d'homme. Contrairement à elle, Samuel ne s'est jamais rongé les ongles. Elle admire les lunules blanches. Même quand on l'aura enterré, elles continueront à pousser, de même que ses cheveux. Elle se demande si elles vont se salir malgré le bois du cercueil.

Elle se dit que son monde s'est probablement effondré, mais elle ne ressent rien.

Elle effleure les boucles noires. Elle frôle la

main posée sur la moquette. Il ne se passe rien. Elle pose son visage près du sien. La joue écrasée par terre. Les yeux de Samuel n'ont pas d'expression. On pourrait lui en prêter plusieurs, selon l'humeur. Peut-être une nostalgie, une attention spéciale à l'événement. Ses lèvres sont légèrement entrouvertes, comme s'il avait voulu parler. Son nez droit et fin. Ses pommettes.

Maintenant, ça y est, elle le touche. Elle caresse sa main, sa paume. Elle caresse son front, son nez, sa bouche. Elle évite encore la blessure. Elle remonte le long de sa cuisse, sur le jean. Toujours le visage écrasé sur le sol, elle passe sa main doucement sur ses fesses, puis dans son dos.

Elle enfonce tout doucement son doigt dans le trou. C'est humide et chaud. Elle le ressort sanglant. Elle ne sait pas où le poser pour éviter de se salir ou de salir la moquette. Elle le lèche pour que la trace ne s'étende pas.

Sous Samuel, le sang gagne du terrain. Swann sait qu'on ne lave pas n'importe quel matériau avec n'importe quel produit. Si elle appelle ses parents, elle devra leur expliquer la situation et elle n'en a pas envie. Tant qu'elle se tait, rien ne paraît définitif. Quand elle racontera, les événements seront fixés à jamais.

Elle descend dans la cuisine. Elle mélange un litre d'ammoniaque et dix litres d'eau dans un seau. Elle cherche une brosse à poils durs, la trouve. Elle remonte dans le bureau de Samuel. Elle pose le seau et la brosse. Elle ne viendra jamais à bout des traces de sang. L'ampleur de la tâche la désespère. Ses joues sont humides. Les larmes glissent jusqu'à son cou. Elle pleure debout, puis assise, puis à nouveau allongée près de lui. Son visage collé au sien. Elle l'embrasse. Elle essaie d'imaginer que c'est la dernière fois.

Elle se place peau à peau contre lui et attend encore.

Au réveil, elle ouvre les yeux en face de Samuel. Il est froid. Son visage semble s'être imperceptiblement affaissé. L'épiderme de son cou vire progressivement lie-de-vin.

Swann se relève. Elle allume son portable et compose le numéro des flics.

Il est huit heures du matin.

3. Désordre

Swann est assise par terre, contre le mur. Les flics piétinent le bureau. Il y a d'abord les types du commissariat du onzième, les locaux. Ils passent des coups de fil. Ils s'agitent. Swann n'écoute pas. Elle ne voit que leurs pieds qui, par intermittence, lui cachent des bouts de Samuel et salopent la moquette.

De nouveaux venus entrent. Ils râlent :

— C'est la putain de scène de crime. Vous bousillez tout, là.

Les pompes se pressent vers la sortie, remplacées par trois paires de chaussures enveloppées dans du plastique. Swann entend les déclics d'un appareil photo. Ensuite, un type se penche vers elle. Il porte une combinaison-cagoule blanche, des gants en latex et un masque en papier.

— Vous avez touché à quelque chose, madame ? demande-t-il.

Swann hoche la tête. Elle désigne Samuel d'un geste vague. Le type lui parle tout doucement :

— Vous avez déplacé quelque chose ? Touché à

son corps ? Vous devez m'expliquer, c'est important.

Elle hoche la tête. Il réitère :

— Vous avez touché quoi ?

Elle montre le trou dans le dos de Samuel. Le cosmonaute l'interroge d'une voix neutre :

— Vous l'avez tué ?

Swann fait signe que non. Le type laisse tomber. Il lui demande de se pousser mais elle secoue la tête. Elle reste où elle est. Il n'insiste pas.

Il barre l'entrée avec un ruban adhésif en PVC jaune. Il installe des plots, également jaunes, avec des chiffres inscrits dessus pour marquer les indices. Swann suit fixement ses mouvements. L'homme lui ressemble. Un scientifique méticuleux, attaché au détail. Sachant isoler les éléments particuliers du tableau général.

Le technicien dépose de la poudre sur la moquette près de Samuel. Il passe un gros pinceau le long du corps. Comme il est penché, Swann le voit tout entier. Il a un pli de concentration sur le front.

— Il y a des empreintes ?

Le technicien se tourne vers elle, étonné de l'entendre parler. Elle hausse les épaules :

— Moi aussi, je suis technicienne. En labo de biophysique.

— Les empreintes ne donneront rien sur le corps. Y aura les vôtres, visiblement. Et celles d'une tripotée de ces imbéciles.

Il a une moue méprisante envers les flics du commissariat qui se sont repliés dans la chambre et dans le couloir. Il poursuit :

— S'il y en a sur la fenêtre, ça risque d'être plus parlant.

Swann relève les yeux vers la fenêtre qui est restée ouverte. Elle hoche la tête.

Elle croise le regard clair du cosmonaute. Il la contemple avec une douceur pénible.

Elle remarque qu'il a placé un plot près d'une motte de terre, située sous la fenêtre. Swann ne l'avait pas remarquée. Elle lui saute maintenant aux yeux. Le technicien observe les bris de verre. Le livre de Derrida se retrouve sous scellé et étiqueté. Et aussi la balle qui a traversé Samuel.

Puis, le technicien revient au corps. Il examine les traces de poudre sombre, autour du trou dans le dos. Il note quelque chose sur un carnet.

Après avoir salué Swann, il est remplacé par une fille énorme. Jamais Swann n'a vu d'aussi gros mollets. Les doigts de la technicienne glissent sur sa feuille avec agilité. Elle esquisse le plan de la scène de crime. Elle mesure les distances avec un mètre et à l'aide d'un appareil à rayon laser. Elle note l'emplacement précis des objets, des indices et du corps.

Swann pense à la griffure que Samuel lui a faite quand ils ont couché ensemble avant-hier soir. Elle regarde son avant-bras. La trace est toujours là. Et Samuel est mort.

Un brouhaha suit le départ des techniciens de l'identité judiciaire. Des éclats de voix entre les flics locaux et deux nouveaux venus interrompent l'hébétude de Swann.

— Qu'est-ce que vous faites là ?

— Commandant Anton Legal. Et voici mon chaperon, le capitaine Philippe Bouveresse.

— Vous croyez qu'on a besoin de la Crim' chaque fois qu'un cambriolage tourne mal ?

— On n'est pas de la Crim'. On est de la SDAT[1], note le capitaine Bouveresse avec impatience.

— Laissez-moi vous poser une question, l'interrompt le commandant Legal. Vous estimez que le fait d'être des flics de quartier vous dispense de vous habiller correctement ?

Un silence suit ces paroles. Puis, un des flics locaux prend sur lui :

— Vous voulez nos premières conclusions ?

— Les dernières suffiront amplement, répond le commandant Legal. Et même… oui… même, je crois qu'elles seront superflues.

Swann entend le bruit du ruban adhésif qui se défait. Dans son champ de vision apparaissent deux paires de chaussures. Les premières, des baskets Adidas rouges sous un jean, s'engouffrent dans la pièce. Elles passent près du corps de Samuel, s'arrêtent, repartent en sens inverse. Elles frôlent l'extrémité de la flaque de sang.

L'autre paire de chaussures n'a pas bougé. Puis, elle se dirige vers Swann. Ce sont des richelieus au laçage fermé. Claque cousue sur les quartiers. En cuir noir. Leur propriétaire se déplace avec

1. La Sous-direction antiterroriste (SDAT), dépendant de la Direction centrale de la police judiciaire, a pour vocation de lutter contre le terrorisme. *(Toutes les notes sont de l'auteur.)*

une allure étrange, presque mécanique, peut-être à cause du bout trop fin.

— Vous êtes la femme de Samuel Bordat ? demande le propriétaire des richelieus, le commandant Anton Legal.

Swann ne répond rien. Elle regarde dans le vide. Legal tourne les talons de ses chaussures trop étroites. Les deux paires se font face. Les flics parlent bas.

Le capitaine Bouveresse suggère :

— Laisse-la, le temps de jeter un coup d'œil à ce merdier.

— Elle doit répondre à nos questions, réplique Legal avec obstination.

— Elle ne va pas s'envoler. On peut lui laisser une journée pour se remettre.

— Les contribuables nous paient pour avoir des résultats, pas pour compatir.

Bouveresse pousse un soupir exaspéré et retourne vers la fenêtre. Legal se replace en position parallèle et se dirige vers le corps. Il s'agenouille. Sa main épaisse passe le long du dos de Samuel. Elle semble d'abord tâtonner, puis elle prend de l'assurance. Elle s'approche du trou, passe un doigt autour de la blessure.

— La collerette d'essuyage est bien foncée. Zone ecchymotique. Suie sur la zone d'estompage. Tir à bout touchant non appuyé.

Legal reste immobile un moment. Puis il repart en traçant des lignes brisées et se fige devant la motte numérotée par le technicien. Sa main réapparaît, calleuse et large, contrastant avec la fine pointe de ses chaussures et avec le bas de son costume impeccable. Il effleure la terre avec précaution.

Pendant que Legal tâtonne, Bouveresse ouvre et referme les tiroirs. Sort des objets. Dresse des listes :

— Trousse de bricolage… Plan du réseau SNCF… Kit de plomberie…

Comme autant de chefs d'inculpation.

— Et le Livre ? demande le commandant.

Swann tend l'oreille. Très nette impression qu'il s'agissait d'un « L » majuscule. Bouveresse ne répond rien. Il gratte le sol avec sa semelle. Il renifle.

— Arrête de faire autant de bruit, tu me déconcentres, lance Legal.

Le capitaine Bouveresse ne relève pas, il s'approche de la bibliothèque. Il débite des noms à la mitraillette en survolant les titres :

— Foucault, Agamben, Hakim Bey, Reclus, Kropotkine, Lermina, Lafargue… Rien d'autre que la littérature habituelle.

Bouveresse continue son énumération. S'écarte des rayonnages. Retourne vers le bureau. Le commandant Legal insiste :

— Il aurait pu le retrouver en fichier numérique.

Ils mettent l'ordinateur de Samuel dans un sac.

Bouveresse s'éloigne, s'arrête devant la motte de terre.

— T'as vu ? Elle est intacte.

Le capitaine Bouveresse se penche, observe la terre. Il semble mécontent. Il fait un demi-cercle sur lui-même :

— C'est du bidon.

Il bondit jusqu'à la fenêtre.

— Et les bris de verre ? Ils sont latéraux.

Il y a de la déception dans sa voix, et de la colère. Il renifle.

— C'est pas pour nous, reprend-il. Ça peut pas être *eux*. Appelle la Crim'.

Bouveresse est déjà à la porte.

Le commandant Legal rejoint son collègue. L'étau dans lequel son pied est comprimé rend sa démarche incertaine.

— Tu ne comprends pas que c'est un piège ? Tu ne vois pas que c'est justement ce qu'*ils* veulent te faire croire ?

Bouveresse réfléchit un moment.

Anton Legal revient vers Swann. Il se penche vers elle dans un froissement de tissu.

— Mon collègue vous a fait bénéficier de son humanité aujourd'hui. Moi, demain, je veux juste arrêter celui ou celle qui a tiré sur cet homme étendu là-bas. Rendez-vous à dix heures à cette adresse.

Il lui tend une carte. Chemise grise, boutons de manchettes.

Ses chaussures sont si propres qu'elle pourrait se voir dedans.

*

Quand ils sont partis, Swann attend encore un moment. Ressasse des bribes de phrases de Legal et Bouveresse.

Motte de terre intacte, bris de verre latéraux.

Son esprit bute sur le sigle : SDAT, sous-direction antiterroriste.

Swann se relève. Elle va fouiller dans les tiroirs de Samuel et en sort un carnet vierge. Elle commence à noter des éléments. Elle dessine la position du cadavre de Samuel. Elle schématise les forces par des flèches. Impact et direction du tir, résistance du corps, point de chute.

Son esprit s'égare à travers le carreau cassé de la fenêtre.

4. La SDAT

Swann croyait que son appartement, du moins le bureau, resterait sous scellés pendant l'enquête. Il n'en est rien. Les scellés conservatoires, lui a-t-on expliqué, sont placés uniquement s'il n'y a pas d'occupant régulier. « On n'envoie pas les veuves à l'hôtel », avait résumé le capitaine Bouveresse.

Au réveil, Swann glisse sa main sur le drap. La place de Samuel est froide. Son corps à la morgue. Swann se représente son cadavre allongé. On lui a ouvert le ventre. On a retiré ses organes. On les a isolés, pesés, analysés. Un légiste aura peut-être pris la peine de lui fermer les yeux.

Il y a un cheveu de Samuel sur l'oreiller. Elle tord entre ses doigts le fil noir et bouclé. Elle tire, relâche la pression.

Elle sort des vêtements de l'armoire. Elle attrape un pull de Samuel. Elle le dispose sur le lit de sorte qu'il ne fasse aucun pli. Elle le porte à ses lèvres. Sa main caresse le tissu bleu, le malaxe, le passe et repasse sur son ventre. Puis, elle l'enfile. Il lui arrive à mi-cuisse.

Dans la salle de bains, il y a son déodorant, son shampoing, son peigne, son rasoir.

Elle attrape le rasoir et le jette de toutes ses forces par la fenêtre.

Elle descend dans le salon. S'assoit sur le canapé.

Même les yeux fermés, elle peut reconstituer chaque détail de la pièce avec précision : la peinture qui s'écaille sur un coin du mur, les coussins en vrac sur le sol, devant la table basse laquée. La tache de café. Les photos de Samuel accrochées au mur. L'une d'elles, sa préférée, représente un ouvrier de dos, penché sur son marteau-piqueur. Le ciel est noir, une lampe posée à ses pieds l'illumine d'un halo. On n'aperçoit que son dos voûté sous cette lumière d'enfer.

L'absence de Samuel lui fait mal dans le ventre. Elle serre le pull contre elle. Il sent l'odeur de sa peau et de son tabac à rouler.

Le trou de la fenêtre, là-haut, dans le bureau. Le trou dans son dos, à la morgue. Brisures dans lesquelles erre son imagination.

*

Dehors, le monde est brûlant.

Swann marche jusqu'à Saint-Ambroise. Elle a laissé sa Clio au garage, elle se sent incapable de conduire. Ligne 9 jusqu'à Havre-Caumartin, puis ligne 3 jusqu'à Pont-de-Levallois. Cette ville ne lui évoque rien de personnel. Balkany, quelques articles lus dans des journaux. Maintenant,

Levallois-Perret sera associée à la SDAT et à la DCRI. Des acronymes qui, hier encore, ne signifiaient rien. Aujourd'hui, elle sait les déchiffrer, même si leur sens réel continue à lui échapper.

D'après ses recherches sur Wikipédia, la Direction centrale du renseignement intérieur[1] est située au 84 rue de Villiers. Elle comprend quatre mille fonctionnaires. Elle s'occupe de ce qui « *relève de l'intérêt de la nation* ». À savoir : terrorisme, grands mouvements de contestation, intelligence économique.

Les mêmes locaux de fer et de verre abritent la Sous-direction anti-terroriste (SDAT), là où Legal et Bouveresse lui ont donné rendez-vous.

En quoi un cambriolage relève du terrorisme, Swann l'ignore. Elle se trouve depuis hier dans un monde dont les lois ont visiblement changé.

La douleur la place bien au-delà de l'étonnement.

Trois mille mètres carrés de bureaux. Deux cents millions d'euros.

À l'entrée, trois hommes en bleu marine lui demandent ses papiers, le motif de sa venue. Ils examinent sa carte d'identité avec soin. Ils observent longuement son visage, puis celui de la photo. Ils se font confirmer l'information par téléphone, dans leur cabine verte sur le trottoir.

1. La Direction centrale du renseignement intérieur (DCRI) : service de renseignements du ministère de l'Intérieur français, au sein de la Direction générale de la police nationale, né de la fusion de la Direction de la surveillance du territoire (DST) et de la Direction centrale des renseignements généraux (RG).

Le soleil se reflète sur les milliers de vitres du bâtiment.

*

À l'intérieur, on la guide le long de couloirs aux murs blancs, sur le parquet de bois clair. Plusieurs panneaux barrés de rouge interdisent de prendre des photos.

Des vitres en Plexiglas et acier délimitent un espace abstrait et glacé. Photos de personnes recherchées au mur.

Puis, le luxe aseptisé laisse place à trois étages en préfabriqué. Cellules spéciales, caméras panoptiques. Swann se demande quels visages ont les « terroristes » tapis derrière les portes.

Le commandant Legal et le capitaine Bouveresse l'attendent dans un bureau vitré. Deux caméras filment la pièce. Elles sont orientées vers la chaise vide où Swann est censée s'asseoir.

Le commandant doit avoir dans les quarante ans, même s'il est difficile de lui donner un âge. Il est vêtu d'un costume à double boutonnage. Cravate. Dans le vêtement où il est engoncé, son corps est haut et massif. Les traits de son visage manquent de finesse. Il a le crâne entièrement rasé. La lenteur de ses gestes semble contredire l'extrême mobilité de ses yeux bleu pâle, ourlés d'un liseré rouge. Il examine Swann avec méfiance.

Le capitaine Philippe Bouveresse se plante devant elle. Il lui tend la main.

— 'jour. Vous avez trouvé facilement ?

Il se frotte le nez, renifle. Legal esquisse une grimace de dégoût.

Plus âgé que son collègue d'une dizaine d'années, Bouveresse a les cheveux gris, en brosse désordonnée. Ses sourcils très noirs se rejoignent au-dessus de ses yeux. Il rajuste en hâte sa veste en cuir sur son tee-shirt pour masquer une tache de café. Il recoiffe ses cheveux avec ses doigts. Legal contemple son geste d'un air écœuré.

Swann hoche la tête. Bouveresse se tourne vers Legal, puis vers Swann :

— 'voulez boire quelque chose ?

Sans attendre sa réponse, il sort du bureau. La porte claque. Legal pousse un soupir.

D'un geste de la main, il invite Swann à s'asseoir. Il la scrute sans rien dire, comme les deux caméras du plafond. Il plisse les yeux. La lumière du jour paraît lui faire mal.

Son bureau est en ordre. Des chewing-gums à la cerise sont rangés parallèlement à la bordure d'une pile de dossiers. Un coupe-papier en os. Une boîte de crayons identiques, même couleur et même marque, en une trentaine d'exemplaires. Une bouteille d'eau. Un paquet de Dunhill rouge, aligné à l'angle du bureau. Seul détail baroque de l'ensemble, un godemiché en ivoire, planté sur le bureau. Swann s'attarde sur l'objet. Legal surprend son regard.

— C'est ma nouvelle arme de service, dit-il. Ma hiérarchie l'adore.

Il n'a pas l'air de plaisanter. Il semble chercher à provoquer Swann plutôt qu'à la faire sourire. Elle n'a aucune réaction.

À ses pieds, près d'une chaîne posée sur le sol, une pile de CD régulièrement empilés. The Divine Comedy, Morrissey, Jeff Buckley, Neil Young, Adam Green, The Coral.

— Voici mes seuls alliés réellement efficaces dans les enquêtes, prononce Legal d'une voix lasse. Eux, au moins, ils m'aident à réfléchir.

Bouveresse ouvre la porte à la volée. Il tend un gobelet en plastique à Swann.

— 'tention, brûlant.

En passant près d'elle, il bute contre la pile de CD qui s'éparpillent sur le sol.

Legal soupire :

— Il suffit que mes collègues fassent un pas pour que toute l'efficacité des forces de police se retrouve par terre.

Il relève vers Swann ses yeux pâles, toujours aussi froids, pour jauger sa réaction. Elle n'en a pas.

Bouveresse se racle la gorge, il attrape une Dunhill sur le bureau d'Anton Legal. Il la cale sur son oreille :

— Bon, on va arrêter de tourner autour du pot.

Le commandant Legal continue à détailler Swann. Ses yeux plissés accentuent l'impression d'hostilité :

— La motte de terre sur le tapis du bureau est compacte. Elle ne peut pas venir d'un massif piétiné. C'est une motte que l'agresseur a prise et placée là après coup.

— Et les bris de verre sont tombés sur les côtés de la fenêtre, ajoute Bouveresse. Ce qui veut dire que notre type ne l'a pas forcée de l'extérieur.

Sinon, le verre se serait trouvé sous la fenêtre. Il l'a cassée en faisant semblant de la briser de l'extérieur alors qu'elle était déjà partiellement ouverte.

Swann croit entendre un gémissement, plus loin, dans le couloir. Bouveresse tourne autour de sa chaise. Il se recoiffe à nouveau avec ses doigts. Legal continue à la scruter d'un air soupçonneux :

— Il n'y a pas eu de cambriolage, juste un simulacre, poursuit-il. Un écran de fumée.

Swann a sorti son carnet et note ce qu'il dit. Motte de terre, fenêtre. Angle du corps.

— Quant au tir, continue Legal, la collerette d'essuyage était foncée et grisâtre. On distinguait une zone ecchymotique. Signe d'un tir *ante mortem*. L'aspect noirâtre de la plaie indique une distance courte. La balle provient d'un Browning chargé avec des Fiocchi 71/73 gr. Votre conjoint a été tué à bout touchant non appuyé. Dans le dos.

Ses yeux pâles s'agitent. Il reprend :

— Ça veut dire qu'il connaissait son agresseur. Sinon, il se serait retourné. Par réflexe. Or, il s'est laissé approcher. Il ne s'attendait visiblement pas du tout au geste de celui ou celle qui l'a tué. Il s'agit donc d'un proche.

Anton Legal fait glisser sa main droite sur son bureau, qu'il caresse machinalement comme s'il cherchait à apprivoiser un animal. Il finit par tomber sur un stylo, qu'il saisit.

Swann a tout consigné dans son carnet.

— Des ennemis, à votre connaissance ? interroge Bouveresse.

Aussitôt, Swann pense : étudiants. Silhouettes informes. Mèches sur le front. Visages approximatifs. Sacs à dos. Tatouages. Elle pense encore : passants, foule, humanité.

— Depuis quelque temps, j'ai l'impression d'être suivie, répond-elle à tout hasard.

— Par qui ? demande Legal.

— Aucune idée. C'est juste une impression tenace.

Bouveresse lui jette un regard étrange. Il récupère la cigarette sur son oreille, la fait rouler entre deux doigts, la replace sur son oreille :

— Pas d'idées de qui aurait pu lui rendre visite entre seize et dix-huit heures hier ?

Swann se rebranche :

— À seize heures, il avait un cours à Jussieu. Jusqu'à dix-huit heures.

Legal jette à Bouveresse un coup d'œil furtif qu'elle ne réussit pas à interpréter :

— C'est faux, répond-il. On a vérifié son emploi du temps. Il ne faisait pas cours le mardi après-midi.

Swann note l'information. Elle n'a aucune autre réaction apparente. Legal réattaque :

— Et vous, vous faisiez quoi hier ?

— Je manifestais pour la fac.

— Quelqu'un peut confirmer ?

— J'étais toute seule. Enfin, nous étions nombreux. Mais je ne vois pas pourquoi on m'aurait remarquée.

Swann hausse les épaules.

Anton Legal se redresse sur sa chaise ; ses yeux restent d'une grande mobilité :

— Pour résumer, on a affaire à un faux cambriolage. De votre côté, vous avez mis quatorze heures à appeler la police. Vous n'avez pas d'alibi pour l'heure du meurtre. Et les seules empreintes qu'on a retrouvées sur le corps sont les vôtres.

Anton Legal ne quitte pas Swann des yeux. Les caméras filment en continu.

5. Ancien monde

Dehors. Swann constate qu'elle a gardé la carte du flic dans sa main. Elle y jette un œil distrait. Legal a ajouté son numéro de portable. Elle glisse la carte dans son petit carnet.

Elle quitte Levallois.

Dans la rame, les visages sont impénétrables. Uniformes, indifférents. Pourtant, il y a parmi eux quelqu'un qui la suit, quelqu'un qui a bouleversé le cours de son existence. À moins que la folie ne se soit saisie d'elle. À moins que rien de tout ce qu'elle se figure ne soit jamais arrivé ailleurs que dans son désordre mental.

Elle sort son carnet. Morgue, balle, tir à bout touchant, bris de verre, motte de terre. Tout cela est consigné. Il y a même un graphique mimant la position du corps. Les gribouillis du carnet éloignent la folie et avivent sa douleur abdominale. Elle s'aperçoit que le mal de ventre ne l'a pas quittée depuis ce matin. Elle se plie sur son siège. L'élancement rend le moindre pas douloureux. Elle sort métro Bastille. Elle marche, courbée en deux, jusqu'à l'Arsenal.

Elle a grandi sur le port de Nantes. Au dernier étage sous les toits d'un immeuble vétuste des bords de Loire. Près des grues et des bars à putes. Dans le centre ancien du commerce triangulaire, le relais des marins, des militaires, s'immisçant pour une courte escale pluvieuse dans les trouées des quais de la Fosse. Swann en a gardé un goût prononcé pour les ports et les grues, l'armature nue des anciens hangars, les revêtements de tôle, la rouille, les terrains vagues. Elle revoit avec précision celui du bout de sa rue, délimité par du fil de fer. Ses herbes folles, ses amas de ferraille entreposés là depuis toujours, ce lieu redevenu un endroit sauvage, un lieu de nuit, où s'entremêlaient les épaves des usines et les plantes. Les lilas rongeant le fer des manufactures. Au loin, les navires. Des dockers déchargeant leurs cargaisons, le col des usines fumant au-dessus des grues.

Les quais de la Fosse. Les scintillements du port — néons des bars, lumière tournante du phare, reflétée dans l'eau qui tendait un filet opaque sur l'horizon, triangle d'or de la piscine, écoulement blanc des réverbères.

À côté du port de Nantes, celui de l'Arsenal est un ersatz sans odeur et sans souffle. Swann s'assoit dans l'herbe et laisse son esprit se perdre près des péniches.

Après tout, on dirait bien que le monde est resté en place.

*

Swann rumine les paroles des deux flics.

Près d'elle, un couple enlacé s'allonge. Une des filles rit. Elle penche son visage sur celui de son amie et embrasse ses paupières. Ses lèvres. Une vieille dame tourne vers elles un œil curieux. Swann les conserve à la périphérie de sa conscience, quelque part. Leur spectacle chasse passagèrement le mal de ventre.

Swann pense à la moquette tachée et bascule à nouveau. Elle ignore si les parents de Samuel ont été prévenus. Elle ne connaît pas la procédure. Faut-il qu'elle les avertisse ou les flics vont-ils s'en charger ?

Elle renonce. Après tout, elle ne les a vus qu'une fois. Samuel ne tenait pas à les faire se rencontrer. Il ne s'est décidé que lorsque Swann a fini par trouver sa réticence étrange. L'entrevue ne l'a pas poussée à insister. Leur gentillesse, leur attention, leur condescendance aimable — tout l'a rebutée. La mort de Samuel les éloigne encore. Son chagrin n'est pas une bête de foire.

Les deux filles s'embrassent. La vieille dame n'en perd pas une miette.

Un canard et une cane brisent la nappe de lumière de l'eau.

En automne dernier, Swann a aperçu Samuel par hasard, alors qu'elle rentrait de la fac. Elle l'a suivi et l'a observé, du trottoir d'en face. Elle ne voulait pas l'espionner, elle était juste fascinée par son ombre qui glissait entre les voitures. Loin d'elle, seul. Il se déplaçait avec un baladeur sur les oreilles. Il s'est avancé sur la route, avec ses cheveux secoués par le vent, sous la pluie qui tombait de plus en plus fort. Arrivée au niveau du pont, il a bifurqué vers les quais en allumant sa cigarette. Elle l'a suivi jusqu'à la Seine, si proche qu'elle l'entendait fredonner « The Letter » de Kristin Hersh. Captivée par l'extrémité incandescente de sa Gauloise dans la nuit. Il s'est arrêté devant l'eau. Figé. Un instant, l'idée a traversé Swann : il allait sauter. Il est resté plusieurs minutes au-dessus de l'eau, sans que rien ne bouge, ni son corps ni le temps, suspendu à ses gestes, sauf sa cigarette qui rougeoyait puis retournait à l'obscurité.

*

Swann se lève et rentre chez elle.

Il doit rester quelque chose, une réponse, une lettre, un mot griffonné que Samuel aurait laissé. Il doit exister une solution, quelque part. À cette douleur.

Partout, Swann sent sa présence. Son odeur imprègne le pull que Swann n'a pas quitté. La brutalité de la mort n'a pas tout balayé en un coup. Il reste ses cheveux accrochés aux draps, aux tapis, jonchant les carreaux de la cuisine. Il reste ses vêtements abandonnés sur le sol.

Elle fouille dans les tiroirs de Samuel. Aucun objet ne retient son attention. Elle ignore ce qu'elle cherche. L'intrusion de la section antiterroriste dans sa vie a ouvert les possibles. Elle se met à *soupçonner* Samuel.

Mais de quoi, elle serait bien en peine de le dire.

*

Avant que le réel ne la rattrape complètement, Swann fonce à la fac. Chaleur de fournaise sur le parvis.

Elle débarque dans la salle des profs, UFR philosophie et sociologie.

Elle cherche le casier de Samuel. Le trouve. Il y a deux lettres, visiblement des fiches de salaires, et un tract.

*Tract manif solidaire mai 20***

Primaire, secondaire, université, recherche : une seule politique — celle du pire !

• *Lycées et collèges : les postes, les filières et les disciplines à la poubelle !*

• *Bac professionnel : 3 ans au lieu de 4 !*

• *BEP : supprimés !*

• *École primaire : par cœur au programme !*

• *Universités : le savoir, l'esprit critique, ça ne sert à rien !*

• *Recherche : cassons tout, il en restera toujours quelque chose !*

Une seule réponse : Tous ensemble contre la casse de l'Éducation nationale et de l'enseignement supérieur.

Élèves, parents, enseignants, étudiants, chercheurs,

Tous ensemble, sauvons l'avenir !

Rien d'autre.

Désœuvrée, Swann ressort à l'air libre.

Sur le parvis, il y a toujours les mêmes silhouettes. Sacs à dos, mèches sur le front. Swann croise Falguière et ses deux étudiants. Falguière la hèle. Ses bras s'agitent comme des ailes de moulin. Il assemble sa mèche de cheveux. Il s'approche. Il embrasse Swann en la serrant. Avant d'entrer en contact, elle dit :

— Samuel est mort.

En fait, c'est facile à dire : Samuel est mort.

Falguière ne répond rien. Puis, après un long silence :

— Quoi ?

Il n'y croit pas, pas vraiment, pas encore. Swann le laisse à sa stupéfaction. Elle remarque l'expression de Justine et Matéo. Un sentiment fugace. Comme s'ils connaissaient Samuel bien plus que dans le cadre d'une simple relation prof-élève, pour ce que Swann peut bien savoir de cette relation.

Démuni, Falguière la laisse partir sans prononcer une parole. Elle en ressent un soulagement temporaire.

Les maux d'estomac reviennent.

Son portable sonne. Le nom de la mère de Samuel s'inscrit sur l'écran. Swann ne décroche pas.

Elle pense au cercueil, aux pompes funèbres, aux assurances, aux cartons à envoyer. Il va falloir se rendre à la mairie pour effectuer une déclaration de décès. Pour cela, elle devra emporter un certificat médical, le livret de famille de Samuel, leur certificat de PACS, un justificatif d'identité. En échange, on lui remettra des copies de l'acte de décès.

Ensuite, elle devra prévenir la banque, le tribunal d'instance, l'Éducation nationale, la mutuelle, le notaire, le centre des impôts, la sécu, l'électricité, le gaz, le fournisseur d'accès internet, et même le syndic de copropriété.

Son tête-à-tête avec la mort est terminé.

DEUXIÈME CERCLE

LE LIVRE

1. Scène de la vie quotidienne

Les parents de Swann ont pris le premier train. Ils se sont installés dans le salon. Avec discrétion. On n'aperçoit que leur petite valise, soigneusement repoussée derrière un coin du canapé.

À peine le plat terminé, Gaël bondit de son siège :

— Bon, on attaque cette tache.

Swann monte avec lui dans le bureau pendant que sa mère fait la vaisselle.

— Va aussi falloir poser une nouvelle vitre, remarque son père.

— Je vais faire venir quelqu'un, répond Swann. Ne t'embête pas.

— Tu parles ! Ta mère et moi on va faire ça en un rien de temps. Le vitrier, il va te voler.

Gaël observe maintenant la tache, avec sévérité :

— Tu aurais dû nous appeler plus tôt.

*

À quatre pattes, Gaël observe la trace. Il se redresse. Il met une main sur l'épaule de sa fille. Un contact furtif. Puis, il la pousse à l'extérieur pour avoir une pleine liberté de mouvement.

— T'inquiète pas, on va arranger ça.

En bas, sa mère termine d'essuyer la vaisselle. Swann s'assoit à table.

— Tu veux de l'aide pour les faire-part ? demande sa mère. On peut te payer les obsèques avec ton père. Au moins une partie. On a une assurance vie qui ne nous sert à rien. À rien du tout. Elle te profitera mieux qu'à nous.

— C'est à moi de payer l'enterrement de Samuel.

— Tu t'achèteras autre chose, alors. Tu ne vas peut-être pas rester dans cet appartement.

— Écoute, maman, c'est très gentil. Mais je vais m'occuper de tout.

— Qu'est-ce que tu comptes faire, maintenant ? Tu es jeune, tu…

— Je compte retrouver le salaud qui a tué Samuel et le buter.

Sa mère reste un moment en suspens :

— Bon, je vais monter voir la tache.

De la chambre où elle se change, Swann entend ses parents parler de façon posée, en professionnels. Sa mère ressort :

— Je vais te chercher une vitre, je viens de prendre les mesures. Ton père a la tache bien en main.

Elle revient :

— Tu n'as pas de mastic, si ?

Swann secoue la tête. Elle termine de jeter pêle-mêle dans son sac de sport sa serviette, son bonnet et ses lunettes de natation. Elle passe en coup de vent dans le bureau :

— Je vais nager une heure. Je reviens.

— Ça va te faire du bien. Prends ton temps. Quand tu rentreras, le bureau sera comme neuf.

*

Swann traverse la rue et gagne le centre sportif de la cour des Lions. La piscine de vingt-cinq mètres est séparée de la rue par une vaste vitre. L'accueil est froid, les carreaux des vestiaires assez sales. Swann se met en pilotage automatique. Elle frôle les corps d'autres femmes dans les vestiaires, entre dans une cabine. Elle ôte le pull de Samuel et le roule en boule pour qu'il ne perde pas son odeur. Elle ressort pour prendre une douche. L'eau lui paraît glacée. Elle s'avance devant le bassin. Elle enfile ses lunettes, son bonnet de bain noir. Plonge.

Elle commence ses longueurs sur la ligne rapide. Il y a peu de monde. Ses lunettes se couvrent de buée. Elle nage dans un état de demi-perception. Parfois, elle ferme les yeux. Elle se concentre sur sa respiration. Elle tente de chasser la douleur.

Elle pense que si elle pleurait dans l'eau, ça ne se verrait pas. Mais elle ne pleure pas. Il y a juste ce poids qui pèse sur ses poumons et refuse de partir.

Elle se revoit, enfant, avec son père. Ils passaient

leurs dimanches tous les deux, dans la piscine de l'île Gloriette.

L'oxygène l'aide à réfléchir. SDAT — Sous-direction antiterroriste. Antiterroriste. Samuel, maître de conférences en sociologie. Pourquoi des terroristes auraient-ils cherché à s'introduire chez eux ? Les flics ont parlé d'un livre.

En se redressant, elle aperçoit une silhouette derrière la vitre qui donne sur la rue Baudin. Elle se rhabille en hâte. Se précipite dehors. Il n'y a plus personne.

*

Quand elle rentre chez elle, la tache est partie. Ses parents achèvent de poser la vitre. Sa mère donne deux coups de marteau sur le dernier clou. Son père s'applique à couvrir le rebord de mastic. Il agit avec précaution, grattant la pâte blanchâtre à la truelle pour constituer une étendue parfaitement lisse.

Pendant que ses parents échangent des informations sur l'état du monde matériel, Swann écoute le message de la mère de Samuel au sujet de l'enterrement.

Swann se demande s'il est trop tard pour une crémation ou s'il fallait l'accord préalable de Samuel. Elle envisage un moment de fuir avec le cadavre. Elle le garderait près d'elle jusqu'à ce qu'il pourrisse. Elle s'envelopperait dans ses entrailles.

Machinalement, Swann dessine sur une feuille un rectangle et un corps. Elle froisse le papier. Elle le jette par terre.

2. Enterrement

À cinq heures, Swann ne dort pas. Elle sort sans faire claquer la porte. C'est jour de marché. Des hommes exposent leurs caisses de fruits sur des tréteaux. Swann s'allume une cigarette. Elle attrape un bus. Les murs, les vitrines, les pancartes défilent. Une ribambelle de flashes colorés derrière la buée du pare-brise.

Pause, seule à la terrasse d'un café. Des talons claquent sur le pavé. Mécaniquement, elle pense talons couloirs de la morgue, talons corps de Samuel, carreaux du sol, claquement de tiroir. Orbites vides.

Elle commande un café serré.

Le trottoir sous ses pieds, les magasins, les lumières, la buée, le couinement des klaxons. Bruit de pneus qui crissent, vrombissements de moteur. Murs, ponts, portes aux teintes mourantes, angles droits défigurés. Ciel encore strié de lignes droites et d'étoiles.

D'ici quelques heures, on enterrera Samuel. Elle allume une autre cigarette. Elle essaie de contrôler sa respiration.

*

Swann enlève le pull de Samuel. Elle le fourre dans son sac et enfile une robe noire repassée par son père. Gaël lui a rappelé que le tissu se froissait facilement. Elle devrait faire attention en s'asseyant.

Swann lisse de la main le bas de sa robe.

Elle se retrouve sur le parvis de l'église. On vient la saluer. Ses parents forment un rempart autour d'elle. Le petit Falguière a les yeux rouges. Il attrape Swann dans ses bras :

— Ça va aller, ma fille, ça va aller.

On ignore s'il le dit pour elle ou pour lui. Il repart un peu à l'écart, s'allume une cigarette.

Les parents de Samuel s'avancent à leur tour. Leurs vêtements sont impeccables, leurs cheveux bien coiffés. Ils lui adressent des phrases graves et bien rythmées.

Swann lisse le tissu de sa robe.

Il y en a beaucoup d'autres. Des oncles et des tantes, des amis, des élèves, des cousins. Leurs visages sont innombrables.

Elle s'assoit au premier rang. Si elle tendait la main, elle pourrait toucher le cercueil. Elle a choisi de l'acajou. Sur le site internet, on lui proposait « acajou style tombeau » ou « acajou style américain ». Elle a choisi le style tombeau.

À l'intérieur, il y a Samuel ouvert et recousu par un médecin légiste, les organes sortis, pesés, analysés et redisposés dans le corps. Le trou dans le dos. Les yeux fermés. À l'extérieur, dans l'église, peut-être son assassin.

Le prêtre a commencé à parler. Il ignore tout de Samuel. Il n'a vu que son cadavre et parcouru une notice biographique rédigée par Swann. De toute façon, il parle d'autre chose.

Il ne faut pas que vous soyez abattus comme les autres qui n'ont pas d'espérance. Jésus, nous le croyons, est mort et ressuscité.

Autour du cercueil, il y a quatre cierges. L'un d'eux s'est éteint. Pâte blanchâtre, inutile. Swann a un briquet dans son sac. Mais elle n'ose pas se lever.

Le menton du prêtre tremble. Le frémissement des chairs n'est pas imputable à l'émotion, mais à sa corpulence.

Tout ce qui se produit sur la terre arrive en son temps. Il y a un temps pour naître et un temps pour mourir.

Swann se retourne. Elle passe tout le monde en revue. Elle aperçoit les deux étudiants, Matéo et Justine. Le garçon, casquette treillis sur le crâne, lui adresse un sourire. Le trou de son incisive apparaît. La fille se contente d'un bref signe de tête. Mais il semble à Swann que quelque chose luit dans son œil. Comme du désir, de l'excitation ou de la haine.

Il y a un temps pour perdre ; un temps pour conserver et un temps pour jeter, un temps pour déchirer et un temps pour coudre. Il y a un temps pour se taire et un temps pour parler.

Le cierge est toujours éteint.

Il y a un temps pour aimer et un temps pour haïr, un temps pour la paix et un temps pour la guerre.

Dans l'église, on entend des sanglots. Une nièce de Samuel. Elle a onze ans. Ses pleurs entraînent ceux d'un bébé. On doit les emmener à l'extérieur car leurs plaintes couvrent les paroles du prêtre.

Les parents de Swann font un signe de croix. La sœur de Samuel lit un texte religieux. Elle s'interrompt, à cause des larmes. Swann est obnubilée par le cierge éteint et par sa robe. Maintenant qu'elle est assise, elle a dû la froisser.

La sœur de Samuel a les mêmes cheveux noirs que son frère, des yeux presque délavés. Elle termine :

Je vous attends. Je ne suis pas loin, juste de l'autre côté du chemin.

Le prêtre propose des hosties. Deux vieilles dames se présentent.

On se lève. Swann se retrouve devant le cercueil, elle lance de l'eau bénite, à tout hasard. Elle tend le goupillon à la personne derrière elle. C'est Matéo, l'étudiant blond. Il repose le goupillon et caresse le bois du cercueil. Il porte une bague avec une tête de mort ; de l'une des orbites sort la queue d'un serpent.

Au fond de l'église, le commandant Legal et le capitaine Bouveresse dévisagent Swann.

Elle se retrouve à nouveau sur le parvis. Il fait beau. On lui serre la main. On lui présente de sincères condoléances tandis que le cercueil est emporté dans un corbillard. Direction Père-Lachaise. Les parents de Swann l'emmènent en voiture.

Arrivé à destination, Gaël va ouvrir la portière de sa fille. Il lui prend le bras pour monter vers l'emplacement du caveau.

Un groupe compact entoure le trou dans la terre.

Swann les considère tous, les uns après les autres.

Samuel *l*'a laissé s'avancer derrière lui. Il ne s'est même pas retourné. Il ne s'attendait pas à ce qu'*il* le flingue.

*

Il y a certains visages que Swann n'a jamais vus. D'autres qu'elle connaît par cœur.

Samuel a laissé le canon toucher sa peau.

Les parents de Samuel, sobres et discrets. Le père s'essuie les yeux avec un mouchoir qu'il remet soigneusement dans sa poche. Il porte un pantalon en lin gris foncé. Une chemise, une veste sans cravate. Sa mère serre des mains en s'efforçant de sourire. Elle est vêtue d'un tailleur vert sombre. Un foulard de soie noire autour du cou. Boucles d'oreilles assorties à son tailleur. Des escarpins.

Georges Falguière lorgne le décolleté de Justine. Swann baisse machinalement les yeux vers la poitrine de la fille laide. La splendeur de ses seins absorbe Swann quelques secondes.

Matéo, l'étudiant au bouc, sort une cigarette, s'apprête à l'allumer, la remet dans le paquet.

Près de lui, un jeune homme d'une trentaine d'années, le visage en lame de couteau, les gestes saccadés, le corps musclé et maigre. Il est entièrement vêtu de noir : pantalon ajusté, col roulé fin. Swann ne l'a jamais vu. Elle observe ses mains. Il se ronge les ongles. Swann essaie de penser à autre chose. Il se balance nerveusement d'un pied sur l'autre. Il regarde sur les côtés.

Près de « Lame-de-couteau », un autre inconnu. Pas encore trente ans. Cheveux longs, les yeux très verts souffrant d'un fort strabisme. Des dents de travers. Il est passé juste à côté de la beauté. Il considère Swann un instant. Se détourne, la fixe à nouveau.

Swann n'est pas la seule à dévisager tout le monde. « Lame-de-couteau » et « Strabisme » observent nerveusement autour d'eux. Ils s'attardent sur un groupe d'hommes. Ils sont trois ou quatre, cheveux ras, jeans noirs. L'un d'eux porte des lunettes d'aviateur fumées. « Lame-de-couteau » et « Strabisme » paraissent inquiets de leur présence.

À deux pas, Swann aperçoit à nouveau Anton

Legal et Philippe Bouveresse. Ce dernier porte sa veste en cuir sur un jean noir. Il lui adresse un léger signe de la tête. Legal porte son costume à double boutonnage trop serré. Crâne impeccablement rasé.

Il plisse les yeux. Il semble chercher à voir au-delà des corps.

*

Falguière lit quelques lignes qu'il a écrites. Swann s'attache aux moulinets de ses bras. Sa veste en toile laisse apparaître une large auréole de sueur. Pantalon de velours côtelé. Méphisto. Il parle de sa rencontre avec Samuel, deux ans plus tôt.

Swann sort de sa torpeur. Samuel lui a parlé d'une longue amitié. Du moins, ce qu'il lui a dit de Falguière lui a laissé supposer une relation plus ancienne.

Un papillon passe près de sa joue. Il est d'un bleu profond, bordé de noir. Swann sursaute. Le papillon vole vers une couronne mortuaire. Il se pose sur une fleur. La beauté de ses ailes dépliées attire momentanément toute son attention. Il replie ses ailes. Il quitte la couronne pour un bouquet de narcisses jaunes, sur une tombe voisine.

Un nuage se disloque au-delà des visages. Swann défroisse le tissu de sa robe.

On entend un chant d'oiseau. Swann pense aux espèces qui vont bientôt disparaître. Sécheresse, fonte des glaces, incendies, manque de nourriture, mers polluées, animaux chassés pour leurs viandes, leurs peaux, leurs dents, leurs écailles, leurs plumes, leur graisse, pour fabriquer des vêtements, des bijoux, des produits de beauté. Il en naîtra de nouvelles, des mutations d'anciennes espèces. Apportant leur touche à la transformation perpétuelle des choses. Samuel fondu au bois, à la terre, revenu à des particules isolables, analysables, calculables.

Justine Gand a pris la parole. Elle décrit l'enseignant génial qu'était Bordat. Elle s'interrompt au milieu d'une phrase. Swann ne comprend pas qu'une étudiante, qui ne devait guère voir Samuel plus de deux fois par semaine, pleure alors qu'elle-même n'y parvient pas.

Swann récolte des bribes éparses de Samuel — l'ami, le prof, le fils, le frère... Elle tente de les assembler. Elle se remémore tout avec précision, ses yeux, ses lèvres, son nez, chaque partie de son corps. Mais impossible d'en former une image cohérente. Le visage de Samuel lui échappe. Le tableau d'ensemble se refuse à elle.

La mère de Samuel sourit douloureusement à Swann :

— C'est dommage qu'on se soit si peu connues.

Swann n'écoute pas. Derrière l'épaule de sa belle-mère vient de se matérialiser une fille. Elle fixe, à une certaine distance, dix mètres peut-être, le trou dans la terre. Puis, elle dévisage Swann. Son regard est indéchiffrable. Il y a du défi, mais on ne pourrait dire à l'égard de qui : de Swann ou de la mort.

Elle est d'origine maghrébine. Un nez d'épervier, des cheveux bouclés, très noirs. Un visage aux traits fins. Ses paupières sont soulignées d'un trait de khôl, son cou élancé. Vêtue d'une robe lie-de-vin qui souligne son buste, la finesse de sa taille, ses hanches larges. Elle a des chevilles graciles, juchées sur des chaussures plateformes à talons pleins. Elle porte des bijoux de mauvais goût. Des boucles d'oreilles couleur fuchsia. Des bagues couvrent toute une phalange. Un bracelet en argent de quinze centimètres de large. Sa bouche carmin foncé s'entrouvre. La lèvre supérieure se retrousse légèrement sur une rangée de dents bien alignées.

Une tante vient serrer Swann dans ses bras. Elle lui cache l'apparition. Swann se dégage avec brusquerie. Trop tard. La fille est déjà en train de repartir. Le commandant Legal s'est tourné dans sa direction. Il revient à Swann. Elle plante la foule autour d'elle. Elle fait quelques pas vers la brune. Elle aperçoit les cheveux en bataille sur les épaules frêles, la taille, le cul excessivement rond. Elle croit voir une chaîne en or accrochée à sa cheville. Elle s'apprête à la suivre. Son père la retient :

— Tu la connais ?

Elle se retourne. Gaël est là. Les tombes, la terre, les couronnes, le ciel, les gens, le trou.

— Elle fait vraiment mauvais genre.

Le commandant Legal s'approche, sans doute pour mieux voir. Il titube, il prend appui sur les croix pour avancer.

Swann jette une poignée de terre sur le cercueil acajou « style tombeau ».

*

Plusieurs personnes viennent étreindre Swann. Ils prononcent des paroles de réconfort. Elle remercie en se demandant pourquoi il fait si chaud. À moins que ce ne soit le contact de ces proches qui se frottent contre elle. Une goutte de sueur coule le long de son dos. Elle pense à lisser le bas de sa jupe. Elle se dit que maintenant ça n'a plus d'importance.

La présence de la fille plane encore sur le cimetière.

Une file s'est formée pour embrasser Swann. Elle étouffe. Elle se précipite en courant vers la sortie. Elle sent le regard de Legal dans son dos.

3. L'héritage

— Nous avons reconstitué la dévolution successorale. En interrogeant le Fichier central des dispositions de dernières volontés.

Swann observe le sol. Parquet de bois chaleureux et clair. Sans doute du chêne. Tapis couleur cerise. Elle a suivi un même tapis le long des couloirs de l'étude notariale. Début de la rue Auber, près de la place de l'Opéra. En face d'elle, une rangée de tiroirs en bois plus sombre contenant les dossiers de morts et de futurs morts.

Elle a conscience qu'on la regarde bizarrement, à cause de son pull trop large.

Le notaire qui lui fait face, les coudes appuyés sur son bureau de Plexiglas transparent, confortablement installé dans un fauteuil de cuir, lui sourit. Il a une quarantaine d'années, ses cheveux ont dû être très sombres. Aujourd'hui, la calvitie prédomine. Haute stature, traits fins, presque beaux. Des yeux intelligents.

Par contre, ce qu'il dit reste hermétique. Ça ressemble à du langage de flics, sans en être. À croire que les spécialistes *ès* macchabées se sont échangé leur glossaire spécialisé.

— En l'absence de descendants, et aux vues de votre contrat de PACS, vous avez droit à l'intégralité de la succession de votre conjoint. J'ai donc dressé l'inventaire de son patrimoine. Vous serez heureuse de savoir, d'abord, qu'il n'y a aucun passif. Ni dettes ni factures.

Il poursuit par une liste sommaire de biens acquis ensemble.

Il fait des mouvements avec ses mains. Longues et gracieuses, elles semblent prendre leur envol. Sur un coin du Plexiglas, une mappemonde ancienne. Le pied en fer sombre commence par trois faces d'homme à moustaches tombantes, divisé en trois pieds se terminant en patte de félin. On y aperçoit le Congo libre, le Siam et la Perse.

Le notaire s'illumine :

— Vous observez mon globe. C'est un Chicago 1887. Mais celui-ci a une particularité.

En disant ces mots, il actionne un bouton et la mappemonde s'illumine. Il la fait tourner sur elle-même. Swann regarde les eaux bleu clair de la mer de Chine, les océans, les pays et les continents pastel rouler sur eux-mêmes.

Le notaire a perdu son expression de neutralité. Ses pupilles se dilatent, ses lèvres se retroussent et dévoilent ses canines. La joie irradie son visage. Une joie de gosse. Il lance à nouveau le globe, lui faisant faire plusieurs tours sur lui-même. Il frôle la surface translucide de la pulpe de son index.

Un doigt puissant. Swann a une pensée éphémère et crue.

Elle l'oublie aussitôt qu'il reprend son monologue juridique.

Les frontières du monde reprennent lentement leur place. La sphère s'immobilise.

Le notaire lui tend un papier. Il dit :

— Voici l'attestation de propriété à votre nom.

Swann se penche vers la feuille.

Les soussignés

Vendeurs d'une part,

Monsieur Antoine Sertin, instituteur, et Madame Jeanne Sertin, son épouse, demeurant ensemble au 13, avenue Faidherbe, à Montreuil,

Acquéreur d'autre part,

Monsieur Samuel Bordat…

*

L'acte de vente porte sur une petite maison à Montreuil. Dont Swann devient l'héritière.

— Il doit y avoir une erreur. On n'a jamais eu de maison. On ne possède même pas notre appartement. Quant à Montreuil, je n'y ai jamais mis les pieds.

— J'ai tous les papiers concernant la vente de ces lots. Compromis de vente, signature, acte de vente. Juste au nom de votre conjoint, avant votre PACS qui date de huit mois. Il ne vous en a pas parlé ?

— Non.

— Ne vous attendez pas à un palace. Votre conjoint l'a acquis il y a deux ans au tarif de 83 000 € pour deux cents mètres carrés. D'après le rapport prix au mètre, je dirais qu'il s'agit d'un bien, disons, modeste.

Swann attrape le papier. Elle jette un dernier regard au globe. Il est éteint, maintenant. Immobile. La main du notaire est sagement posée sur le bureau. Swann se lève et salue. Le notaire à la calvitie brillante la raccompagne le long des escaliers en marbre. Il passe l'accueil. Il lui serre la main.

— Mes plus sincères condoléances, madame.

Elle scrute ses yeux de poisson mort en quête d'une étincelle. Elle hésite à lui reparler du globe pour voir renaître l'expression magique, mais ne le fait pas.

4. Le squat

Métro Croix-de-Chavaux, Montreuil. Swann se refuse toujours à prendre sa voiture. Elle débarque devant un bâtiment de trois étages, longe le centre commercial. Restauration rapide, spécialités turques. Boîte d'assurances. Banque. Elle passe devant une façade bleue où ont été peints trois visages de garçonnets derrière une loupe. Au dessus : « Montr'œil. » Elle emprunte l'avenue Gabriel-Péri. Elle se retourne. Plusieurs passants, dont aucun n'attire particulièrement l'attention. Restaurant, devanture rouge. Alimentation. Des cageots de fruits et légumes débordent sur le trottoir. Pressing. Ils offrent moins 20 %.

Swann s'accroche aux détails sans voir la photo d'ensemble. Elle observe ses pieds. Elle n'est jamais venue ici. Elle s'enfonce. Boîte de consulting d'un côté, matériel forain de l'autre. Deux ou trois petites maisons aux jardins fleuris.

Le bruit de pas est si fort qu'elle se demande s'il ne résonne pas dans sa tête.

Derrière elle, il n'y a personne.

La rue de Stalingrad est déserte. Deux façades attirent son attention. L'une d'elles a été couleur crème. Aujourd'hui, les volets sont fermés et le mur pèle, attaqué par une maladie de peau incurable. L'autre façade, jaune pisseux, lépreuse. Un scooter déboule à l'improviste d'une rue perpendiculaire. Swann sursaute.

Devant un café au rideau râpé, une femme en boubou africain hurle dans une cabine téléphonique. La rue se rétrécit. Swann dépasse un camion couvert de tags. Nouvelles façades grêlées. Elle commence à se demander à quoi va ressembler son « héritage ».

Elle passe une maison en brique qui a dû avoir fière allure plusieurs décennies auparavant. De sa splendeur ne restent que les plantes grimpantes qui débordent en bouquets verts et en fleurs rouges au-dessus du grillage. Les volets en fer sont couverts de rouille, le bois des fenêtres est rongé.

Puis, c'est là. Le legs de Samuel.

Un bâtiment d'un étage. Une entrée de garage verte occupe plus de la moitié de la façade grise écaillée. Une fenêtre aux volets fermés, couleur chair. Une suite de petites ouvertures barrées de briques rouges occupe le premier étage. Même bordure de briques sur les côtés du bâtiment. Un fronton, en haut, porte une inscription presque effacée. Plusieurs graffitis sur le mur. Le plus visible, à la bombe : « Contribution à la guerre en cours. » Un autre, en vert : « Esprit free party. »

Une voiture stationne devant la porte du garage. Immatriculée 75. Swann attend. Elle échafaude des hypothèses. Le champ des possibles s'étend à perte de vue. Vente d'armes, faux billets, trafic d'héroïne : son cerveau s'emballe. Elle est entrée dans un monde où tout pourrait avoir eu lieu.

Swann se demande où se mettre à couvert. À cause de l'étroitesse de la rue, on la remarquera forcément. Elle fait un tour, se retourne à chaque pas. L'endroit semble désert.

Swann se poste à quelques mètres de la porte. S'adosse au mur. Un riverain sort d'une maison. Elle feint de lire un vieux plan de métro. Elle longe mentalement la ligne 9. Direct de chez elle. Porte de Montreuil, Robespierre, Croix-de-Chavaux, Mairie de Montreuil. À côté, ligne A4 : Torcy, Lognes, Noisiel… Ces noms ne lui disent rien.

Quand le voisin est hors de vue, elle se fige. Attend. Le soleil se déplace avec lenteur. Il bouleverse les ombres aux pieds de Swann, rebat sans cesse les cartes pour former des figures neuves. Le mur derrière elle est recouvert de lierre. Les feuilles vertes, éclatantes, débordent du jardin pour exploser en gerbe sur la surface sale. Ils forment des liserés sur le sol. L'inclination du soleil les change en dos de salamandre ou en dentelle. Au ciel, quelques nuages hauts. Les gouttelettes en suspension s'étirent et se tordent.

Si Samuel avait acheté cette maison pour la louer, il le lui aurait dit. D'ailleurs, le lieu ne ressemble pas à un placement rentable. Elle devra sans doute revendre. Quitter son appartement à Paris et déménager dans un studio ou un deux-pièces. Encore des paperasses. Des visites de logements sales.

*

La porte du garage s'ouvre. Swann s'enfonce dans le lierre. Elle s'absorbe dans la lecture d'une notice de médicaments. Elle relève les yeux. Le nez d'épervier, les boucles noires — la fille du cimetière sort de chez Samuel.

Elle est vêtue d'une robe au tissu blanc couvert de feuilles d'or. Une ceinture orientale étincelante. Des chaussures à bout pointu, en cuir verni blanc, avec une large bride enserrant la cheville. Au cou, elle porte une parure incrustée de pierres fausses. Ses cheveux sont remontés en un chignon lâche, retenu par un crayon à papier.

Swann lui emboîte le pas. Elle suit l'étirement de son cou qui se déploie au rythme de sa marche. Les épaules couleur caramel. Les fesses arrondies.

Swann hésite. Elle voudrait s'arrêter mais elle est aimantée par le blanc et l'or de pacotille, les boucles de ses cheveux, le roulement de son cul. Les scénarios s'écrivent tout seuls dans son esprit. Cette fille était la maîtresse de Samuel, il lui a acheté un toit. L'immeuble de Montreuil était une garçonnière, son lieu privé, adultère.

Swann a de nouveau mal au ventre.

L'histoire se poursuit dans sa tête. Un fait divers, un crime passionnel. Samuel a promis à cette fille de quitter Swann et il ne l'a pas fait. Elle est venue à Paris pour lui parler, le convaincre de renoncer à son confort bourgeois. Elle a pris la ligne 9. A marché jusqu'à leur duplex sous les toits, dans le onzième arrondissement. Elle a sonné. Samuel lui a ouvert. Elle a insisté : quand quitterait-il Swann pour venir s'installer avec elle à Montreuil ? Samuel a éludé ; il a temporisé encore une fois.

La fille s'approche par derrière. Elle a apporté une arme avec elle, un flingue appartenant à son frère ou à son père. Elle voulait sans doute le menacer. Ou avait déjà, dès son départ de Montreuil, prémédité de tuer Samuel. Canon collé contre sa peau.

C'est cette fille qui a fait le trou dans lequel Swann a glissé son doigt, elle qui a ouvert la blessure.

Swann revient sur ses pas. Une silhouette disparaît précipitamment à un croisement de rues. Swann marche jusqu'à l'embranchement. Personne.

Elle se plante devant le bâtiment. Dans son sac, elle possède les titres de propriété mais pas de clé. Elle pourrait escalader et casser un carreau. Le mur n'offre aucune prise. Défoncer la porte en fer du garage. Le bruit serait infernal.

Elle se demande à quoi ressemble l'intérieur. Un nid d'amoureux, peut-être. La tanière dorée et satinée de cette fille. Des rideaux de fausses perles tintinnabulant entre les pièces. Une odeur, forte, de chèvrefeuille. Des cheveux emmêlés sur une brosse en plastique.

De la fenêtre du bas, éclate une musique assourdissante. Swann sursaute. Elle vérifie que la rue est vide et s'approche. Elle épie à travers la vitre. La scène met quelque temps à s'assembler dans son esprit. Matéo, l'étudiant au bouc, vêtu d'une casquette, d'un tee-shirt et d'un bermuda rouges, est en train de faire un pogo dans la pièce en braillant à tue-tête :

Je suis mal dans la vie
Car le monde est tuerie
Et je pense aux massacres
Que personne ne condamne
Et je pense à la mort
Que tout le monde ignore
J'ai les testicules froids
Et ma tête est une boîte
Regarde mes excréments
La course aux armements
Je suis bisexuel
Le monde est cruel
Par le bien et le mal
Le monde est brutal
Et j'encule la France[1].

Swann recule de quelques pas. Elle revient. Le jeune homme bondit en la voyant. Il arrête de danser et enfonce d'un air gêné sa caquette sur son crâne. Il sort. Il se place devant l'entrée

1. Les paroles sont tirées de « Noir les Horreurs » des Bérurier Noir.

comme s'il pensait cacher le bâtiment derrière lui. Il salue Swann d'un air faussement désinvolte. Elle répond abruptement :

— Qu'est-ce que vous faites là ?

Matéo se balance d'un pied sur l'autre. Il penche sa tête sur le côté. Il fait une grimace étrange.

— Je fais des mouvements synchronisés avec mes bras et mes jambes sur un assemblage de 0 et de 1 produisant des sons.

— Je ne vous demande pas pourquoi vous dansez tout seul. Mais ce que vous faites *chez moi*.

— Je bois du café. Je me brosse les dents. Je porte des pantalons et des tee-shirts qu'il m'arrive d'assortir. J'utilise les toilettes pour assouvir mes contingences naturelles. Et je ne savais pas qu'on était chez vous.

— Et la fille, qu'est-ce qu'elle fait là ?

Matéo sourit. Sa dent manquante crée un point de fuite sur son visage.

— Nour ? Elle dispense sa beauté et reprise des chaussettes. Principalement.

Il reste devant la porte. Il voudrait empêcher Swann de passer.

Elle sort de son sac les actes de propriété. Elle les lui brandit sous le nez :

— Vous allez me faire rentrer. C'est chez moi, maintenant.

Elle agite toujours les papiers. Le jeune homme les regarde, puis observe le visage de Swann rouge de colère. Il paraît gêné pour elle.

— T'énerve pas, lui dit le garçon. Ta production

administrative est de toute beauté, j'y suis très sensible.

Comme il ne s'est toujours pas écarté et que les actes n'ont pas eu l'effet escompté, Swann le bouscule pour passer. Il attrape mécaniquement sa main. Il la tient doucement. Il lui caresse la paume. Ce contact fait affluer plusieurs montées de sang en elle, à ses tempes et entre ses jambes. La colère retombe d'un coup.

Le trou dans sa bouche aspire l'attention de Swann avant qu'il se tourne pour ouvrir le portail.

*

Swann et lui arrivent dans une pièce d'environ quatre-vingts mètres carrés qui occupe presque tout le rez-de-chaussée. Les murs sont couverts de graffitis. Celui d'en face figure une grande scène de nuit. Trois prisonniers en uniforme rayé sont assis sur le rebord d'une fenêtre, dont les barreaux ont été sciés, tournés vers la lune.

Le mur de droite est occupé par un gigantesque chat, l'air hostile. En dessous est inscrit :

Ni dieu
Ni maître
Ni croquettes.

Le mur de gauche porte juste une inscription en bleu : *no border — no nation,* et une inscription en rouge : *Rejoignez l'armée du crime.*

Au centre de la pièce, plusieurs tables ont été

assemblées. Dessus, des piles de journaux qui, par leur minceur, ressemblent plutôt à des brochures. Des pots de stylos. Des ordinateurs datant de vingt ans. Deux bibliothèques. Un tapis rouge râpé.

Sous les trois prisonniers, une silhouette est étendue sur un canapé informe, dissimulée en partie sous un duvet gris troué.

Il est bientôt dix-sept heures, ça sent le café. L'odeur vient d'une kitchenette en désordre. Pourtant, la vaisselle repose, parfaitement lavée, sur des étagères au mur. Plusieurs cendriers ornent les rebords de la fenêtre.

Swann désigne le dormeur :

— Qu'est-ce qu'il fait là ?

Matéo invite Swann à s'asseoir à la petite table de la cuisine. Celle-là, Swann la reconnaît : elle appartenait à Samuel. Il lui avait dit qu'il l'emmenait chez Emmaüs.

L'étudiant lui verse un café. Elle boit machinalement le liquide recuit, épais et amer, qu'il lui sert.

— Samuel nous prêtait cet étage, et aussi trois petites chambres, là-haut. D'abord, pour notre canard…

— C'est un journal étudiant ?

— Étudiant, poil aux dents.

Il lui tend une brochure sur laquelle se détache le titre, *Sans frontières* :

— On noircit du papier pour ceux qui en manquent.

— Pourquoi, Samuel vous prête aussi des chambres ? C'est quoi ici, une sorte de squat ?

— Un « squat », c'est un lieu occupé illégalement, sans l'accord du propriétaire. C'est pas notre cas. Enfin, ça ne l'était pas…

— Qu'est-ce qui me le prouve ?

Le jeune homme est décontenancé. Il enfonce sa casquette sur son front. Il hausse les épaules.

— Si vous cherchez d'autres jolies feuilles comme votre acte de propriété, des papiers signés par l'administration légale des lois en vigueur administrative… vous serez déçue. Samuel nous faisait confiance. Il venait souvent. C'est tout.

— Faire quoi ?

Même temps d'arrêt de l'étudiant. Swann pense à Nour. Elle reprend :

— Je vais voir les chambres.

Le garçon la suit dans l'escalier.

— Tu ne trouveras rien là-dedans. À part quelques êtres vivants.

Swann se retourne, le scrute. Elle a beau posséder les titres de propriété, au chaud dans son sac, elle se sent en terrain inconnu, hostile. Le garçon voit sa peur. Il tente de donner à tout ça une apparence acceptable :

— On est juste cinq ou six. Vu les prix des apparts à Paris, aucun de nous ne pouvait se loger. Alors, Samuel nous a dépannés.

Ils sont arrivés devant une porte fermée. L'étudiant la désigne du doigt :

— Ici, c'est son bureau.

Swann se sent subitement mal ; elle voudrait partir. Samuel avait un bureau ici. Au milieu de ces gens, de ces peintures brutales et ces odeurs de café bouilli. Elle baisse la tête, se redresse et entre. Elle referme la porte sur l'étudiant :

— Je veux rester seule. Foutez le camp.

*

Porte fermée. Ça sent Samuel. Mécaniquement, elle pense tiroir de la morgue, elle pense cercueil, elle pense trou dans la terre, elle pense orbites vides.

Pourtant, son odeur est toujours là. Imprégnée dans la peinture, les meubles, les rideaux.

Un vaste bureau IKEA en désordre. Un siège à roulettes un peu déglingué. Sur le mur du fond a été peint un trou, surmonté d'une vaste brèche, comme si la paroi s'était fendue en deux. Dans la brèche, on aperçoit des herbes folles, du lierre et un bout de ciel.

Sur le bureau, Swann découvre une feuille griffonnée. L'écriture de Samuel. Ça ressemble à un pense-bête :

« *Plan de l'installation.*
Tracer les emplacements sur les murs.
Faire les saignées.
Placer les gaines, tirer les fils.
Poser les boîtes de dérivation.
Poser les prises et les interrupteurs.
Installer les prises de téléphone.
Placer le tableau.
Raccorder tous les circuits aux coupe-circuits (fusibles et/ou disjoncteurs).

Faire l'installation pour le chauffe-eau.
Installer un parafoudre.
Raccorder à la terre.
Faire un récapitulatif des raccordements pour le tableau. »

Swann lit attentivement le guide pour créer une installation électrique complète. Elle rassemble ses souvenirs. Leur première rencontre sur le parvis de Jussieu, deux ans plus tôt. Elle sortait de sa salle de cultures, les yeux éblouis par la lumière du jour et l'esprit occupé de bactéries.

Elle était rentrée dans quelque chose. Elle n'avait pas réellement souffert, mais le choc de cette rencontre avec une autre peau avait été suffisamment violent pour qu'il faille nouer contact. Le jeune homme s'était excusé : il était dans la lune. Il s'était mis à parler, de jolies phrases spirituelles. Swann avait répondu :

— C'est pas grave.

Et s'était sentie stupide. Le jeune homme n'avait pas paru le remarquer. Il avait des cheveux noirs, des yeux très bleus. Une beauté déconcertante. Il lui avait touché l'épaule. Ses mains étaient longues, les lunules des ongles impeccables. Il l'avait invitée à boire un verre, « pour se faire pardonner ». Elle avait dit oui, à cause de ses mains.

Au café, il parlait toujours. Il faisait une thèse de socio, mais donnait des cours à Jussieu.

Swann souriait. Les mains du garçon serraient son verre de bière glacée.

Au bout de deux heures, elle n'y tenait plus.

Elle s'était penchée sur lui pour l'embrasser. Elle l'avait emmené dans son studio, à deux pas de la fac. Elle l'avait regardé se déshabiller en retenant son souffle. Au réveil, il était toujours là, assoupi sur son oreiller. Il s'était réveillé, elle le contemplait. Il avait souri, mais n'avait rien dit. Elle semblait avoir réussi à le faire taire.

À tout hasard, Swann reproduit le guide de l'installation électrique sur son carnet.

*

Sur le bureau, elle découvre un traité de médecine en deux volumes. Un manuel d'agriculture. Elle l'ouvre :

« *Il convient de penser à utiliser toutes les strates : vous pourrez ainsi employer des rames pour conduire en tipis les haricots d'Espagne et tapisser le sol de pourpier doré, de pois carrés (Tetragonolobus) ou de cresson de Para (Spilanthes).*

Si vous le souhaitez, vous pouvez monter en graine quelques salades, poireaux et choux afin qu'ils forment d'éblouissantes inflorescences. »

Swann se souvient de la commande d'un pan de bibliothèque IKEA. Samuel avait insisté pour le monter lui-même. Devant le plan, il avait perdu patience et s'était tellement énervé que Swann avait pris sa place. Il était parti calmer ses nerfs dans son bureau. Puis, il était revenu. Il avait insisté pour rester auprès de Swann. Il ne l'avait pas quittée des yeux, fixant ses mains, ses sourcils froncés sur le plan, sa patience, son obstination méticuleuse. Le tournevis, les boulons. Quand elle avait redressé la tête, la bibliothèque montée, elle avait vu son désir.

Elle allume l'ordinateur. Découvre un dossier sur le disque dur. Il s'intitule « Recettes ».

À l'intérieur, plusieurs sections différentes. Elle en ouvre une au hasard.

PAIN SURPRISE

Ingrédients :

2/3 de C***.

1/3 de sucre.

Des petits tuyaux (type tuyaux d'aspergeurs, en jardinerie, ou tuyaux de perfusions, d'un diamètre intérieur n'excédant pas 1 mm).

Préparation :

À l'aide d'un briquet, faire cuire une extrémité du tuyau. L'écraser au marteau de sorte que les parois adhèrent entre elles.

Mélanger les ingrédients jusqu'à obtenir une pâte homogène.

Farcir votre tuyau avec le mélange ainsi obtenu.

Choisir la taille de votre mèche, sachant que 5 cm mettent environ 30 secondes à brûler.

Allumer sous la mèche.

Se mettre à couvert pour laisser éclater les saveurs de ce pain surprise (dans leur gueule).

Swann ferme le document et enregistre le reste du dossier sur une clé USB.

Elle l'efface du disque dur.

Elle redescend.

— Alors ? T'en dis quoi ? demande Matéo. De la peinture, je veux dire. C'est moi qui l'ai faite. Le chat aussi. Celui qu'aime pas les croquettes.

Au fond, la silhouette écrasée sur le canapé se retourne. Swann reconnaît Lame-de-couteau. Il ouvre les yeux. En rencontrant ceux de Swann, il a un sursaut. Le cri reste dans sa gorge.

Swann regarde les murs. Les prisonniers derrière leurs barreaux. Le chat hostile.

Le bouquin sur l'agriculture, les installations électriques, le manuel de médecine.

Le trou dans le dos de Samuel.

Les flics, leur unité au nom barbare.

Le « pain surprise » dans la gueule.

5. Croisement

Jussieu. Sous-sol de la tour 33, dans la salle de cultures. Swann travaille sous des hottes stériles, à la lumière électrique. Blouse blanche, gants bleus, les cheveux soigneusement attachés. Au sol, une myriade de petits carreaux. Autour d'elle, sur des paillasses carrelées de blanc, s'étalent diverses cultures de cellules et de bactéries. Les étagères sont remplies de flacons au bouchon bleu, soigneusement étiquetés : « Culture anaérobie de bactéries photosynthétiques — 12/05/20**. »

Swann aligne plusieurs petites boîtes rondes sur la paillasse. Elle prend du gel et le fait chauffer au bain-marie dans un bécher. Quand il est devenu liquide, elle le sort du feu et le fait couler dans les boîtes rondes. La matière jaunâtre, visqueuse, vient épouser les courbes des boîtes. Elle sèche en une demi-heure.

Pendant ce temps, Swann sort un buvard du réfrigérateur. Le labo qui le lui a envoyé a indiqué où se trouvaient les bactéries par une trace au marqueur. Sous la hotte stérile, elle place le buvard sur un gel afin de le réhumidifier. Puis elle gratte la partie indiquée à l'aide d'une spatule. Quand le gel a solidifié dans la boîte, elle prélève une partie des bactéries et l'y dépose.

Elle reproduira plusieurs fois l'exercice afin d'isoler les bactéries. Sans cet entretien quotidien, celles-ci se développeraient rapidement et pourraient progressivement muter, puis proliférer et se couvrir de champignons.

Quand elles seront ainsi isolées, les chercheurs pourront travailler sur une population génétiquement bien identifiée.

*

Au bout de deux heures, Swann sort se chercher un café. Ses collègues ont tous, à la lumière des néons, un teint maladif. Elle croise un autre technicien. D'habitude très disert, il la salue avec un sourire mais ne s'arrête pas. Près de la machine à café, deux secrétaires racontent leur week-end. Elles se taisent à l'approche de Swann. Elles adoptent un air de circonstance pour lui dire bonjour. Elles filent rapidement. Swann sirote seule son café noir sans sucre. Un chercheur sexagénaire s'approche. Il lui adresse un signe du menton et embraie :

— J'aurais besoin de cellules MDCK, dans l'après-midi.

Swann sourit.

— Pas de problème. Je vous apporte ça tout à l'heure.

Le chercheur veut être aimable, sans doute pour la remercier de son zèle :

— Vous avez l'air fatiguée. Vous travaillez trop…

— Non. C'est juste que mon conjoint est mort la semaine dernière.

Swann reste plantée là, à le fixer sans ajouter un mot. Le chercheur blêmit. Le rose quitte brusquement ses joues, ses yeux se détournent. Ses lèvres bougent sans rien articuler d'audible. Swann ressent une satisfaction intense devant sa gêne. Un sentiment qui ressemble à une vengeance.

*

Dans le couloir désert, les maux de ventre la reprennent. Ils ne s'estompent que lorsqu'elle travaille. Isoler des cellules lui procure un plaisir certain, une impression de contrôle sur le flux imperturbable du monde.

Une jeune femme passe. De dos, elle ressemble à Nour.

Swann se demande si elle peut refermer la boîte. Revendre le squat, rendre son appartement, oublier Nour, Matéo, Justine, Lame-de-couteau, le chat méchant et les pains dans la gueule.

Le visage de Samuel ne la quitte pas.

Un souvenir revient. Un jour, il lui a posé une question étrange. Il voulait savoir comment créer un produit explosif facilement avec des ingrédients en vente libre. Il avait expliqué qu'il s'intéressait à la question pour un article sur les guérillas urbaines. Swann lui avait parlé d'un mélange qu'il pourrait trouver aisément en grande surface, au rayon jardinage. Placé dans le couvercle d'une boîte en fer avec un inflammateur, il produisait une détonation violente. Le mélange, très instable, sensible au moindre choc ou friction, devait être manié avec précaution. Samuel avait pris des notes.

Swann s'efforce de ne plus ouvrir son petit carnet. Elle n'y consignera rien du tout.

Les flics feront leur boulot, elle le sien.

Elle restera à la frontière de la nouveauté, dans l'ancien monde qu'elle a toujours habité.

Elle n'avancera plus d'un pas dans *leur* direction.

*

Arrivée chez elle, elle essaie de chasser la crampe au ventre qui la saisit quand elle passe devant le bureau. Elle ne peut s'empêcher d'y entrer. La vitre est réparée. Ses parents ont fait un travail de pro. Ils sont rentrés à Nantes hier. Le pressing ne pouvait pas rester fermé plus longtemps. Sa mère s'est approché et l'a serrée contre elle. Elle lui a glissé dans l'oreille :

— Si tu décides de déménager…

Gaël a exceptionnellement placé sa main sur l'épaule de Swann. Il a dit :

— Tu peux nous appeler quand tu veux. On est là en un rien de temps.

Gêné d'en avoir tant dit, il s'est reculé. Les deux vieux se sont engouffrés dans le train.

*

Swann branche son ordinateur.

Elle entre la clé USB enregistrée à Montreuil. Dossier « Recettes ». Elle ouvre le premier document de la liste.

MISE EN BOUCHE

Ces recettes de cuisine s'adressent à vous madame, à vous monsieur, travailleuses travailleurs précaires, salarié-e-s de multinationales, chômeuses chômeurs, étudiantes étudiants, retraité-e-s…

À vous qui vous considérez comme un cuisinier, une cuisinière, du dimanche,

À vous qui jugez qu'il faut un matériel trop important pour vous lancer,

À vous qui croyez les ingrédients trop complexes à trouver,

À vous qui laissez cette tambouille aux cuistots professionnels,

À vous qui vous pensez incapable de renverser les crèmes du capitalisme,

Voici quelques recettes simples, à faire sur le pouce, avec un minimum d'ingrédients et de savoir-faire, pour vous réconcilier avec la gastronomie révolutionnaire.

Les rubriques qui suivent proposent une série de recettes simples, ne requérant que des outils ménagers (ciseaux, bouteilles vides, tournevis, allumettes, etc.). Elles ne nécessitent ni équipement, ni aptitude, ni connaissance particuliers.

Une seule personne peut réaliser un grand nombre de recettes sans aide extérieure ni planification préalable. On peut suivre une recette de façon improvisée chaque fois qu'une bonne occasion se présente.

Swann referme le document. Elle démarre une page Google. Elle tape « gang bang amateur ». Une multitude de pages s'affichent, dont celles sur lesquelles elle se connecte régulièrement qui apparaissent en violet. Son esprit se vide à mesure que les corps s'activent. Une femme seule dans un garage, les bras attachés en l'air, entourée par deux hommes en noir. Elle porte des bas et un porte-jarretelles, un tatouage en bas du dos représentant une fleur. Les deux hommes commencent par la fouetter.

L'écran de l'ordinateur brille dans la nuit. Swann a fermé ses volets.

Samuel lui nouait les poignets avec ses foulards. Il lui mettait un bandeau sur les yeux. Nour apparaît brutalement dans l'intimité de leur lit. Elle s'étale. Elle enfourche Samuel. Swann reste dans le noir, avec son foulard.

Sur l'écran, les deux hommes ont obligé la femme à se tenir à quatre pattes. Elle attend, tête basse.

Nour disparaît. Devant ses lèvres entrouvertes se superpose une silhouette derrière un foulard et une casquette. Peau blanche, tissu sombre. Les CRS. *Bam. Bam. Bam.*

Hostilité des visages noirs.

Les deux hommes écrasent le dos de la femme avec leurs chaussures militaires.

Le chat hurle :

Ni dieu
Ni maître
Ni croquettes !

TROISIÈME CERCLE

ASSOCIATION DE MALFAITEURS EN RELATION AVEC UNE ENTREPRISE TERRORISTE

« Une journée folle, une journée noire. Des scènes à vous donner la nausée. Du vandalisme, des bagarres, l'explosion d'une bombe, 200 arrestations. Sommes-nous dans la métropole canadienne ou au fond d'une caverne habitée par des brutes ? Ceux qui ont été témoins des scènes absurdes qui ont marqué la journée de la Fête de la Reine ont surtout observé le rictus des figures, la fureur inscrite dans le regard, une colère sourde qui, subitement, se manifestait par des poings tendus et surtout, quelle tristesse, la tendre jeunesse des manifestants. »

Roger Champoux,
La Presse, 1965.

1. Visite en terre connue

Il fait sombre, maintenant. Swann presse le pas. Les Olympiades forment des masses écrasantes autour d'elle. Sur l'esplanade, quelques jeunes zonent. Swann baisse la tête pour ne pas croiser leur regard. La peur lui étreint le ventre. Devant la tour où vit Falguière, quatre garçons squattent près de l'entrée. Ils portent des capuches. Ils fument. Swann se met en apnée. Elle traverse leur groupe. Elle gagne un des ascenseurs et appuie sur le bouton du vingt-deuxième étage.

Falguière vit dans un appartement spacieux, tapissé de livres. Des livres et des tasses à café vides jonchent le sol.

Georges semble surpris en dévisageant Swann. Elle l'a pourtant prévenu de son arrivée plusieurs heures plus tôt. Peut-être est-ce son visage qui a changé. Ou peut-être le pull de Samuel. Georges hésite à la saisir dans ses bras, comme il a l'habitude de le faire.

Son chat le fait trébucher en se glissant entre ses jambes. L'animal de gouttière, noir aux yeux verts, énorme, est un vieillard. Il doit avoir au moins quinze ans.

Le félin traîne ses membres perclus de rhumatismes. Et Samuel est mort.

Swann considère haineusement l'animal. Il se blottit sur ses chaussures, des bottes noires qu'elle porte en toute saison.

Georges Falguière s'assoit. Il semble nerveux.

— Je fais un café. Tu en veux ?

Swann hoche la tête. Il saisit l'occasion pour bondir de son siège et aller dans la cuisine.

Swann repousse le chat d'un coup de pied. Il miaule de douleur et bat en retraite, traînant la patte.

Georges revient. Son front est couvert de sueur. Il apporte deux tasses et un cake aux fruits. Il avale une tranche en deux bouchées. Swann ronge les bords de la sienne. Georges en saisit une autre. Il a toujours beaucoup mangé, mais le phénomène s'est accentué depuis son adénome de la prostate, un an plus tôt.

Dès qu'il a senti un dysfonctionnement, il s'est mis à en parler à tout le monde, à ses collègues, aux étudiants. Il ne supportait pas de garder son mal pour lui. Personne n'a plus rien ignoré de la prostate, de son utilité et de ses troubles, de son taux de PSA. Georges craignait de ne plus bander. La tumeur s'est révélée bénigne. L'ablation d'une partie de sa prostate a été exécutée avec un résecteur. Après l'opération, plus un mot. Mutisme total. Personne ne savait si Georges bandait encore. Samuel était un des seuls à ne pas spéculer. « Je ne l'ai jamais apprécié exclusivement pour sa prostate », répondait-il aux curieux.

Le chat va s'asseoir sur les genoux de Georges. Il frotte sa tête contre le ventre proéminent sortant du pantalon côtelé.

— J'ai appris des choses bizarres sur Samuel, ces derniers jours. J'ai besoin de savoir ce que tu sais, toi.

Georges la regarde, incertain. Sa mèche de cheveux posée en travers de son crâne. La sueur la prend au piège et l'agrippe comme une mouche sur du papier collant. Georges la délivre de la main, il la déplace sur l'autre côté de son crâne. Il saisit une troisième tranche de cake. Swann attaque la pâte, en mordillant autour des cerises confites.

— Tu as appris quoi ?

— Qu'il avait un squat à Montreuil. Qu'il y logeait des zonards, et Matéo, ton étudiant. Qu'il y avait un bureau où il apprenait les techniques agricoles, médicales, tout ça. Voulait-il partir ? Pour aller où ? Avec qui ?

Georges a un mouvement de surprise. Le chat bondit loin de ses genoux. Il retourne se fourrer entre les chevilles de Swann. Elle lui jette un coup d'œil rapide. S'il fallait donner quelqu'un à la bouche d'ombre, pourquoi Samuel plutôt que ce vieil animal boiteux ?

— Et les inconnus du cimetière, c'est qui ? Le type au strabisme, l'autre au visage en lame de couteau ?

Elle attaque la première cerise. Georges hésite.

Il semble chercher ses mots. Finalement, il répond par une question :

— Samuel et toi, vous n'avez jamais parlé politique ?

Swann s'égare. Des souvenirs reviennent. Jamais ceux qu'il faudrait. Elle se revoit avec Samuel en train de baiser. Il lui accroche les poignets avec des lanières. Il l'immobilise contre les barreaux du radiateur. Il lui intime l'ordre de fermer les yeux. Elle les garde toujours ouverts et ça le déstabilise. Il la rend aveugle à l'aide d'un foulard. Il gifle sa hanche. Légèrement. Comme elle ne regarde plus, la scène s'affiche dans son esprit. La marbrure rouge sur la peau. Elle voudrait crier des mots de soumission, mais elle n'en prononce aucun.

Ils ont souvent parlé politique. Mais pas de façon très précise. Non par désintérêt, mais parce que Swann a toujours cru connaître les opinions de Samuel. Leur proximité a étouffé les questions.

— Si. Souvent. Il parlait de ce qui le révoltait. Mais comme vous tous.

Elle englobe dans le « vous » les intellectuels que fréquentait Samuel. Ces types, des hommes pour la plupart, avec leurs livres qu'elle ne lirait jamais. Une colère sourde remonte dans sa poitrine. Au fond, peut-être qu'elle et Samuel ne parlaient jamais vraiment politique à cause de ça. Sa haine pour cet univers d'intellectuels avec leurs phrases et leur bon goût.

— Samuel était assez engagé dans certaines actions, reprend Falguière. Les jeunes du « squat », comme tu dis, éditent un journal sur les sans-papiers. Samuel écrivait des articles dedans, de temps en temps.

Swann hoche la tête. Samuel faisait ce genre de choses : écrire, parler.

— Mais à quoi ça lui servait, des traités de jardinage et de médecine ? Ces machins pour faire l'électricité lui-même ? Il ne savait même pas monter une bibli IKEA !

Georges hausse les épaules. Il tend la main vers le cake, il n'y en a plus. Sa main reste un moment suspendue, puis retombe. Il cherche le chat et l'appelle en frottant le bout de ses doigts contre le velours de son pantalon.

— Les étudiants adoraient sa façon pas du tout orthodoxe de faire cours. Il avait beaucoup de succès avec son séminaire sur la désobéissance civile. Dommage qu'il en ait profité pour enrôler des étudiants…

*

À travers la fenêtre du vingt-deuxième étage, Paris s'étend en une masse lumineuse écrasée par le ciel noir. Le portable de Georges le fait sursauter. Il lit le nom qui s'affiche sur l'écran. Il prend un air coupable :

— Tu permets ?

Swann hoche la tête. De la pièce à côté, elle peut encore l'entendre. Aux inflexions de sa voix, elle sent qu'il parle à une femme. Il prend des accents suaves qui la dégoûtent. Elle visualise furtivement son sexe, hésitant à le dresser ou à le laisser pendre mollement. Chasse l'image en se concentrant sur les miettes de cake tombées sur sa jupe noire. Il revient s'asseoir en face d'elle. Ses cheveux sont toujours collés sur son front.

— Les manuels, soupire-t-il, je ne sais pas. Un fantasme d'intello. Le rêve de savoir faire quelque chose de ses dix doigts. Moi aussi, des fois, je rêve de pouvoir changer une ampoule tout seul.

— Et la fille ?

— Quelle fille ?

— Nour.

— Connais pas.

Georges se gratte l'avant-bras. Le gros chat ronronne contre son ventre.

— On ne parlait jamais de ça. Enfin, lui n'en a jamais parlé.

Il sursaute quand éclate le premier coup de tonnerre. Swann contemple les éclairs à travers la vitre. On dirait que la nappe lumineuse de la ville cherche à s'élancer vers le ciel et à le déchirer en deux. Georges se lève. Il vient près de Swann sur le canapé. Il entoure ses épaules de son bras. Swann se crispe. Le chagrin est toujours si proche qu'il suffirait d'un rien pour qu'il l'emporte.

— Pense à toi, maintenant. Tu te fais du mal à remuer tout ça. Qu'est-ce que tu veux trouver ? Une réponse à quoi ? Il ne reviendra plus, c'est tout. Il faut que tu fasses ton deuil.

Une rafale de pluie vient se briser contre la vitre. Swann pense que sa tristesse pourrait déborder. Elle serre dans sa poche le petit carnet griffonné.

Recette du pain surprise. Installation électrique. Fenêtre, corps de Samuel, motte de terre. Faux cambriolage. SDAT. Manuels. La femme aux bijoux. Ni dieu, ni maître, ni croquettes !

Georges tapote sa main. Elle sursaute. Ici, sous ses pieds, il y a le monde rassurant d'hier. L'appartement de Falguière, son chat énorme, son problème de prostate et ses tranches de cake.

La pluie s'abat sur les vitres. Swann se tourne vers Georges :

— Je crois que je vais rester encore un peu, si tu veux bien.

*

Il est minuit. La pluie s'est calmée. Swann sort de la tour. Autour d'elle, l'esplanade est déserte. Elle brille des multiples gouttelettes de pluie accrochées à la nuit. L'appel du vent. L'averse a chassé les jeunes à capuche et fait ressortir des odeurs oubliées, marines et moites.

Le vent fait voler sa jupe comme un drapeau noir.

Elle se sent reliée à Samuel par un fil imaginaire. Elle tente de se raisonner. Elle va rentrer chez elle. Elle quittera l'appartement, empruntera pour s'acheter un studio quelque part, dans le douzième. Elle travaillera. Elle fera un enfant avec quelqu'un. Samuel n'en voulait pas. Elle, pas assez forte pour essayer de le fléchir. Elle retournera peut-être à Nantes. Près du vieux port. Au lieu de la piscine municipale, elle ira nager dans la mer dès que les beaux jours viendront. La Baule-les-Pins, Pornic, Pornichet. Elle retrouvera la buée du pressing. Les nuages blancs, l'odeur du linge.

Elle admire son reflet dans une vitrine obscure. Sa silhouette mince, ses bottes, ses cheveux noués. Elle s'arrête. S'abîme dans son visage. Derrière la vitrine, un objet attire son regard. Au-delà de son apparence, elle observe l'autre scène, derrière. Un alignement de jouets. Des peluches aux yeux luisants, un train électrique, des poupées qui ressemblent à des caricatures de femmes, sanglées, fardées et souriantes. Swann tente de retrouver son reflet, mais il lui paraît falot, presque irréel.

Circonscrite dans le rectangle de verre, elle peut se voir de la tête aux pieds. Elle ressent un instant le désespoir de n'être que cela. Une ombre furtive, vêtue d'un pull trop grand, dans la nuit. Des gouttes de pluie en suspension coulent le long de la vitrine. Le visage de Swann semble fondre, s'écouler. Sa silhouette entière disparaît progressivement sous le passage de l'eau.

Une légèreté nouvelle l'envahit.

Elle passe. Une rafale entrave sa marche. Son chignon se défait. Il y a un an, Samuel a dénoué ses cheveux dans la cuisine. Ils mangeaient. Samuel parlait et Swann l'écoutait. Puis, il s'est tu. Il a tiré sur la pince qui retenait sa chevelure. Après, il a placé sa main sur son cou, il a serré légèrement.

Elle croit le voir partout. Ses yeux immenses, sa bouche.

Elle presse le pas pour lui échapper. Il est là,

tout autour, et sourit. Elle court, sous le pont la Seine coule noire et brillante. Swann court parmi la pierre et l'acier. Les semelles de ses bottes claquent sur le trottoir.

À mesure qu'elle accélère, elle ne sent plus son corps. Elle est devenue un courant d'air, une voile sans ancre ni direction.

Elle prend le large entre les murs, les vitrines et les grilles. Swann embrasse tout, elle a dépassé le vent. Swann croit quitter le sol. Elle s'élève au-dessus des maisons, des immeubles, elle voit les ardoises et les tuiles, les pierres, le ruissellement des gouttières, le clocher d'une église, le sommet de la tour Eiffel, le ciel au-dessus des nuages, le reflet des vagues.

Elle s'enfonce dans l'obscurité.

2. Les mondes possibles

Au jardin du Luxembourg, Swann passe sous la statue de Verlaine. Le visage de marbre a l'air méchant. Il repose sur un haut socle sculpté, représentant les trois âmes du poète, la religieuse, la sensuelle et l'âme d'enfant. Swann se rappelle quelques vers appris à l'école. *Il pleure sans raison / Dans ce cœur qui s'écœure. / Quoi ! nulle trahison ?… / Ce deuil est sans raison.*

Elle s'installe dans un fauteuil droit près de la fontaine Médicis. Elle griffonne sur son carnet. Elle trace d'autres silhouettes de Samuel. Samuel vu du ciel, écrasé contre la moquette, trou rouge dans le dos. Samuel vivant, son visage, son front, son sourire. Les traits sont ressemblants mais la physionomie d'ensemble lui échappe. Ce qui faisait l'unité de Samuel s'est dissipé avec la mort.

La foule autour d'elle émet un brouhaha uniforme. La lumière du jour décline entre les arbres. Adossée à des guirlandes de lierre, elle observe l'eau, le reflet du ciel et des cimes à ses pieds. Un monde en trompe-l'œil, aux vérités réversibles.

Elle sursaute quand un homme lui demande l'heure. Il sourit :

— Je ne voulais pas vous faire peur.

Elle se force à relever la tête. Il a une trentaine d'années, un visage agréable. Elle se figure un instant la vie qu'elle pourrait mener avec lui. Un guide de voyage dépasse de sa poche. Londres. Ils déambuleraient dans les parcs. Avec Samuel, ils s'étaient promené au Regent's Park l'hiver dernier. Les eaux étaient gelées, des cygnes nageaient entre les plaques de givre. Il faudrait trouver un lieu où Samuel et elle ne soient pas allés ensemble.

L'homme s'éloigne. Il emporte avec lui ses promesses d'autres vies possibles.

*

Elle sursaute. Elle ne l'a pas entendu arriver.

La stature imposante du commandant Anton Legal se dresse devant elle. Il porte un costume bleu marine trop serré, une chemise ton sur ton. Des lunettes de soleil cachent la moitié de son visage.

— Excusez-moi de vous avoir appelé un dimanche, commence Swann.

— Je suis toujours disponible pour le principal suspect d'une affaire en cours, répond-il.

Elle redresse la tête. Legal promène sa main sur le dossier du fauteuil pour en évaluer les contours.

— On va prendre un verre, ordonne-t-il plus qu'il ne propose.

Swann le suit. Il marche d'un pas précautionneux, comme s'il craignait de tomber. Il longe les murs en les frôlant du doigt. Il passe les cafés bourgeois du quartier et choisit un rade miteux où est retransmis un match de football. Le bruit est infernal. Plusieurs habitués suivent avec le plus grand intérêt l'écran au-dessus du comptoir. Legal s'approche du téléviseur. Il tend la main. Il rate le bouton qu'il cherchait. Il caresse le bas du poste, ôte ses lunettes de soleil, plisse les yeux. Un sourire passe sur ses lèvres. Il trouve le bon bouton et baisse le son. Les clients s'apprêtent à protester. Legal se tourne vers eux. Il les dévisage. Il leur cache le match. Un homme s'enhardit :

— Poussez-vous, on voit rien.

Legal semble prendre conscience de l'écran. Il se retourne. Ses mouvements sont extrêmement lents.

— Oh, je n'avais pas vu.

Il est toujours placé devant l'écran. Il poursuit sans se pousser :

— OM-PSG. On va vous écraser.

Il retourne s'asseoir près de Swann. Personne n'ose remonter le son.

— Dites-moi qui était Samuel, demande Swann.

— Je ne réponds jamais aux questions métaphysiques.

Swann redresse le buste. Elle élève à peine la voix :

— Arrêtez de me prendre pour une conne ! Un cours sur la désobéissance civile. Un squat politique. Des slogans anars. Des documents pour devenir autonome. Et la présence de la SDAT. Je veux savoir la suite.

Legal fait tourner ses lunettes noires entre ses doigts, il dévisage Swann, puis sort un paquet de Dunhill et un Zippo doré de la poche de sa veste :

— Vous fumez ? lui demande-t-il.

— Occasionnellement.

— Et c'est une occasion ?

Elle secoue la tête négativement. Il sort un chewing-gum de sa bouche, le pose soigneusement dans un papier et le place sur la table. Il s'allume une cigarette. Le barman le rejoint en deux enjambées.

— C'est non-fumeur. Allez dehors.

Legal ne le regarde pas. Il sort sa carte de flic.

— Promis, je ne vous verbaliserai pas pour l'infraction.

Le barman repart. Legal se tourne vers Swann :

— L'enquête avance. Je n'ai pas le droit de vous en dire plus pour le moment.

— J'ai besoin de savoir qui était Samuel.

— Vous avez l'air de bien le savoir, déjà. Vous connaissiez l'existence du squat depuis longtemps ?

— Comment vous savez ça ?

— Je vous ai fait suivre. Comme je vous l'ai dit, vous êtes le principal suspect. On a vos empreintes partout sur la scène de crime…

— C'est chez moi, c'est normal !

— Mon collègue penche pour le crime passionnel.

— Pas vous ?

— Non. Je ne suis pas porté sur le vaudeville.

Il tire sur sa cigarette avec brusquerie. Ses yeux

partent dans toutes les directions, mus par une force centrifuge.

— Je penche davantage pour la piste terroriste. Samuel fréquentait des anarchistes autonomes. Des « totos ». Que vous avez dû voir à Montreuil.

— Pourquoi « terroriste » ? La scène la plus barbare à laquelle j'ai assisté, c'est un gros type en train de faire un pogo !

Legal ne regarde pas Swann mais un point au-dessus de sa tête, dans le bar. Peut-être le match de foot. Malgré l'immobilité de son corps, on sent une tension le parcourir.

— Si vous considérez le sabotage, les émeutes et les luttes clandestines armées comme des passe-temps inoffensifs, je ne peux rien faire pour vous.

— Ils n'ont jamais tué personne.

Un bref instant, Swann a le sentiment que Legal va se lever pour la frapper. Il tire sur sa cigarette. L'impression s'estompe. L'OM marque un but. Il se lève et hurle :

— Ouais !

Les clients, écharpes et tee-shirts PSG, lui jettent un regard écœuré. Il se rassoit :

— C'est ce que je déteste chez vous, les bobos de gauche. Cette tolérance pour les mouvements anars. Action directe, ça ne vous dit rien ? Dans les années 1970, les « autonomes » ont commencé par de gentilles manifs. Et ça s'est terminé par de gentils assassinats. Aujourd'hui, nos gentils anarchistes suivent les gentils préceptes de la douce « Action directe ». Ils détruisent les banques, les bâtiments d'institutions officielles,

les multinationales, les magasins. Ils caillassent la police. Ils sont formés aux techniques de la guérilla urbaine.

— Quel rapport avec la mort de Samuel ?

Anton Legal se tourne brusquement vers elle. Il l'observe avec une sorte d'étonnement, puis poursuit sans lui répondre :

— Ils sont partout, insaisissables. Ils nous glissent entre les doigts. Ils changent de téléphones tout le temps, ils vont jusqu'à utiliser le portable de passants rencontrés dans la rue. Ils ont le culte de la clandestinité. La culture du sabotage. Vu qu'ils refusent d'être signalisés, on n'a rien : pas de photographie, pas d'empreintes digitales, pas d'analyses ADN.

— Quel rapport avec la mort de Samuel ?

— S'ils ne sont pas passés à l'acte, c'est juste une question de temps. Ils préparent une attaque terroriste. Des cibles civiles. Des dizaines de morts, peut-être des centaines. Mais impossible de trouver l'endroit qu'ils prévoient de frapper. On le saura quand on retrouvera le *Livre au noir*. Tout est écrit dedans. Mais aucune trace !

— C'est quoi ? Quel rapport avec Samuel ?

— Un manuel de guérilla urbaine. Il raconte par le menu comment et où ils vont commettre leur attentat. Leur grand soir terroriste.

Legal s'interrompt. Il semble captivé par l'écran. Il plisse les paupières pour mieux distinguer les joueurs sur le terrain.

— Ils sont complètement paranoïaques. Même entre eux. Ils sont toujours persuadés qu'il y a des infiltrés dans chacun de leurs groupes. Méfiez-vous d'eux autant qu'ils vont se méfier de vous. Autant qu'ils se sont méfiés de Samuel.

L'OM marque un nouveau but. Legal se lève dans un fracas de chaise, il en lève les bras en signe de victoire.

— Pourquoi vous cherchez à ce point à les provoquer ? demande Swann en regardant les supporters du PSG du bar.

— Je ne cherche pas à les provoquer, répond le commandant, surpris. Je suis fan de l'OM, je ne vais pas faire semblant de soutenir le PSG parce qu'ils sont trente.

— Quel rapport avec la mort de Samuel ? reprend Swann. C'est lui qui a écrit le *Livre au noir* ?

Legal caresse un coin de la table. Il tâtonne pour trouver son briquet. Il reprend :

— Non. Samuel était notre informateur.

3. Colères

« *Les flics de la SDAT et de la DCRI recherchent le* Livre au noir *et son auteur. Anonyme, évidemment. Deux ans que Samuel nous rencardait pour le retrouver. Je ne voulais pas vous le dire. On couvre nos informateurs. Et je voulais être sûr que vous n'aviez rien à voir avec eux.* »

Après, Anton Legal lui a tendu une photo. Le cliché est flou car l'homme, au premier plan, est en mouvement. Face aux CRS, il lance un cocktail Molotov. Le cliché a saisi l'instant où le manifestant tend le bras en arrière pour prendre son élan. Dans l'effort, on sent la mâchoire tendue, les dents serrées. Même si le bas du visage est dissimulé par un keffieh. Pas de nez, pas de lèvres.

« *C'est un black bloc. Un groupement spontané de casseurs qui se forme en marge de manifestations pour les faire sombrer dans la violence.*

Une sorte de répétition du Grand Soir.

Samuel était chargé de prévenir l'attentat qu'ils préparent. »

Une capuche noire tombe jusqu'au milieu du front. Entre les deux, de grands yeux bleus. Pour la première fois, Swann y voit une flamme nouvelle, du désir et de la colère.

« *Pourquoi vous me le dites maintenant ?* »

Des images font écran. Informateur, corbeau. Un traître. Vision d'un homme, penché vers un autre, chuchotant : « *Ils* sont dans la grange. » Visage masqué de Samuel, pendant une manif, confidences aux flics. Collaboration.

« *Pour que vous puissiez bien évaluer la situation. Comprenez-bien : parmi ces gentils anarchistes, il y en a un qui a dû faire tomber la couverture de votre ami. Et le buter.* »

Elle ne peut pas lutter contre l'évidence : il s'agit bien de Samuel ; pourtant, sur la photo, il semble un parfait inconnu.

« *On ne se méfie jamais assez. Ces individus cachent leur cruauté derrière une apparence de braves amis de la liberté. Et les gens de votre espèce sont très sensibles à ce masque. Mais au fond, les totos n'accordent aucun prix aux destins individuels. C'est pour ça qu'ils se réservent le droit de les supprimer.* »

D'abord, elle a mal. Samuel disparaît une seconde fois. La mort n'est plus l'unique fautive. Il y a aussi l'étrangeté.

Elle encaisse.

Il y aura bien un moyen de réunir son Samuel et celui de l'image.

« *Je n'ai plus rien à perdre*, fait remarquer Swann.

« — *Si si, vous verrez. On a toujours un petit quelque chose à perdre.* »

*

Une fois rentrée chez elle, Swann ouvre le dossier des « Recettes ». Sans raison particulière, elle n'a pas parlé à Legal du document retrouvé sur l'ordinateur de Samuel.

HORS-D'ŒUVRE VARIÉS

Bouchées apéritives :

Découper les câbles téléphoniques en cubes.

Découper les câbles des ordinateurs en rondelles.

Découper les fils du matériel électronique en tranches fines.

Découper les fils d'alimentation électrique des systèmes d'alarme, des caméras de vidéosurveillance, des publicités... selon votre humeur du moment.

Émiettez les caméras de surveillance, les distributeurs automatiques...

Marinades :

Laisser tremper une éponge dans de l'eau ou du lait.

Envelopper l'éponge avec du fil et laisser reposer.

Quand l'éponge est sèche, enlever le fil.

Placer l'éponge dans les toilettes ou les conduites d'eau.

Laisser gonfler votre préparation jusqu'à boucher toutes les canalisations.

Cuisson :

Faites bouillir votre colère.

Laissez-la déborder.

4. Premiers feux

Les heures défilent. Swann attend sous le lierre. Le pull de Samuel commence à sentir la transpiration.

Parfois, une silhouette passe derrière la vitre du salon. Swann croit apercevoir l'Arabe, ses boucles et ses bijoux sonores. Elle l'imagine partout. Nour s'est même invitée dans ses souvenirs avec Samuel. Elle est auprès d'eux, dans leur lit, dans leur appartement, près de la tache effacée sur la moquette, derrière le flingue.

La porte s'ouvre. Swann se cache derrière une voiture. Nour plisse les yeux sous le soleil. Elle sort de son sac des lunettes noires. Elles couvrent son visage de verres immenses, cerclés de sombre. Sur les côtés, on aperçoit la marque en lettres d'or. Elle tourne à droite.

Swann s'assure que personne ne la suit. Elle lui emboîte le pas, à bonne distance. Nour porte un sac à dos. Dessous, un pantalon et des baskets. Le vêtement serré à la taille, épousant ses hanches, lui va mal. Ses fesses paraissent aussi démesurées que celles des *Nanas* de Niki de Saint-Phalle. Swann ne parvient pas à détacher les yeux des deux protubérances qui enflent et désenflent au rythme de sa marche. La plupart des gens concentrent leur expression sur leur visage ; elle la porte sur son cul. En observant les lunes hautaines, Swann ne peut s'empêcher de voir Samuel. Comment aurait-il résisté au désir de se glisser dans cette fente du décor ? Le cul de cette fille est comme la brèche peinte sur son mur, celui de Montreuil, ouvrant sur les herbes folles et le ciel.

Nour atteint une grande artère. Elle accélère. Swann presse le pas pour ne pas la perdre. Elle a visualisé plusieurs fois la scène où elle attraperait Nour par le bras et lui ordonnerait de répondre à ses questions. Elle s'est répété la discussion en boucle depuis vingt-quatre heures. Elle n'a jamais été très à l'aise avec les mots. Elle les a prononcés devant le miroir. Par saccades. À force de les redire, elle a fini par les dompter. Ils ne se disaient pas aussi bien qu'elle l'aurait voulu. Mais ils se polissaient un peu, leurs soubresauts s'atténuaient, la violence de leur débit devenait plus maîtrisée.

Elle a toujours admiré Samuel pour son sens de la repartie. Un tel esprit était une forme de grâce. Quand on adressait la parole à Swann, elle s'embrouillait, puis finissait par se taire. Samuel, lui, répliquait comme s'il n'y avait aucun effort à faire et que la réponse était déjà formulée, en dehors de lui. Swann peut l'imaginer faire des discours, haranguer une foule de manifestants, mais elle peine à faire coïncider son image avec celui d'un agitateur.

Elle se remémore leur agression.

« J'oublie jamais la gueule d'un mec qui m'a planté. »

Sa déconnexion du réel l'avait empêchée de bien voir la réaction de Samuel. À l'homme fragile, qu'elle avait pensé devoir couvrir de son corps, elle essaie de substituer un garçon plus brutal. Une balance. Samuel giflant sa hanche et tirant ses cheveux en arrière avant de la pénétrer ; Samuel enfilant un foulard pour défier les CRS, cassant une vitrine, excité par la violence des combats. Mimant une violence contre l'État pour dénoncer les dérives de ses compagnons. Lançant des pierres et faisant des rapports aux flics dans les locaux rutilants de la SDAT. La superposition ne se fait pas. Samuel reste, pour elle, l'homme du verbe et des livres, celui qui savait toujours quoi dire en toute situation. Le flingue l'a fait taire pour toujours. Quelles phrases a-t-il pu arrêter ? Des mots d'amour, de rupture ou des mots noirs, des mots de révolte, de trahison, de pavés, d'incendie ?

*

Nour s'est retournée. Swann essaie de ralentir le pas mais la jeune femme la regarde. Elle s'approche. Marche sur elle. Swann envisage un moment de s'enfuir. Pétrifiée, elle reste. Nour s'arrête à sa hauteur :

— Qu'est-ce que vous me voulez ?

En un éclair, les mots, ceux que Swann a laborieusement répétés devant sa glace, ne sont plus là. Ils se sont évanouis devant la brutalité du réel. Elle voudrait s'excuser et repartir dans la direction opposée. Finalement, elle dit :

— Je suis Swann, la compagne de Samuel.

Sans gêne, Nour détaille Swann des pieds à la tête. Ses bottes noires malgré le soleil, sa jupe au-dessus du genou, le pull de Samuel. Elle observe attentivement son visage, ses lèvres, ses joues. Swann se crispe devant cet examen minutieux. Nour lui sourit.

— Viens prendre un verre. On va discuter.

Pour l'entraîner dans la bonne direction, elle tient sa taille entre ses deux mains. Le geste est peut-être innocent. Il trouble Swann malgré elle. Nour frôle sa main. Elles s'assoient face à face dans une brasserie sans âme du boulevard.

— Je vous ai vue au cimetière.

Swann a prononcé la phrase comme une accusation. Nour hoche la tête :

— La mort de Samuel m'a fait beaucoup de peine.

Elle marque une pause. Le mot « peine » reste entre elles un moment. Puis, Nour reprend :

— Je l'aimais beaucoup. Et tu dois être si malheureuse.

Swann ne lui répond pas. Nour attrape sa main et la serre un bref instant. En même temps que son corps répond à l'étreinte, Swann voudrait l'attraper à la gorge. Elle voudrait lui demander s'ils étaient amants, si elle lui a tiré dessus pour une raison amoureuse ou une trahison politique. Les mots restent bloqués.

Nour sourit au serveur qui prend leur commande.

— Je veux que vous me présentiez aux autres, dit Swann. Au groupe. Samuel m'en avait parlé. Il m'avait tout dit. Il voulait que je vienne. Que je… participe.

Swann s'emmêle. Son mensonge est si gros qu'il lui fait baisser les yeux.

— Que tu participes à quoi ?

— À la… au combat. Moi aussi, je veux être utile. J'en ai marre de jouer le jeu. Surtout maintenant. Je dois reprendre le flambeau.

— Quel flambeau ? Excuse-moi, mais je comprends pas de quoi tu parles.

La nervosité fait renverser à Swann un peu de café sur la soucoupe. Elle se lève. Elle tremble de colère :

— Ne me prends pas pour une conne. Tu crois que Samuel me disait rien ? Il me racontait tout. Peut-être pas tout, mais beaucoup de choses. Les manifs, les actions violentes.

Nour lève le bras et touche celui de Swann. D'un geste doux, elle l'incite à se rasseoir. Mais Swann reste debout :

— La maison de Montreuil est à moi. Présente-moi aux autres. Sinon, je vous fous tous dehors. T'entends ?

Nour éclate de rire.

— J'ai toujours envie de faire plaisir aux gens persuasifs.

*

— Tu es sûre que tu veux venir avec moi ?

Swann hoche la tête sans répondre. Elles approchent du Centre de rétention administrative de Vincennes. Malgré son nom, il est situé dans le douzième arrondissement. 4, avenue de l'École-de-Joinville. Quelques groupes épars sont réunis devant un mur en brique d'environ quatre mètres. Au-dessus des murs, des grilles surmontées de barbelés enroulés, barrant un édifice blanc.

*

Dehors, ils sont peut-être deux cents. Peut-être plus. Ils se tiennent à une distance relative du mur ; deux cars de CRS disposés latéralement empêchent les avancées.

Une Noire avec une casquette rouge chemine près d'une Blanche quinquagénaire, portant des lunettes et un pashmina violet. Une jeune fille porte à l'envers sur le crâne un masque sur lequel elle a dessiné des cernes, des barreaux sur les joues, la bouche fermée d'une croix et un « non » sur le front.

Un Noir passe devant Swann en jouant un air mélancolique sur une flûte de bois.

Dans un relatif silence, quelques personnes réclament l'abrogation d'une loi que Swann ne connaît pas. Elle finit par déchiffrer « Ceseda » sur une banderole. Le nom ne lui inspire rien d'autre que de vagues réminiscences de médicaments.

Nour a noué ses cheveux en chignon « pour pas que les flics m'agrippent ». Certains manifestants s'approchent en provoquant les CRS. Derrière les casques et les boucliers, rien ne bouge. Même pas l'expression des visages.

Une femme se détache du rassemblement. Sexagénaire, blanche avec de longs cheveux orange dénoués, portant une robe olive. Elle marche d'un pas décidé vers les CRS. Elle les interpelle :

— Vous comprenez ce que vous défendez, bande de veaux ? Comment vous voulez empêcher les oiseaux de voler, les poissons de nager ? Les hommes se déplacent, ils migrent. C'est inscrit au cœur même du système que vous protégez : le monde capitaliste. Notre pays, il s'est construit sur l'immigration. On est un sur trois à avoir un de nos grands-parents étrangers. Toi, le brun, là, me dis pas que t'as pas des origines étrangères ?

Elle frappe du poing sur son bouclier transparent. Swann retient son souffle. Le flic n'esquisse pas un mouvement. Swann regarde rapidement sur sa droite et sur sa gauche pour repérer des sorties possibles au cas où les CRS chargeraient brutalement et s'en prendraient aux manifestants sans discrimination.

Elle ignore si elle doit se représenter Samuel sous les traits d'un manifestant ou d'un flic.

La femme frappe le casque. Un instant, il n'y a plus que ce bruit. Comme si tout le monde avait cessé de respirer.

Il ne se passe rien. Les CRS ne bougent pas. La femme finit par s'en aller.

Un projectile part. Une bouteille en verre vient se briser contre un bouclier. Les éclats se répandent aux pieds des CRS.

Toujours aucun mouvement. L'air est irrespirable.

Nour désigne quelqu'un du doigt. Dans le désordre de visages, Swann finit par distinguer Strabisme, le type aux dents de travers aperçu au cimetière. Il est torse nu, bien fait. Lui aussi porte un sac à dos en toile. Il tient un objet serré dans la main. Il bascule son corps vers l'arrière. Les muscles de ses épaules et ceux de son ventre saillent sous sa peau. Il prend son élan sur quelques pas et jette son projectile vers les CRS. La pierre rebondit sur un casque dans un bruit sourd.

— Ferdinand Piatzszek, un des « locataires » de Montreuil, commente Nour.

Les mâchoires de Ferdinand se desserrent. Quand il balance son projectile, il paraît presque beau. Le temps que Swann jette un regard rapide à Nour, Ferdinand a déjà disparu dans la foule des manifestants.

Les CRS ne bougent toujours pas.

— Ils ne vont rien faire ? demande Swann.

— Des fois, ils reçoivent l'ordre de pas bouger. Des fois, ça part comme ça. Tu sais pas pourquoi.

Une poignée de manifestants se met à scander :

— Libérez les sans-papiers ! Les sans-papiers / assassinés. Les sans-papiers / assassinés.

Un silence fait d'attente et de piétinement plane

à nouveau. Le soleil se couche doucement. Soudain, le ciel obscurci est illuminé par un feu d'artifice. Un bouquet de lumière se forme et meurt dans un bruit de tonnerre.

Du bâtiment blanc sortent quelques visages noirs. Dans la foule, des cris fusent : « Solidarité », « On est là », « Régularisation immédiate. » D'autres têtes apparaissent derrière les barbelés. Les manifestants leur font de grands signes. Les uns et les autres se répondent de chaque côté du mur.

« Libérez les sans-papiers ! »

Maintenant, la foule gueule. Elle se resserre autour des CRS. Un fumigène est allumé. Il éclaire les visages impassibles des forces de l'ordre, se reflète sur les boucliers. D'autres silhouettes se glissent dans la foule. Parmi les manifestants, il n'y a pas d'organisations visibles. Tout juste quelques personnes portent-elles un autocollant RESF. Swann se demande si c'est le signe d'une manifestation anarchiste.

Des fumigènes sont allumés. Au bout de quelques minutes, le groupe commence à fléchir devant l'impassibilité des CRS qui barrent l'avancée. La manifestation reflue. Il est plus de dix-neuf heures. Certains manifestants profitent du mouvement pour partir vers le RER. Swann en ressent du soulagement.

Le défilé a des allures de promenade champêtre. Il se dirige vers un pont, enjambant la Marne, à Joinville. L'eau noire prend des reflets d'ardoise et de nacre. Nour informe d'une voix neutre :

— C'est là où Baba Traoré est mort noyé.

Swann observe l'eau à nouveau. Elle se souvient vaguement du nom de l'homme, sans le relier à une histoire précise. Nour doit le lire sur son visage car elle poursuit :

— Il s'est jeté à la flotte pour éviter un contrôle de flics. Il est mort à cause du choc thermique. Il était venu en France pour filer un rein à sa sœur.

Le corps glisse, sans bruit, sur la surface opaque de la Marne. Le calme apparent de la manifestation commence à mettre Swann mal à l'aise.

Des deux côtés du pont, les manifestants bloquent la circulation. Des coups de klaxon retentissent.

— Mort aux flics ! hurle une quadra à lunettes.

Le slogan est repris par plusieurs personnes. Swann se sent saisie dans un étau. Nour lui désigne en souriant l'étudiant au bouc et la fille laide, Matéo et Justine, occupés à tagger un coin du pont. Justine bombe :

« Feux aux prisons ! »

« CRAme. »

Matéo dessine un slogan sur des oiseaux violets :

« N'ayez plus peur du noir. Il vous le rendra. »

En avançant, Swann découvre plusieurs autres tags disséminés : « Solidarité avec les inculpés de Vincennes », « Nique la taule », « Sans peur ni frontières ».

La route s'est hérissée de clous. Swann voit Ferdinand Piatzszek en jeter de son sac comme s'il semait des graines.

Swann se souvient d'une des recettes de Samuel qu'elle a consignées dans son carnet :

RECETTE POUR AUTOCUISEURS

À l'aide d'un tournevis, d'un pic à glace ou d'un outil pointu, piquer les zones désignées ci-dessous : réservoir, pneus, radiateur, câbles, carrosserie.

Ajouter du sable ou de la terre au carburateur.

Verser de la terre, de l'eau, du sable ou du sucre dans les réservoirs.

Utiliser les phares et les pare-brise pour réaliser une pâte brisée.

Assaisonner de clous les cellules des batteries ainsi que la chaussée, juste sous les pneus des véhicules garés.

Astuce du chef :

Vous pouvez réaliser une recette à l'aide d'une grosse pomme de terre que vous placerez dans le pot d'échappement.

Avec un bâton, enfoncez votre pomme de terre le plus profondément possible.

Cette recette est valable avec toutes sortes d'engins.

Astuce du marmiton :

À l'aide d'une pince ou d'un tournevis, ôter le bouchon du réservoir d'essence.

Saupoudrer l'essence de sucre glace.

Le cheminement de la manifestation devient erratique. On dirait la progression chancelante d'une foule ivre.

Finalement, le défilé s'arrête devant le commissariat. Justine hurle :

— À Joinville, la police assassine !

Le slogan est scandé par la foule. Plus loin, Matéo dessine des bateaux rouges et noirs sur les affiches publicitaires. Nour attrape Swann par l'épaule. Elle lui désigne le jeune homme au visage en lame de couteau.

— Et voilà Julien Fouet.

Lame-de-couteau porte un polo noir moulant, un pantalon noir et des Rangers. Sur le nez, des petites lunettes aux montants d'acier. Il les enlève et les place dans leur étui, méticuleusement. Puis, il s'élance et, du pied, s'attaque au panneau d'affichage d'un abribus. Un visage souriant et lisse y vante les vertus d'une crème antirides. Julien Fouet s'y reprend à plusieurs fois. Au bout de trois coups, la vitre se fend. Elle finit par exploser.

Swann observe chaque membre du groupe. Ferdinand enfile une cagoule et des gants. Il se penche et ramasse une pierre. Il la lance contre une vitre du commissariat. Elle se brise en éclats scintillants. Justine s'est approchée de Julien. Tous deux ont le visage partiellement dissimulé derrière un foulard noir. Elle lui adresse un signe de la main, il lui sourit avec les yeux. Il sort deux barres de fer de son sac à dos. Lui en propose une. Justine l'attrape et frappe le premier coup. Swann distingue sur son épaule un tatouage en forme de brin d'ADN.

La vitre arrière d'une voiture de flics explose. Julien fait voler en éclats les vitres latérales gauche. Le verre se fendille et s'émiette.

Quatre policiers sortent du commissariat. Ils

semblent affolés. Ils intiment à la foule l'ordre de reculer. L'un d'eux baisse un bras. Swann craint de le voir sortir son arme et tirer. Il saisit un sifflet. Il siffle aussi fort qu'il peut. Dans son inanité, le geste a quelque chose de touchant. On lui lance une bouteille. Il se penche pour l'éviter. Elle s'écrase contre le mur du commissariat. Alors que la foule martèle : « Assassins ! », les flics reçoivent des pierres et des bouteilles enflammées. Ils se replient à l'intérieur du bâtiment.

Les manifestants restent un moment devant le parvis désormais vide. Puis, toujours erratique, la foule revient sur ses pas. La Marne. La surface de l'eau s'embrase. Swann se retourne. Julien incendie le réservoir d'une voiture. Une autre brûle déjà, juste derrière.

Le monde est devenu noir et terrifiant, troué de flammes. Près de Swann, deux jeunes se caressent le sexe contre la rambarde du pont.

Des visages masqués frappent à coups de pied contre les vitrines des magasins qui explosent les unes après les autres en pluie de verre. Sur une publicité, Justine écrit à la bombe noire : « Nous sommes des voyoues. »

La police n'est toujours pas là. Nour a couvert son visage d'un foulard sombre. Elle se tient pourtant en retrait de la casse. Elle reste près de Swann. Parfois, elle se tourne vers elle et lui sourit en plissant les yeux.

Tout le monde s'engouffre dans la station RER de Joinville-le-Pont. Swann croit en avoir fini. Julien Fouet défonce à la barre de fer un distributeur de friandises. Il en sort des barres chocolatées et des madeleines qu'il lance aux manifestants. Chacun s'acharne à arracher les publicités, à taguer les murs, à recouvrir de peinture les caméras de vidéosurveillance.

Tout à coup, la police surgit dans un bruit de métal. Ils portent des casques, sont armés de matraques et de boucliers. Ils restent en bas de l'escalator et sur le quai d'en face. Les manifestants leur lancent des bouteilles enflammées.

Le RER arrive. Swann regarde Nour. Elle lui fait signe de ne pas bouger. Le GPSR[1] descend du RER, tandis que montent certains manifestants.

Swann se retourne. Les cent personnes qui restaient ont disparu.

Nour, les cheveux détachés et vêtue d'un chemisier blanc, feint de sortir du RER. Nulle trace de son sac à dos en toile.

Au loin, Swann aperçoit Julien et Justine, vêtus normalement, s'embrasser sur un banc. Une silhouette en jeans et chemise Ralph Lauren — Ferdinand — quitte tranquillement l'enceinte de la gare. Matéo, lunettes de vue sur le nez, potasse un recueil de Francis Ponge en attendant le RER suivant.

Le quai est jonché de vêtements noirs — cagoules, foulards, casquettes — et de protège-tibias. Dans les poubelles, fumigènes et barres de fer.

1. Groupe de protection et de sécurisation des réseaux : service de sûreté des transports en commun de la RATP.

Nour attrape Swann par le bras comme une vieille amie :

— Tu viens ?

Sur les murs, autour d'elles :

« *Début d'une résistance. Viennent le sabotage et l'offensive.* »

Elles se fraient un chemin entre les flics.

5. Retour

Swann referme la porte et soupire. Il est minuit passé. Elle va se préparer un café avant de s'écrouler sur le canapé. L'abat-jour jaune diffuse une lumière réconfortante. Le canapé est resté en l'état après l'effraction, elle a exigé que ses parents le laissent ainsi. Éventré par endroits. Pour découvrir quoi ? Le livre interdit que Samuel aurait retrouvé ? Peut-être n'est-ce qu'un geste de fureur gratuit.

Swann s'assied, le cul entre les blessures.

Elle revoit des bribes de la journée. Les visages cagoulés noirs. Les bouteilles en feu. Les voitures incendiées. Les tags. L'immobilité des CRS. Les visages bruns derrière les barbelés. Les vitres s'effondrant en cascade. Les membres du groupe anarchiste. Aussi violents que les lui a décrits Anton Legal. Vivant dans un monde où n'importe lequel pourrait sans doute tuer Samuel d'une balle dans le dos. Ferdinand torse nu, ses muscles saillant sous la peau, tout entier happé par son élan de destruction. Julien ôtant ses petites lunettes d'intellectuel pour exploser les pare-brise à la barre de fer. Justine, Matéo, Nour. Montrant les dents.

Agressifs, ils l'avaient été aussi quand Nour leur avait présenté Swann :

— C'était la compagne de Samuel ; elle est propriétaire de la maison, maintenant.

Tous l'avaient considérée avec hostilité. Ils ne disaient rien. Matéo avait son baladeur vissé sur la tête, punk plein tube, casquette sur les yeux. Ils attendaient de savoir ce que Swann allait dire. Gênée, elle avait parlé de façon hachée, sporadique, mais Nour avait pris le relais :

— Swann nous laisse le squat. Mais elle veut être des nôtres. Elle veut prendre la suite de Samuel.

Julien avait remis ses lunettes. Et répondu d'un ton cinglant :

— Ce n'est pas une charge héréditaire.

Swann avait rougi. Nour souriait toujours :

— Bien sûr que non. Mais pour Samuel, pour tout ce qu'il a fait pour nous, je crois qu'on peut tenter le coup.

Personne n'avait rien ajouté. Leur silence valait accord, pas confiance. Ils avaient posé quelques questions à Swann, avaient évité d'évoquer la manifestation ou toute autre action à venir. Leur méfiance était palpable. Swann la sentait dans leur regard, sur sa peau. Comme s'ils avaient tous su que Samuel les trahissait.

*

Assise devant son café. Swann se lève. Va prendre dans son sac le carnet et la photo de Samuel. Elle relit ses notes, observe les croquis. Elle ajoute quelques lignes sur la manifestation. Inscrit les noms et prénoms des membres du groupe. Elle se perd dans la contemplation du cliché noir et blanc de Samuel.

Maintenant, elle peut l'imaginer. Elle possède en réserve quelques images pour prolonger en rêve sa nouvelle identité. Samuel reprend vie, quelque part entre le passé réel et le présent de Swann. Seuls ses yeux bleus apparaissent dans la fente étroite entre la capuche et le foulard. Il est torse nu. Il prend son élan et abat une barre de fer sur un pare-brise. Il détruit une vitrine à coups de pied. Il jette des bouteilles à la gueule des flics. Puis il balance.

Quand les CRS chargent, il s'évanouit dans le décor. Il jette son foulard, son sweat à capuche et redevient le maître de conférences que Swann croyait connaître. Il prend un air dégagé et se faufile entre les matraques et les boucliers. Puis il balance.

Il rejoint Swann. Elle feint de ne pas l'avoir entendu arriver. Il l'embrasse dans le cou. Elle se retourne en souriant.

— Tu viens de rentrer ?

— Oui. Tu étais si concentrée que j'ai hésité à me signaler. Je t'aurais admirée, en silence. Je me demande comment tu peux t'absorber aussi entièrement dans ce que tu fais.

Il lit les grilles de chiffres de son sudoku par-dessus son épaule. Il sourit. Contrairement à Swann, que son univers littéraire exaspère, il semble admirer son aisance avec les chiffres. Ce qui, chez elle, lui échappe ne le rebute pas. Swann se penche à nouveau sur ses grilles. Toute son attention est pourtant concentrée sur Samuel mais elle le dissimule. Elle veut ressentir le plaisir de le voir s'impatienter, chercher à attirer son attention. Il s'assoit près d'elle, dans la cuisine. Il caresse sa nuque. Le contact de ses mains l'électrise. Elle attend encore quelques instants avant de relever les yeux, même si les chiffres se sont maintenant brouillés. Il se lève :

— Qu'est-ce que tu voudrais manger ce soir ? Je vais aller faire quelques courses. J'apporterai une bouteille.

Et puis il appelle les flics pour balancer.

*

Swann se verse un verre de vin. Elle a découvert le rouge grâce à Samuel. Chez elle, on servait l'été le gros plant ou le muscadet dans des gobelets en plastique. On trinquait en ne se quittant pas des yeux. Samuel avait adoré rencontrer ses parents. Ils étaient allés à Nantes l'été dernier, pendant quinze jours. Samuel trouvait toujours des excuses pour passer au pressing. L'odeur de détergent l'enivrait. Il lui arrivait d'engager une discussion politique avec Gaël. Mais il devait vite rendre les armes. Gaël haussait les épaules, il avait passé l'âge d'y croire. Il s'estimait déjà bien heureux de n'emmerder personne et que personne ne l'emmerde. Sa philosophie se résumait à cette phrase. Alors, Samuel se taisait et le regardait travailler. Il fixait ses mains qui, avec dextérité, maniaient le tissu, le pliaient, le caressaient avec fermeté.

*

Le vin est bouchonné. Swann le vide dans l'évier de la cuisine. Une odeur d'alcool et de fermentation emplit la pièce.

Elle repasse les visages noirs dans sa mémoire. Elle voit chacun des membres du groupe, un flingue à la main, s'approchant de Samuel et lui tirant dans le dos, acier contre chair. Elle se place devant la scène. Elle observe le visage de Samuel qui, au ralenti, se défait. Il écarquille les yeux. Sa bouche s'entrouvre. Il tombe aux pieds de Swann. Elle change d'angle. Elle prend la place de l'assassin. Elle serre l'arme, elle tire sur l'indic. La balle perfore la peau sans résistance, ressort plus loin, au niveau de la poitrine. Les deux trous rouges s'écoulent sur la moquette.

Elle est aspirée par le squat. Par sa vengeance. Elle s'approche et abat sur le crâne du meurtrier un lourd cendrier en verre. Elle frappe, frappe, la tête éclate, ses mains se couvrent de sang.

Elle imagine ce qu'ils se sont dit quand elle est partie, quittant Montreuil pour regagner Paris. Ils considèrent « la bourgeoise » avec une hostilité à peine nuancée par son statut de « compagne de

Samuel ». Ils ignoraient tout de son existence de la même façon qu'elle ignorait la leur, et de celle des flics. La vie de Samuel composée de morceaux épars.

*

Elle ouvre une nouvelle recette.

BRICKS AU BOULOT

Laver soigneusement les ordinateurs de l'entreprise.

Écraser grossièrement les informations importantes.

Réduire en poudre les fenêtres, les lampes, les écrans d'ordinateurs, les machines à café, les machines de chaîne.

Piler les ordinateurs.

Ajouter du café ou du jus de fruits à des papiers importants ou du matériel informatique fragile. Un portable fera aussi l'affaire.

Réchauffer les biens de l'entreprise avec des explosifs.

Cuire à feu doux les livres de comptes, de loyers, les dossiers urgents.

Au lieu de servir, laissez-vous reposer.

Swann termine son verre de vin bouchonné. L'attente jusqu'au lendemain lui paraît insupportable.

*

Le lendemain ne dissipe ni l'absence ni les visages noirs.

Au courrier, il y a le loyer. Mille cinq cents euros. Swann en gagne 1 755.

Dehors, une poubelle déborde. Elle étend sur le trottoir son trop-plein de nourriture, de papiers gras et de canettes à moitié pleines.

Le labo sent le renfermé.

Les bactéries, soigneusement cultivées à l'abri, dans leurs boîtes hermétiquement fermées, n'offrent aucune surprise. C'est même pour ça que l'on fait appel à Swann. Qu'il n'y ait pas d'accident, pas d'imprévu, mais au contraire une croissance contrôlée, prédictible, mesurable.

Autour d'elle, ses collègues s'agitent. Ils n'osent pas encore lui réclamer des cellules. Ils baissent les yeux. Quand ils ont vraiment besoin de quelque chose, ils lui envoient un mail. Comme si son visage leur était un reproche, ou comme si son deuil risquait de les contaminer. Le phénomène le plus curieux a touché l'une de ses amies, Aurélie. Swann l'a appelée avant l'enterrement. Elle lui a annoncé la mort de Samuel, d'une voix neutre. Aurélie a répondu par texto, quelques heures plus tard. Un message gentil. « Je pense fort à toi. » Puis, plus rien. Pas un signe de vie, ni un geste de soutien. La déception de Swann est à peine palpable. Elle y pense un instant, puis le visage d'Aurélie s'efface devant des images de feu et de verre brisé, de CRS et de matraques. Il s'efface derrière le cul de Nour, point de fuite vers un autre monde.

Swann envisage le groupe comme une nef des fous, voguant de façon chaotique à la lisière du réel.

Elle-même ignore où se situer. Samuel lui donnait une place en plein cœur de la société. Elle était « la compagne de », elle pouvait décliner son identité, son adresse, sa profession. Aujourd'hui que Samuel navigue entre le centre et la périphérie, Swann flotte sans direction.

*

Mécaniquement, Swann sort du labo. Elle marche jusque chez elle.

Sur le chemin, elle jette un œil distrait aux visages des passants. Puis, elle détourne son attention. Les vitrines lui renvoient son reflet intermittent.

Un homme s'approche d'elle. Il se met à crier. Il hurle qu'il est pauvre, à la rue, qu'il n'a pas pu se laver depuis une semaine et n'a rien mangé depuis le matin. Il veut de l'argent ou un ticket-restaurant. Swann essaie de contrôler le sentiment de haine que provoquent en elle la puissance de sa voix et le fait qu'il soit vivant.

Elle arrive à son garage et sort sa Clio. Elle se sent capable de conduire à nouveau.

Dès le périph, le pare-brise révèle des paysages. Des herbes folles au-delà des murs, des graffitis, des champs, des bâtiments insalubres aux fenêtres cassées d'où pendent des grappes de linge sale.

À Sceaux, Swann parcourt un trajet bien connu. Elle se gare devant l'immeuble d'Aurélie, hésite un moment puis monte au deuxième étage.

Elle sonne. Elle ne tarde pas à entendre les talons claquer sur le parquet.

En découvrant Swann, Aurélie blêmit. Swann l'observe sans rien dire. Elle serait bien en peine de dire ce qu'elle est venue chercher. Aurélie reprend contenance. Elle l'invite à entrer. L'appartement est impeccable. Le parquet brille et les plantes sur la terrasse sont en fleurs. Aurélie tente de s'y accrocher :

— T'as vu, elles sont belles, hein ?

Swann hoche la tête. Elle s'enivre du malaise d'Aurélie. Celle-ci essaie de se sortir du pétrin, elle sait que chaque silence les ramène à Samuel. Swann enfonce le clou :

— On l'a enterré la semaine dernière.

— Je sais… Je n'ai pas pu venir… J'étais par monts et…

Aurélie se lève et marche vers Swann. Elle la prend dans ses bras :

— Ma pauvre. Je te plains tellement.

Dans ses bras, Swann a trop chaud. Elle a conscience que l'étreinte est une façon d'échapper à son regard. Elle dit :

— On l'a abattu d'une balle dans le dos.

Aurélie doit s'écarter. Elle est pâle. Elle hésite quelques instants. Swann ne lui laisse pas le temps de parler :

— On a bien failli ne pas récupérer la moquette, à cause du sang.

*

Le soleil se couche à travers les vitres de la Clio. Ses rayons couvrent les champs d'une tache écarlate. Swann pense au trou, à son doigt qui glisse, au goût du sang de Samuel dans sa gorge. À l'odeur de Samuel mort. Au contact de sa peau.

Le paysage s'embrase d'un coup.

Là-bas, de l'autre côté du monde, il y a des gerbes de feu et des explosions de vitres, des cris terrifiants, des visages nouveaux, des êtres à double face — côté anar et côté flic.

À la lisière de la normalité, il y a des fous qui dissimulent leurs visages pour détruire ce qu'on croyait acquis — la surface lisse des panneaux publicitaires, la tôle rutilante des voitures, la perfection fade des objets de consommation. Ils s'unissent pour faire de la société un gigantesque brasier. Parmi ces visages noirs, sous le masque, un individu a tiré sur Samuel.

Samuel était une balance. Dans sa vie avec Swann, tout n'était que mensonge. Sauf peut-être sa peau, ses mains, sa chaleur.

Et c'est la nuit dehors.

Swann sort du parking. Elle parcourt les quelques centaines de mètres qui la sépare de leur appartement. Les talons de ses bottes claquent sur l'asphalte. Ils couvrent le crissement des pas derrière elle. Elle sent *sa* présence. *Il* la suit, encore et toujours. Elle ne se retourne plus, c'est inutile. *Il* aura disparu. Elle s'accoutume à ce regard posé sur elle. Elle ignore si l'ombre veut également la tuer ou juste l'observer. Peut-être la protéger. Les flics auraient placé sans le lui dire un policier en civil chargé de veiller sur elle ?

Depuis la mort de Samuel, la nuit n'est plus la même. Elle a pris des teintes nouvelles, elle résonne de bruits inouïs. Une longue plainte semble sortir des entrailles moites du crépuscule. Un cri de bête. Devant Swann se dresse un visage spectral. Une vieille femme enroulée dans une cape noire trouée. Elle crie au visage de Swann :

— On est tous morts, t'entends ? On est là, crevés comme des rats. Nos cadavres s'agitent une dernière fois. Mais c'est la dernière danse. La dernière avant qu'ils s'effondrent dans le caniveau. Splash. On aura beau se débattre et gueuler, on va se ratatiner pareil dans la merde des rues. Pourquoi personne veut voir qu'on est tous claqués ?

Elle dévisage Swann, ou peut-être quelqu'un d'autre à travers elle. De toute façon, maintenant, la pénombre rend tous les visages semblables.

Swann passe sa route. Elle manque trébucher sur un clochard. Elle le contourne. Son souffle fétide lui parvient à la faveur d'un coup de vent.

Pour la première fois, elle se sent complètement exposée au désordre et à l'obscurité. La ville a perdu son apparence lisse et glacée. Personne ne la protégera plus contre les bêtes sauvages. Autour d'elle, les volets sont fermés, les portes closes. Les murs eux-mêmes ne lui ont jamais paru si hauts. Derrière se terrent les gens normaux, barricadés dans leur confort et leur sécurité. Avant, Swann était là-bas, derrière les murs, les portes et les volets. La mort de Samuel l'a jetée ici, dans le terrain vague. On a ouvert la porte et cassé la fenêtre de leur monde protégé. On leur a montré que ces barrières étaient en papier, ces fermetures illusoires. Même le corps, même la peau : des protections trompeuses. Elles se trouaient en un rien et retournaient au néant dans un clapotis.

6. Les images

Cette nuit-là, Swann rêve qu'elle se rend chez Aurélie. Elle donne des grands coups de pelle dans le parquet. Ses gestes sont gênés, incroyablement lents, comme si elle creusait au ralenti. Elle se trouve dans le squat. Le trou a maintenant la taille d'une tombe. Swann regrette d'avoir oublié qui devait y être enterré. Mais la mémoire ne lui revient pas. Une fille laide a enlevé son tee-shirt. Ses seins phosphorescents illuminent le cimetière d'une lueur verte.

Swann ouvre les yeux. Elle a oublié de fermer le rideau occultant de la chambre. Le petit jour l'éblouit. Il est cinq heures trente.

Dans le rêve, une fille l'arrête :

— Tu veux coucher avec ma femme ?

Swann hésite :

— Ça dépend. Elle est comment ?

— Arabe.

Le téléphone la tire du lit. Il est onze heures. Un physicien du labo la cherche. Il attend une culture de bactéries depuis une heure. Sa voix reste mesurée, presque douce. Swann l'interrompt :

— Je suis au cimetière, je te rappelle.

Le physicien perd ses moyens. Il n'a plus besoin de bactéries maintenant.

Swann décide de se lever. En glissant une capsule de café dans la machine, elle se dit qu'avant la mort de Samuel, elle ne rêvait jamais. Sa disparition a ouvert une faille d'où l'on aperçoit des mondes noirs, nouveaux et sales.

*

Devant sa porte, il y a une boîte posée sur le paillasson. Swann se penche et l'attrape. Elle défait le paquet, découvre une clé USB. Elle la pose sur son matelas.

Swann se rendort.

À son réveil, elle hésite. Elle caresse la clé USB. Elle la repose. Elle finit par saisir ses jumelles dans le tiroir de sa table de nuit. Quelques fenêtres sont illuminées comme les lucarnes magiques de différents petits théâtres intérieurs.

Ses voisines, deux blondes du Nord, sans doute en programme Erasmus, se sont assises sur le toit et fument des cigarettes. Swann évalue ses chances de les voir tomber. Elle finit par s'ennuyer et reporte son attention sur l'étage du dessous. Un homme seul, d'une soixantaine d'années, gratte son torse. Il porte une robe de chambre à carreaux rouges et bleus. Il s'assoit dans un fauteuil, ouvre un quotidien. Il passe plusieurs pages rapidement. Il s'arrête sur l'une d'elles. Swann tente de deviner. Milieu du journal. Page société. Un fait divers ? Ou l'économie, le cours des actions en Bourse. Deux étages plus bas, une fille vient se poster à la fenêtre. Elle relève les yeux vers Swann. Elle porte juste une culotte rouge qui laisse deviner ses poils noirs en transparence. Swann ne baisse pas ses jumelles. Un homme en tee-shirt s'approche derrière la fille. Il jette également un regard vers Swann.

L'eau de la douche coule sur sa peau. Swann pense à la clé USB. Il faudra bien l'ouvrir. Elle s'essuie rapidement. Enfile une chemise de nuit. La noire, celle que Samuel aimait plus que les autres. Elle revoit la main courir sur le tissu, passer par dessous. Vite, il attrapait le foulard, les liens pour les poignets.

*

Swann a allumé l'ordinateur. Elle enclenche la clé. Une multitude de dossiers s'ouvre. Des vidéos classées à l'aide de chiffres. Elle ouvre la première.

Il s'agit d'une séquence prise sur le vif, dans la rue. L'image est mauvaise, le son brouillé par les pas et les froissements de tissu de celui qui filme. Une silhouette, de dos, apparaît sur l'écran. Une femme aux cheveux noirs, longs et raides, marche dans la rue. Elle se déplace d'un pas décidé. Elle semble pressée de rejoindre son but. La caméra s'approche. La frôle. C'est l'été. Elle porte un haut à bretelles. Ses épaules sont un peu pointues mais sa peau est lisse et dorée. Autour, il y a la ville. Elle croise des badauds. Soudain, elle se retourne comme si elle avait conscience d'être suivie. Swann sursaute. C'est elle.

Son visage semble appartenir à une autre.

Il est impossible de dater les images. Elles pourraient remonter à un an ou à une semaine.

Nouveau film. Swann marche, de profil. Ses cheveux volent. Les dalles brillent autour d'elle. Elle reconnaît l'esplanade de Jussieu. Le cameraman zoome sur son visage. Elle reconnaît, sur le lobe de ses oreilles, des boucles offertes par Samuel. Gros plan sur sa nuque. Son épaule. L'image est si agrandie que l'on voit distinctement la marque de vaccin qu'elle conserve en haut du bras droit. Difficile de dire si le cameraman a zoomé ou s'il s'est approché si près qu'il aurait pu la toucher.

L'objectif s'attarde sur son dos. Descend au creux de la taille, s'arrête sur son cul. Elle a des fesses étroites et bombées. Elle porte une jupe noire, fendue. La caméra fixe la fente, s'y engouffre. L'image entremêle la peau et les ombres, se perd, ressort au grand jour. La caméra saisit le grain, les creux, les plis, les secrets.

Swann repasse le deuxième film. La caméra pénètre sous sa jupe, scrute des zones défendues. Mais elle s'attarde aussi sur ses trajets, sur ses gestes.

Un autre film la montre en train de téléphoner. L'objectif la traque. Il ne la lâche pas. Dès qu'elle sort, elle est poursuivie par cet œil invisible.

Au bout du sixième extrait, Swann étouffe. Elle éteint l'ordinateur. Son cœur cogne dans sa poitrine. Elle se retourne malgré elle. Derrière, rien que l'obscurité. Swann croit apercevoir deux pieds derrière le rideau. Elle reste immobile de terreur. Elle attend. Suspend sa respiration. L'ombre ne bouge pas. Swann finit par se lever. Elle va allumer le plafonnier. Les deux pieds disparaissent. Mais la lumière du bureau rend le couloir plus sombre. Il se peuple de fantômes à son tour. Les films témoignent de la réalité de ses terreurs. Quelqu'un s'est attaché à chacun de ses pas.

Étrangement, Swann se redresse et arrange ses cheveux pour que l'homme qui la filme, s'il la regarde à ce moment, continue à la trouver belle.

Elle tente de se mettre dans sa peau, de se considérer elle-même comme une proie. Elle est le tueur. Il est là. À quelques pas de Samuel. Il s'approche. Il pointe son arme. Il tire. Que pense-t-il maintenant ? Il a peut-être des regrets. Il voudrait peut-être rembobiner le film et ne pas tuer Samuel.

Ce jour-là, il a pris le flingue.

Swann est le flingue. Elle est un corps de métal. Dans son ventre, elle porte la mort. Elle expulse la balle, elle est la balle, elle se fiche dans le dos de Samuel, elle le transperce, elle lui déchiquette le cœur. Elle est le sang qui coule de la blessure. Elle se répand sur le sol. Elle emporte la vie de Samuel dans sa marée noire et rouge.

QUATRIÈME CERCLE

DES CLOUS ET DES PAVÉS

1. Reconnaissance

Au squat, tout le monde est là. Swann sent qu'elle dérange. Elle a balbutié une vague excuse, des papiers à récupérer dans le bureau de Samuel. Mais elle a attrapé une brochure sur une table et s'est assise. Il s'agit d'un article sur les conditions en centre de rétention. Elle le survole machinalement.

Un casque sur les oreilles, Matéo chante en même temps que les Bérurier Noir :

Ils nous arrêtent pour rien,
pour un tag ou un cuir noir,
parce que tu traînes le soir,
t'as des coups dans les reins !

Faut pas que les flics s'étonnent,
de se faire casser la tête,
c'est normal quand ils nous cognent,
qu'on éprouve de la haine !

Ferdinand et Julien installent une étagère dans le salon. Ils ont visiblement récupéré une planche sur un trottoir ou dans une poubelle et ils s'attellent à la fixer au mur. Ferdinand a sorti une perceuse d'une trousse à outils. Il ajuste au bout une mèche à bois de 6,35. Julien pose ses lunettes sur la table, puis les replace sur son nez.

— Non, ta mèche est trop courte. Ça va jamais tenir.

— Laisse-moi faire, j'en ai monté plein.

— Tu vas mettre ça comme vis ? Elles sont trop petites, tu vois bien.

Ferdinand se place devant lui de sorte qu'il ne puisse plus assister à la manœuvre. Julien opère un repli. Il se rassoit, se relève et marche nerveusement vers Ferdinand :

— Tu vois, je t'avais dit que ça marcherait pas.

— Mais si, ça marche ! Attends, j'ai pas commencé.

La mèche perfore le mur, libérant un nuage de poussière qui recouvre les lunettes de Julien.

Matéo tend une cheville orange à Ferdinand :

— Si tu retrouves le pied, tu pourras peut-être t'enfuir en courant.

Julien la lui prend des mains :

— C'est pas la bonne taille, je vous dis ! C'est pas la bonne taille !

Ferdinand a soulevé les manches de son teeshirt. Ses biceps saillent. Il enfonce la cheville, puis la vis.

Nour est assise près d'une pile de vêtements élimés qu'elle recoud. Justine lui jette d'un ton désapprobateur :

— Des années de combat féministe pour te voir repriser leurs chaussettes ?

— Faut bien que quelqu'un le fasse.

— Ils ont deux mains, non ?

— Oui, mais l'entretien de nos deux couilles leur prend trop de temps, objecte gravement Matéo.

Justine le regarde et, de façon inattendue, éclate de rire.

*

Le silence est ponctué par quatre trous de perceuse. Il ne reste qu'à accrocher la planche. Julien a observé les opérations d'un air sceptique. Quand Ferdinand suspend l'étagère, il s'approche et appuie fortement sa main dessus. Les fixations sortent du mur. Le bois s'effondre.

— Je vous l'avais dit que les vis étaient trop courtes !

Sans répondre, Ferdinand lui tend la perceuse et quitte la pièce. Julien reste, les bras ballants, avec le précieux jouet de fer.

Nour vient s'asseoir près de Swann. Elle lui glisse à l'oreille :

— Toujours comme ça entre eux deux.

Puis, elle reprend ses travaux d'aiguille.

*

Swann monte dans le bureau de Samuel. Elle s'assoit sur le siège à roulettes. Elle s'amuse à tourner sur elle-même. Elle fixe son attention sur le trou peint sur le mur, ouvert sur les herbes, le ciel et le lierre.

Avant de redescendre, elle profite d'être seule pour examiner les chambres. Au centre de la première, une trace de craie découpe la chambre en deux. Sur le mur droit sont exposées des affiches de films d'horreur. *La colline a des yeux. Pulse. Prom Night. Grizzly Park.*

Plus loin, un matelas aux draps défaits. Des vêtements gisent pêle-mêle. Swann remarque un soutien-gorge. Il tranche au milieu des habits usés, confortables et laids. C'est une pièce de dentelles qui semble infiniment précieuse et fragile dans la chambre en désordre.

Matéo surgit derrière Swann. Il ricane en tapant ses Doc Martens contre le sol.

— C'est la chambre où Justine et moi aimons à nous retrouver pour ne pas forniquer.

Côté gauche, un autre matelas. Des vêtements d'homme. Les murs sont couverts de peintures d'organes génitaux doués de parole. Une vulve s'écrie : « *You pack the guns. I will make the pancakes.* »

— Tu reconnais Justine ? Et voici Julien.

Il désigne un sexe d'homme dressé, couleur chair, terminé en pointe de baïonnette et surmonté de la bulle : « *Ne vous déchargez pas de vos responsabilités. Déchargez tout court !* »

— Là, c'est Ferdinand.

Sur le mur, une queue en train de libérer un foutre bleu ciel, hurlant : « *Tonight, we fly.* »

Juste à côté, une verge, rouge et rabougrie, pointe vers le sol. Ses testicules, comme deux yeux d'enfant, regardent le spectateur avec stupéfaction :

— Autoportrait métonymique de l'artiste.

Le reste du mur est couvert de vieux vinyles des Bérurier Noir.

Dans la deuxième chambre, une carte a été dessinée au feutre. On y distingue des arbres et des fleurs, des coquillages. On dirait l'île d'une chasse au trésor. Par terre, des bouteilles de vodka vides. Une canne à pêche couverte d'une housse est posée contre le mur. Près de la canne, un hamster en cage tourne dans une roue en plastique.

— C'est la chambre de Ferdinand. Et je te présente son résident le plus poilu : Pablo.

Il désigne le rongeur figé dans sa course perpétuelle.

Dans la troisième chambre, celle de Nour, plane une forte odeur de parfum. Des vêtements aux couleurs voyantes sont pendus sur des cintres. Sur une petite table, surmontée d'un miroir, sont rangées plusieurs petites boîtes pleines de peignes, de barrettes et de bijoux.

— Le décor de la femme sans fond, commente Matéo.

Quand Swann redescend, Julien tente de percer le mur. Nour poursuit ses travaux de couture. Tout le monde ignore Swann. Seul Matéo a saisi un crayon. Il la fixe avec attention en griffonnant sur un petit carnet.

Swann s'apprête à partir quand elle croise un quadra devant la porte. Pour la première fois depuis son arrivée, quelqu'un lui adresse un sourire :

— Salut. Je suis Salim Jebri. T'es nouvelle ?

Swann se présente. Elle poursuit sa route vers la sortie, mais Salim l'arrête :

— C'est moi qui te fais fuir ? T'as bien cinq minutes, non ?

Elle hoche la tête et retourne au salon sur les talons de Salim. Quand ils l'aperçoivent, les membres du groupe se métamorphosent. Leurs visages s'illuminent. Les hommes se pressent pour lui serrer la main, Justine l'embrasse avec entrain. Ferdinand s'approche de Julien et lui arrache la perceuse des mains :

— Je t'ai dit que ça irait pas. Faut vraiment tout faire soi-même ici !

Il se tourne vers Salim, esquissant un haussement d'épaule éreinté.

Swann se demande quel peut bien être son rôle dans l'organisation pour susciter une telle adulation.

Il s'assoit. Julien et Ferdinand ne tardent pas à le rejoindre. Matéo lance à Justine d'un ton désinvolte :

— Tu ramènes les cafés ?

— Bien sûr. Et tes caleçons, je les lave plutôt à l'eau tiède ?

Matéo s'approche de sa camarade et l'embrasse dans le cou :

— Non, non. Plutôt à 60°, je dirais. Mais tu es génétiquement plus apte à évaluer ces choses-là.

Seule Nour continue à repriser les chaussettes, indifférente au manège autour d'elle. Salim vient l'embrasser. Elle relève les yeux et lui dit avec douceur :

— T'étais où ? Ça fait au moins trois mois qu'on t'a pas vu.

— En taule ! Pour braquage. J'ai été dénoncé.

Justine s'emporte :

— C'est qui le salaud qui t'a balancé ?

— Mon équipier.

— Quoi ? ! Tu t'es vengé ? poursuit Justine.

— Mais non. J'aurais fait pareil. Les poulets te blanchissent si tu balances. Alors tu balances.

Justine est visiblement exaspérée par sa réponse.

— Moi, je le crèverais, dit-elle.

— Moi aussi je crois, ajoute Julien, pensif. T'as replongé ?

— Pas le choix. Mes papiers sont valables trois mois. J'ai pas le droit de bosser. Je fais quoi ? À part devenir membre d'Al-Qaïda et faire péter la France, je vois pas.

— T'as raison… À propos de…

Mais Julien s'interrompt. Le silence s'installe. Swann sent les regards se poser sur elle. Salim s'étonne :

— Pourquoi tu t'arrêtes ? À cause d'elle ?

Il désigne Swann du menton. Julien ne répond pas. Son silence vaut approbation. Salim l'observe avec attention :

— T'es qui ? Tu veux quoi ?

Son ton est plutôt bienveillant. Matéo dessine toujours en fixant Swann. Elle ressent une fatigue soudaine. Une lassitude face à l'hostilité du groupe. Elle se lève. Elle les passe en revue. Lequel d'entre eux a tenu le flingue ? Qui lui a volé son ancienne vie, son bonheur de planquée ? Une bouffée de violence l'envahit. Cette fois, elle tient le revolver et les abat, chacun son tour. Des litres de sang sur le sol. Ils forment une croûte.

— Et toi, pourquoi je devrais te répondre ? répond Swann. T'es flic ?

Nour écarte son ouvrage. Elle éclate de rire. Les autres se taisent. Leur hostilité transpire. Salim, peu habitué à être maltraité, contemple Swann avec intérêt. Il sourit d'un air fin :

— J'adore cette fille. Bienvenue, camarade !

Salim se lève et tend la main à Swann qui la serre sans y penser. Justine jette à Swann un regard étrange. La conversation reprend comme s'il ne s'était rien passé. Julien se tourne vers Salim :

— Comment tu sais que les flics t'ont pas repéré ? Avec la vidéosurveillance, ils ont des yeux partout.

— Oui, mais des yeux myopes. Quand tu portes pas de masque, ils sont sûrs que c'est ton premier braquage. Donc ils consultent pas leurs fichiers. De toute façon, ma tronche dans leurs fichiers, elle date de quinze ans. Pas de risque qu'ils me reconnaissent.

— En fait, leurs techniques se retournent contre eux, renchérit Julien. Et pas que les flics, toute la société capitaliste. Au fond, c'est grâce à elle qu'on peut agir. Les mails pour s'écrire, les portables pour se parler, Internet pour échanger des infos partout… Ils ont mis à notre portée toutes les armes pour qu'on les pulvérise.

— Les instruments de surveillance, poursuit Ferdinand, nous aussi maintenant, on sait s'en servir.

Il a le visage tourné dans une autre direction. Pourtant, Swann jurerait qu'il a prononcé ces mots à son intention.

— Grâce à toi, ajoute Justine à l'adresse de Salim, on va commencer à sensibiliser les cités. Les filles de là-bas, elles n'ont rien à perdre. Il y en a qui sont prêtes à se faire exploser pour Al-Qaïda, qui les méprise. Ça devrait être un jeu d'enfant de détourner cette belle énergie à notre profit.

— Quand les gosses seront dans la rue avec des barres de fer, on aura gagné la partie, approuve Julien.

Justine lui sourit :

— Avec des barres à mine, plutôt.

Matéo a cessé de griffonner sur son carnet. Il observe la feuille avec contentement et l'arrache pour la tendre à Swann. Elle représente un scarabée qui, tourné vers le spectateur, proclame d'un air méchant : « Mes désirs sont la réalité. »

Matéo ricane, à la fois fier et gêné :

— C'est un scarabée de la race des lucanes cerfs-volants. On les surnomme comme ça à cause de leurs mandibules immenses.

— Mais celui-là n'en a pas.

— Les femelles en sont dénuées, ça leur permet de mordre plus violemment.

— C’est complètement con de faire un truc à mandibules sans mandibules. Et puis, ça me ressemble pas du tout.

Matéo revisse sa casquette rouge sur sa tête :

— Vu que je suis un portraitiste génial, ça ne peut signifier qu’une seule chose : tu es un mauvais scarabée.

Sans prévenir, il plante Swann avec son dessin à la main.

Ferdinand regarde, au mur, les prisonniers assis sur le rebord de la fenêtre. Il sourit avec exaltation :

— Pour l’instant, l’État nous prend encore pour une poignée de délinquants… Mais quand on sera des milliers, ce sera l’inverse. Nous serons les justes et eux les délinquants.

2. Soupçons

— Et vous vous êtes jetée dans leur gueule.

Anton Legal promène sur Swann ses yeux pâles cernés de liserés rouges. La lumière du jour semble lui faire mal. Il marche jusqu'à la fenêtre. Il procède à tâtons. Il s'y reprend à trois fois pour trouver le bouton enclenchant le store.

Dans le couloir, on entend la voix de Bouveresse. Il termine sa conversation. Swann remarque la précipitation de Legal pour se rasseoir à son bureau. Bouveresse entre :

— 'voulez un café ?

Swann fait non de la tête. Bouveresse échange une poignée de main glaciale avec son collègue.

— Réfléchissez, reprend Anton Legal : si l'un d'eux a appris que Samuel était notre informateur, il va automatiquement vous soupçonner.

Bouveresse tourne autour de Swann. Il ne la lâche pas.

— À moins, bien sûr, que vous n'ayez pas peur…

Legal fronce les sourcils. Mais Bouveresse poursuit :

— … dans le cas où vous sauriez qui a fait le coup.

— Ne l'écoutez pas, dit Legal. Il est très touché par la mort de Samuel. Ils s'aimaient bien.

— Sur la scène de crime, les techniciens n'ont retrouvé que vos empreintes.

— Au lieu de gâcher ta salive pour rien, lis-lui la fiche sur les individus qu'elle s'apprête à côtoyer.

— Dans 99 % des cas, l'assassin est un proche. Conjoint ou conjointe.

Legal tape du poing sur la table.

— C'est un ordre, capitaine !

Bouveresse sursaute et s'approche de son ordinateur. Debout, il ouvre un fichier :

— Ferdinand Piatzszek. Anarchiste autonome. Adepte des TAZ.

— Zones autonomes temporaires, l'interrompt Legal. C'est une notion inventée par Hakim Bey — ou ceux qui se nomment ainsi. Elle s'inspire des utopies pirates. Ce sont des îlots anarchistes, des espaces de liberté. Sans qu'on sache bien s'il s'agit de lieux réels ou de fictions.

Bouveresse poursuit sa lecture :

— Piatzszek a eu un enfant avec une sans-papiers. Donc des motifs personnels pour agir. Ces petits détails les rendent encore plus incontrôlables.

Legal lui coupe à nouveau la parole :

— Pas du tout. Les plus dangereux ne sont jamais ceux qui ont de vraies raisons de se battre. Ce sont les théoriciens. Les intellectuels. Tous les types qui se battent pour des idées, pas pour des gens. Ceux-là sont les plus inhumains.

Il prononce « intellectuels » et « inhumains » de la même façon.

— Exemple typique, poursuit-il, Julien Fouet. Trente-cinq ans. Fils de médecins. Petit-bourgeois devenu théoricien de la lutte armée à seize ans. Profil ultraviolent. Il est soupçonné d'avoir provoqué un attentat à l'explosif dans une banque. Deux morts, le guichetier et une cliente.

Bouveresse reprend la lecture de son fichier :

— Matéo Figaret. Vingt-deux ans. Un ancien du SCALP. Il a eu sa période red skin. Arrêté et inculpé pour avoir tabassé un CRS avec une batte de baseball. Le flic a eu un arrêt de travail de trois semaines : côtes fêlées, une incisive cassée, arcade ouverte. Justine Gand, vingt-quatre ans. Fille d'une prof de fac et de Jean-Michel Gand… le philosophe des beaux quartiers de mes deux. Soupçonnée de complicité dans l'attentat de la banque avec Julien Fouet. On n'a jamais pu prouver leur culpabilité.

Legal l'interrompt :

— Mais on en est certains.

— Ils ont des connexions avec des groupes anarchistes partout dans le monde. Julien Fouet, Justine Gand : meeting anar de Chicago. Fouet, encore, et Matéo Figaret : Rome, Berlin. Ils ont des contacts avec de nombreuses organisations en Amérique du Nord et en Europe.

Bouveresse marque une pause. Il semble lassé de l'énumération. Il a visiblement son opinion sur l'auteur du meurtre. Legal tape avec son stylo sur le bureau :

— Tu crois qu'on a du temps à perdre ?

Bouveresse contient difficilement son exaspération. Il obtempère à contrecœur.

— Nour Bouchareb. Vingt-huit ans. Surnommée la « petite pute ». Moins impliquée que les autres. Profil moins violent.

— Elle n'est sans doute pas meilleure que les autres, remarque Legal. Mais elle est plus prudente. Elle est sans-papiers.

— Pourquoi la « petite pute » ? demande Swann.

Le commandant Legal jette à Swann un regard inexpressif. Il lève les mains. Il a des doigts à la fois longs et épais. Des doigts qui inspirent confiance. Il caresse un paquet de chewing-gums, en sort un.

— Voilà qui ils sont. Je vous conseille de vous tenir éloignée de ces gens. Ne jouez pas avec le feu.

— Je veux savoir qui a tué Samuel.

— Alors, laissez-moi vous mettre en garde. Il y a deux risques. Le premier, c'est qu'ils vont se méfier de vous. Si j'ai raison, et que l'un d'eux a tué Samuel parce qu'il allait balancer leur attentat, ils vont vous espionner où que vous soyez. Par tous les moyens. Et croyez-moi, ils sont plutôt à la pointe en matière de technologies. GPS, micros, caméras… Ils vont chercher si vous travaillez pour nous. Et ils vont trouver. Et vous ne les verrez pas forcément venir. Car ils sont partout. Ces types cagoulés ne sont pas tous des squatteurs. Ce sont des anonymes. Ils n'ont pas de visage. Ça peut être n'importe qui. Un ami à vous, un collègue. Un voisin. N'importe qui.

Bouveresse cache mal un geste d'exaspération. Legal le désigne du menton :

— Mes collègues me croient fou.

— Pas fou : parano. Tu vois des totos partout. Ça te rend complètement cinglé, cette histoire d'attentat.

Anton Legal se tourne vers Swann, occultant son collègue de son champ de vision :

— Personne ne prend la menace au sérieux. Ils me surnomment « don Quichotte ». Je suis devenu le mouton noir du service.

— Ça, c'est pas parce que tu es parano, c'est juste parce que tu es odieux.

— Ça se donne l'air de durs à cuire, et c'est sensible comme une collégienne, dit Legal à Swann, ignorant toujours délibérément Bouveresse. Ils ne supportent pas la moindre remarque.

— Et le deuxième risque ? coupe Swann.

— Que vous basculiez de leur côté. Ils peuvent être séduisants. Ils se cachent derrière leurs beaux visages, leurs belles idées, leur cause juste pour mieux exprimer leur violence. Mais c'est du vent ! On souhaite tous un monde meilleur. Mais on ne se cache pas tous derrière un masque. On n'utilise pas tous la violence au nom de la fraternité. On ne prend pas tous une batte de baseball pour briser les dents des forces de l'ordre.

Swann hoche la tête. Elle envisage un moment

de lui parler des vidéos, puis elle y renonce. Peut-être pour garder ce secret entre elle et celui qui la suit. Il lui reste si peu d'intimité depuis que l'assassinat de Samuel a fait basculer sa vie dans le domaine public.

Swann se lève pour prendre congé. Bouveresse l'accompagne jusqu'à la porte. Il lui glisse :

— La piste du cambriolage n'est pas crédible, les traces d'effraction bâclées : le meurtre a été commis par un véritable tueur du dimanche. Et nos autonomes ne sont pas des amateurs.

Comme s'il venait de se rappeler quelque chose, Legal marche vers elle. Paupières plissées, il s'appuie sur les meubles pour avancer :

— Faites attention. C'est pour bientôt. Je le sens. On est juste au bord du chaos… Et croyez-moi, j'ai un certain talent pour anticiper la merde.

Bouveresse toise le commandant qui s'avance vers la porte. Legal rate la poignée. Bouveresse fronce les sourcils. Swann se précipite pour ouvrir à sa place. Legal lui jette un regard reconnaissant. Il lui glisse à l'oreille :

— Merci. Ils attendent n'importe quoi pour me virer. Imaginez s'ils apprennent que je deviens aveugle…

3. Outrage

Un matin, Swann sent qu'il se passe quelque chose. Elle ne saurait dire quoi. Julien parle de trois philosophes qui ont fait de la garde à vue après s'être interposés dans un avion où on expulsait des sans-papiers :

— Un flic leur file un papier de la PAF[1] pour leur faire peur. S'ils interviennent, ils risquent 70 000 € d'amende et huit ans de prison. Au fond de l'avion, il y a un homme et une femme menottés entourés de flics. Les philosophes vont discuter. Tous les passagers s'en mêlent. Une fois le calme revenu, on vient arrêter un des philosophes. Les flics le collent au sol et le menottent violemment. Il prend six heures de garde à vue, et est convoqué au TGI[2] de Bobigny pour « opposition à une mesure de reconduite aux frontières et entrave à la circulation d'un aéronef ». À leur retour, le 22 décembre, les deux autres philo-

1. Police aux frontières.
2. Tribunal de grande instance.

sophes sont attendus et arrêtés par les flics en sortant de l'avion. Onze heures en garde à vue pour « outrage, menace à agent de la force publique et opposition à une mesure de reconduite aux frontières ». Leur délit, c'est quoi ? En nommant la situation, ils l'ont rendue réelle.

Justine boit ses paroles. Matéo griffonne des dessins sur son carnet sans prendre part à la conversation.

Ferdinand hausse les épaules :

— Je comprends rien à vos trucs d'intello. Moi, ce que je vois, c'est qu'on reste le cul sur nos chaises pendant que ces profs foutent le bordel dans des avions. Il est temps de se réveiller, les mecs !

— Arrête de parler de mecs, lui lance Justine, acide. L'égalité, ça passe d'abord par le langage.

Matéo relève la tête de ses croquis :

— Pour moi, la seule égalité, c'est que 2 + 2 font 4.

Il ricane en caressant son bouc.

— C'est toi qui es toujours à tempérer, dit Julien à Ferdinand. Si t'étais pas là, on aurait déjà sauté le pas.

— Je veux pas de morts, répond Ferdinand. OK pour faire péter le pylône. Mais comment tu vas t'assurer qu'il y a personne autour ?

— On ne peut pas. Ça peut toujours arriver.

— Tu pourrais dormir en ayant la mort d'un gosse sur la conscience ?

— Moi oui, rétorque Justine.

— Qu'est-ce que ça change que ce soit un gosse

ou un adulte ? demande Julien. La valeur d'une vie est inversement proportionnel à l'âge ?

— Ils ont rien fait, les gamins. Ils sont pour rien dans ce monde pourri, réplique Ferdinand.

— Pas encore. Laisse-leur quelques années. Et va chez eux quand on parle des sans-papiers au journal de 20 heures !

— Je m'en fous. Je veux bien réaliser le plan. Mais seulement si on est sûrs de tuer personne.

Julien jette un regard en direction de Swann.

— On en reparle plus tard, dit-il, évasif.

Swann rentre chez elle, tiraillée par une excitation malsaine. Ailleurs, le monde a repris son cours. Les factures se multiplient dans sa boîte aux lettres. Elle n'a pas payé son dernier loyer. À son travail, les collègues lui parlent à nouveau normalement. Ils ne se gênent plus pour lui demander des cellules ou des bactéries. Aurélie la rappelle pour lui raconter ses déboires ou ses bonnes fortunes. Même ses parents ne lui téléphonent plus aussi souvent pour prendre de ses nouvelles. La mort de Samuel est une affaire classée. Le trou qu'elle laisse dans la vie de Swann s'est rebouché pour le reste du monde.

Mais, à Montreuil, le feu brûle toujours. Samuel revit. N'importe quel visage peut être celui de son assassin.

*

La visite suivante confirme son impression. Une conversation animée se déroule dans le salon. Julien est le premier à apercevoir Swann. Dès qu'elle s'approche, il la salue assez fort pour avertir les autres. La conversation s'interrompt. Matéo soulève sa casquette à son intention, Justine se contente d'un signe de tête. Ferdinand lui jette un regard étrange.

En fond sonore, les Bérurier Noir :

Tu es douce comme la mort
Tu es douce donne-moi ton corps
Tu es douce j'en veux encore

Mais tu es morte, je t'ai tuée
Mais tu es morte, pour te garder
Mais tu es morte, peux-tu m'oublier ?

Rapidement, ils se dispersent.

Swann profite d'un moment seule avec Nour pour l'interroger. La jeune femme élude :

— Non, non, on discutait juste d'un centre de rétention qui a cramé.

Sa bouche sourit, mais ses yeux sont inexpressifs.

Les membres du groupe se remettent à parler quand Swann sort.

Elle sent leurs yeux plantés dans son dos.

4. Pour des clous

De retour chez elle, Swann découvre une nouvelle clé USB devant sa porte. Cette fois, elle n'attend pas. Elle se précipite pour allumer son ordinateur. Sur l'écran, une fenêtre apparaît. Montants d'acier. Derrière, des rideaux en voile rouge. Sur le film, elle repère un pan de peinture blanche écaillée. Elle ouvre sa fenêtre, se penche vers l'extérieur. Même peinture écaillée. Il s'agit bien de son propre salon, vu du dehors, en légère plongée. Pour filmer ainsi, le cameraman se trouvait sur le toit d'en face. Les paroles de Legal lui reviennent : les autonomes ne portent pas tous des foulards, ils ne vivent pas tous dans un squat, ils pourraient avoir n'importe quel visage. Un voisin, une connaissance, un ami.

Une silhouette apparaît sur le film. La vitre reflète les nuages. Difficile de distinguer les traits distinctement. Swann aperçoit des cheveux noirs, retenus en queue-de-cheval. Ils lui paraissent légèrement différents des siens, plus épais, plus ébouriffés. Au cou de la femme brille une grosse médaille dorée.

Zoom sur son visage. Nour, dans le vague, sourit d'un air distrait. Elle se trouve dans le salon de Swann.

Des fictions possibles se mettent en marche pour combler le hors-champ. Là-haut, peut-être une tache de sang s'élargit-elle sur la moquette. Peut-être Nour vient-elle tout juste de tuer Samuel.

Autre fiction possible. Ils viennent de faire l'amour. Samuel prend une douche pendant qu'elle contemple quelque chose à l'intérieur d'elle-même.

Autre fiction possible : Samuel ignore la présence de Nour chez eux. Elle est entrée par effraction. Elle sourit derrière la fenêtre de Swann sous un regard inconnu.

*

Swann monte dans sa chambre. Elle cherche des vêtements dans la penderie. Elle choisit une jupe noire étroite, un tee-shirt au décolleté plongeant. Elle se cache pour enlever ses collants. Puis, assise sur son lit, juste devant la fenêtre, elle enfile des bas avec une négligence calculée. Elle rentre le ventre. Elle rejette ses cheveux en arrière. Discrètement, elle jette un œil au-dehors pour tenter de distinguer une silhouette sur le toit d'en face.

Au cas où on l'observerait, elle fait une moue que Samuel aimait.

Elle descend à pas pressés. Elle croise un voisin,

qu'elle oublie de saluer tant les gens autour d'elle ont perdu leur consistance.

Dans la boîte aux lettres, nouveau rappel pour le loyer. Sur son compte courant, il lui reste 200 euros. Elle va bientôt devoir casser son PEL, sur lequel elle a économisé 12 000 €.

Elle gare la Clio devant le squat. Elle entre. Ils ne l'ont pas entendue arriver. Elle surprend une bribe de conversation.

— Puisque Ferdinand a l'âme sensible, on va tester la puissance de l'engin et voir sur combien de mètres ça explose.

Quand elle entre, la conversation s'arrête. Tous la regardent, surpris de cette deuxième intrusion en une journée. Ils ont sur le visage une expression impénétrable. Un instant, Swann les soupçonne de parler de Samuel.

Elle balbutie qu'elle a oublié quelque chose dans le bureau. Elle monte à l'étage. Au bout de quelques minutes, la conversation reprend, mais si bas qu'elle n'en saisit rien.

Elle sort du bureau et se dirige vers la chambre de Nour. Quelqu'un s'exclame en bas ; elle sursaute. Elle a cru entendre prononcer son nom. Elle ouvre et referme sans bruit la porte derrière elle.

Il flotte une odeur indécise, à la fois masculine et féminine, une odeur de corps mélangés et de parfum lourd. En contemplant les draps froissés, Swann imagine Samuel sortir du lit. Il se recoiffe machinalement avec ses doigts. Ses cheveux noirs se collent sur ses tempes. Elle aperçoit ses yeux derrière ses cils immenses. Sa gorge se serre. Elle s'approche des vêtements pendus sur des cintres. Elle fouille les poches, se demande s'il y aura des objets appartenant à Samuel. Elle en sort des tas de choses. Épingles à cheveux, pièces de monnaie, boucle d'oreille unique, feuille pliée avec un numéro de téléphone, boîte d'allumettes, amande au chocolat servie dans les bistrots avec le café...

Sur la table surmontée d'un miroir, Swann découvre avec surprise son propre visage : au lieu de l'expression effacée qu'elle croit avoir, elle distingue une obstination presque rageuse. Troublée, elle se détourne. Des rangées de boîtes de tailles variées sont posées sur le bois doré. Maquillage, bijoux, échantillons de parfum.

Swann soulève le matelas. Elle croit entendre quelqu'un monter. Elle se fige. Les secondes passent. Toujours rien. Elle reprend sa fouille. Alors qu'elle s'apprête à partir, elle remarque qu'une latte du plancher est légèrement décollée. Elle la soulève en se cassant un ongle. Sous le bois est dissimulée une boîte à chaussures. Swann l'ouvre. Elle se demande à quoi va ressembler l'arme qui a tué Samuel.

Dans la boîte, il y a un sac en toile, un rouleau de scotch, un sachet de poudre blanche, ainsi qu'un bocal d'au moins quatre ou cinq kilos remplis également de poudre. Les hypothèses se pressent dans l'esprit de Swann. Elle se rend aux toilettes. Elle attrape du papier. Elle s'assure que le groupe continue à discuter tout bas. Elle retourne dans la chambre de Nour et prélève une quantité infime de poudre. Elle la recueille sur le papier, qu'elle referme soigneusement et fourre dans son soutien-gorge.

Quand elle redescend au salon, les voix se taisent à nouveau.

*

— C'est du chlo… chlor…

Legal se met à bégayer. Swann remarque la croûte sur le dos de sa main. L'atrophie papillaire. Son infection aux yeux s'est aggravée depuis la dernière fois. Les globes ont gonflé et semblent vouloir sortir de leurs orbites.

Incapable de poursuivre, Legal marche vers la porte et sort. Il s'appuie contre les murs.

Bouveresse jette un regard vers l'encadrement vide. Il se tourne vers Swann :

— Ce n'est pas de la drogue, c'est du C***. On en trouve dans n'importe quelle grande surface. Le sac contenant l'autre poudre blanche devait être du sucre. Le mélange du sucre et…

— … est hautement explosif, je sais. J'ai une formation en chimie.

Bouveresse coiffe ses cheveux avec ses doigts. Il tape nerveusement du pied par terre. Puis, il lâche :

— Vous savez… Le fait de lui avoir remis cette poudre ne vous dédouane pas !

— Je ne cherche pas à me dédouaner. Je pensais que vous deviez savoir. Pour l'enquête.

— Vous avez de la chance : Anton est aveuglé par sa haine des autonomes. Un vieux compte à régler. Ça fait quinze ans qu'il les voit à la tête de tous les crimes. Mais je ne suis pas comme lui, moi. Je sais reconnaître un crime passionnel d'un assassinat politique. Justement parce que c'est mon boulot.

Bouveresse s'approche de Swann :

— Il va bien finir par se rendre à l'évidence. Même lui.

*

Legal revient. Il s'est visiblement passé de l'eau sur le visage. Il a retrouvé son aplomb :

— C'est ce que j'ai toujours dit : ils se radicalisent. Au début, on ne voulait pas me croire, on me disait que ces totos étaient des groupes dormants. Qu'ils étaient isolés. Absolument inoffensifs. Voilà bien la preuve que c'est faux !

Swann revoit les visages noirs, les barres de fer, les voitures incendiées.

Legal s'approche :

— Ils préparent des bombes. Ils sont en train de réaliser le plan du *Livre au noir* : ils passent à l'action.

En marchant vers elle, il renverse la pile de CD près de son bureau. Bouveresse considère Legal avec étonnement. Swann vient à son aide, elle prend son bras. Il sursaute, visiblement mal à l'aise avec les contacts physiques. Il se laisse faire. Ils sortent sous le regard insistant de Bouveresse.

Ils traversent les couloirs. Caméras de surveillance à chaque angle. Ils croisent un collègue de Legal. L'animosité est palpable. Arrivé à sa hauteur, le commandant élève la voix :

— C'est la bêtise des flics qui est la plus révoltante. Leur aveuglement.

Dès qu'ils ont dépassé son collègue, il se met à chuchoter :

— Il va falloir faire vite. Il faut les pincer avant qu'on vous arrête. Bouveresse est persuadé que vous êtes coupable. Je ne vais pas pouvoir le retenir longtemps. Tenez-vous à carreau. Et ouvrez les yeux.

— Mais vous êtes son chef.

— Oui, mais bientôt ma voix ne comptera plus. Dès qu'ils vont s'apercevoir que je suis malade.

— Vous souffrez de sclérose en plaques ?

Il reste évasif. Répond à côté :

— Je perds la vue peu à peu. Ce qui me chagrine le plus, c'est que cette saloperie attaque mon unique bien : mon cerveau. J'aurais dû l'assurer, comme les actrices font assurer leurs jambes. Mais je n'y ai pas pensé.

Derrière le ton détaché, il semble bouleversé.

— J'ai toujours eu une intelligence remarquable. Ce n'est pas prétentieux, c'est la stricte vérité. Et voilà que le destin se moque de moi. Il s'attaque à mon point fort. Ce n'est encore que le début, mais déjà mes souvenirs me quittent. Je vois moins bien, j'ai des réactions imprévues, des paralysies soudaines, des difficultés d'élocution.

— Vous avez une tumeur au cerveau ?

— Je ne vais plus faire illusion longtemps. Ils me prennent déjà pour un illuminé. La maladie va leur donner raison. Ils me mettront à la retraite anticipée. Ils n'attendent que ça. Bouveresse n'est là que pour me faire trébucher. Il observe mes moindres faits et gestes. Il attend de me voir tomber. C'est l'œil et la main de la direction. Le chouchou du patron.

— Pourquoi vous n'abandonnez pas ?

— Je veux arrêter l'attentat. C'est une course contre la montre, mais je vais la gagner. Le problème, c'est que mes adversaires tirent de tous les côtés : les anars, mes collègues et mon propre cerveau. Mais je vais gagner. Après, je pourrai disparaître.

Swann se tourne vers lui. Il regarde un point, fixement, droit devant. Les larmes forment un effet loupe sur les liserés rouges de ses yeux.

Arrivé à la porte, il lâche le bras de Swann :

— Samuel a été tué pour avoir voulu les empêcher de passer à l'acte. Alors faites attention car leur prochaine victime, ce sera vous.

5. L'heure du thé

Le groupe est clairsemé. Ferdinand a disparu avec sa canne à pêche, Matéo et Justine sont partis ensemble. Julien tape un texte devant son ordinateur. Il est le seul du groupe à ne pas avoir de chambre. Il dort sur le canapé sous le tableau des prisonniers. Dans les rayons d'une petite bibliothèque sont posés ses vêtements soigneusement pliés ainsi que ses paires de chaussures. Sur les étages supérieurs, plusieurs livres. Il semble ne rien posséder de plus que ces quelques éléments impersonnels et de petits haltères.

Assise sur le canapé, Swann sent que Julien l'observe. De l'autre côté de la pièce, Nour prépare du thé. Malgré son activité, elle non plus ne quitte pas Swann des yeux.

Ses épaules étroites, sa taille fine. Ses fesses incroyablement larges ne sont couvertes que d'une sorte de paréo rouge. Le voile presque transparent laisse deviner une culotte en dentelle blanche.

Nour se tourne vers Julien pour lui proposer

de partager le thé avec elles. Il lève la tête de son écran et secoue la tête :

— J'ai un papier à terminer avant de boucler le journal.

Ils se lancent un regard entendu. Sans un mot de plus, il retourne à son clavier. Nour s'avance avec deux tasses fumantes sur un plateau. Swann sourit d'un air ingénu :

— Et si on allait les boire dans ta chambre, pour ne pas déranger ?

Nour sursaute. Elle cherche à comprendre l'intention de Swann. Celle-ci dit d'une voix plus assurée :

— Je ne l'ai jamais vue. J'aimerais bien découvrir ton jardin secret.

Nour hoche la tête.

Une fois la porte refermée, elle dépose le plateau de thé et se tourne vers Swann :

— Voilà ma chambre. Tu vois, pas de jardin secret : je n'ai rien à te cacher.

Swann elle-même est étonnée par le ton de sa voix, à la fois explicite et soumise. Elle imagine Samuel, assis sur le lit à l'endroit où elle s'est mise. Il détaille les cuisses de Nour, qu'on devine sous le voile rouge. Il remonte jusqu'à son entrejambe. Il dit :

— Enlève ta jupe.

Nour détache le morceau de tissu qui tombe à ses pieds en un frôlement à peine perceptible. Elle s'avance. S'arrête devant lui. La culotte de dentelle est au niveau de son visage. Il tend les bras, agrippe fortement les hanches de Nour vers lui, approche son sexe de ses lèvres. Il embrasse les lèvres à travers l'étoffe. Il la mouille avec sa langue. Puis, il fait glisser la culotte le long de ses cuisses. Il passe sa langue dans la fente, remonte jusqu'au clitoris, le mordille et l'aspire. Nour a basculé sa tête en arrière. Elle ferme les yeux. Sa respiration devient plus courte. Elle pousse un gémissement. Swann a les lèvres de Samuel, elle a ses mains, son visage. Il glisse un doigt dans le sexe de Nour. Puis, replaçant ses mains sur les hanches de la jeune femme, il la contraint à se mettre à genoux. Il appuie sur sa tête pour qu'elle le lèche à son tour. Swann jouit dans sa bouche en pleurant.

*

Le thé a refroidi. Son goût paraît encore plus amer. Nour se rhabille. Elle ne dit pas un mot de ce qui vient d'avoir lieu. Elles sont encore à moitié nues.

— J'ai bien vu que vous prépariez quelque chose, chuchote Swann. Pourquoi tu ne me dis pas ce que c'est ? Tu n'as pas confiance ? Si ça me choquait, je vous aurais déjà foutus dehors.

— Sauf si tu voulais nous trahir. Si t'étais de mèche avec les flics, par exemple, t'agirais comme ça, non ? En essayant de gagner notre confiance. Je suppose qu'après la mort de Samuel, t'as rencontré quelques poulets.

— T'es complètement parano ! C'était un cambriolage, ils ont classé l'affaire.

— Mais bien sûr, je plaisante !

Nour éclate de rire. Elle caresse furtivement la joue de Swann. Quand celle-ci tente de revenir sur le sujet, Nour esquive en plaisantant, sincère et insaisissable.

En redescendant au salon, Swann croise le regard de Julien. Il enlève ses petites lunettes pour la supprimer de son champ de vision.

*

Le soir même, elle dîne avec Georges Falguière. Il lui a promis de faire sa spécialité : un risotto à la truffe. Swann déteste les truffes mais, puisqu'elle ne le lui a jamais dit, elle feint d'accepter avec plaisir.

Son appartement croule sous les livres et les poils de chat. Le gros matou n'a toujours pas crevé. Falguière le caresse avec douceur en grignotant une boîte de biscuits apéritif.

— Qu'est-ce que tu deviens ? Tu ne donnes presque plus de nouvelles. Je m'inquiète pour toi.

La question de Georges plonge Swann dans la perplexité. Elle a bien du mal à dire ce qu'elle devient. Elle pense à Nour. Que cherchait-elle en couchant avec elle ? Les réponses semblent toutes aussi valables : Swann voulait éprouver le plaisir de posséder quelqu'un, elle voulait se mettre quelques instants dans la peau de Samuel, elle voulait comprendre si cette fille avait tenu le flingue.

— Je remonte doucement la pente. Je bosse.

— Justement, j'ai croisé un des profs du

département. Il disait que tu étais régulièrement absente…

— Au début, un peu. Mais ça y est, ça va mieux.

— Tu as des projets ?

— Retrouver l'assassin de Samuel et lui exploser la gueule.

Elle éclate de rire :

— Je plaisante, bien sûr.

Swann s'essaie au sourire sincère et insaisissable de Nour.

Falguière serre le chat contre lui. En repensant à son après-midi, Swann se demande si son ami a encore des relations sexuelles ou s'il est devenu, comme l'animal, un gros matou castré.

Quand il va chercher le risotto à la cuisine, Swann écrase la patte du chat sous son talon. Il pousse un cri déchirant. Swann feint de se désoler :

— Georges, je suis navrée. J'ai marché sur la queue de Platon.

— Socrate.

— Oui, excuse-moi. J'ai écrasé la queue de Socrate.

Les truffes sentent l'odeur des vestiaires de sport, la transpiration et les pieds.

Georges finit par briser le silence :

— Moi aussi, il me manque tellement.

Swann relève vers lui des yeux surpris. Il est au bord des larmes. Leur dîner se poursuit ainsi, commémoration vide de sens dans un monde que Swann a déjà quitté — même si elle ignore encore où elle va.

CINQUIÈME CERCLE
CRIME ANTICIPÉ

« L'anticipation est essentielle dans la lutte contre le crime en général et le terrorisme en particulier. Elle est la meilleure des protections. »

Michèle Alliot-Marie,
Le Figaro, 1er février 2008.

1. Explosion

Swann dort dans la chambre de Nour. Elle se réveille brusquement. La jeune femme a disparu. Swann s'apprête à sortir quand elle entend un échange à voix basse, en bas. Elle suspend son geste. Sans bruit, elle gagne le couloir.

— Deux heures du mat'... on va la...

Swann fait grincer une latte du parquet. Julien s'interrompt. Il tient ses lunettes à la main comme une arme. Tous les visages convergent vers l'escalier. Swann descend à pas mesurés, en essayant de contrôler sa respiration. Elle leur sourit :

— Vous êtes levés tôt.

Personne ne répond. Julien remet ses lunettes, se lève et va s'asseoir à son ordinateur. Se calquant sur son comportement, Justine quitte également le canapé. Mais Ferdinand adresse un hochement de tête à Swann :

— Tu as déjà pêché ?

— Oui, mon frère, je l'avoue.

Il sourit à la plaisanterie, dévoilant ses deux dents tordues. Son hamster se promène d'une épaule à l'autre. Parfois, il descend le long de son bras, mais Ferdinand l'attrape délicatement et le repose près de son cou.

— C'est mon plaisir interdit, reprend-il.

— Tu pêches où ?

— Sur les quais.

— Tu attrapes autre chose que des vieux préservatifs ?

— Tu serais étonnée de voir combien la Seine est poissonneuse. J'ai déjà ramené des carpes, des brochets, des tanches, des brèmes, des silures. Et aussi des beaux gardons. Avec un peu de chance, tu peux même prendre des truites !

Swann l'écoute avec attention, sans calcul. Elle a toujours adoré collecter toutes sortes d'informations précises sur le réel. Les différents types de cultures dans les campagnes, les techniques d'irrigation, le réseau électrique, les moyens de transport… Mais en même temps qu'elle discute de pêche, elle réfléchit à ce qu'elle a entendu. Le rendez-vous de nuit. Leurs visages, quand elle est descendue. Elle tente de contenir sa peur.

Ferdinand caresse son hamster avant de le remettre dans sa cage. Il lui chuchote quelques mots et se retourne vers Swann.

— Tu veux venir avec moi ?

Elle sait que l'opération vise à l'éloigner du squat quelques heures. Elle accepte.

Ferdinand fait démarrer sa moto, une Ducati rouge. Swann abandonne la Clio à Montreuil pour monter à l'arrière. Elle pose ses mains sur sa jupe pour l'empêcher de remonter trop haut.

Ferdinand ne parle pas. Il fonce sur le périphérique. Cent, cent vingt. Swann lâche sa jupe. Sa main agrippe le sac à dos de Ferdinand, comme si cette simple pression pouvait l'empêcher de s'envoler. Il accélère. Cent quarante, cent cinquante. Toute pudeur disparue, Swann se cramponne à la taille de Ferdinand. Elle n'ose plus regarder la vitesse. Elle halète de terreur. En même temps, une étrange vague de chaleur remonte du bas de son ventre. La route est devenue une brume de poussière grise, les voitures des taches floues. Le monde alentour a perdu sa netteté. Il se déroule en accéléré, sans barrières ni contours, sans les formes habituelles et les repères stricts. Quand elle descend de moto, ses jambes flageolent. Ferdinand la soutient en passant un bras derrière sa taille. Il pose sur elle ses yeux vert clair, légèrement louches. Ses dents de travers apparaissent derrière ses lèvres. Elle touche sa peau.

Sur les quais, de nombreux badauds profitent de la fin d'été. Ferdinand se prépare. Il est très concentré. Il lance sa ligne trois fois au même endroit, à des hauteurs différentes. Swann l'observe sans parler. Le premier lancer est proche de la surface, le second entre deux eaux et le dernier proche du fond.

Devant eux, l'eau s'étale en nappes d'or. Sur l'autre berge, des gens s'entraînent à danser la salsa. La musique ne leur parvient pas, juste les ondulations des corps, les tissus colorés des jupes, certaines chevelures.

— Tu as jamais eu envie de faire sauter tout ça ?

Swann se tourne vers Ferdinand. Il fixe sa ligne avec attention. Un pli de concentration barre son front. Elle observe les danseurs, les scintillements de la Seine.

— Si. Mais seulement depuis que Samuel est mort. Avant, je n'y pensais pas.

Ferdinand observe la surface de l'eau. Puis, il dit :

— Je trouve que les gens ne méritent pas tant de beauté.

— Moi, depuis sa mort, la beauté m'indiffère complètement.

— Bien sûr.

Le silence s'installe à nouveau. Quand il aperçoit une vieille dame tomber par terre, il abandonne sa canne à pêche pour aller l'aider. Il s'agenouille près d'elle. Elle a les yeux grands ouverts. Il vérifie qu'elle ne s'est rien cassé avant de l'aider, très doucement, à se redresser. Il se fige. Observe les souliers de la vieille dame. Des chaussures orthopédiques blanches. La semelle gauche, qui se détache, s'est accrochée aux pavés et a provoqué sa chute. Il glisse un billet dans la main de la femme au chignon bien coiffé. Elle le prend sans répondre et s'en va, sa semelle claquant sur le sol.

— Il y a deux détails qui trahissent les gens pauvres, même s'ils essaient d'avoir l'air apprêté : leurs chaussures et leurs dents.

*

Assise devant sa fenêtre, quelques heures plus tard, Swann contemple la pluie d'orage qui dégouline de la gouttière. On dirait le soir, tant il fait sombre. Pourtant, il n'est que quatre heures de l'après-midi. Sur le toit d'en face, personne. Les fenêtres sont pour la plupart plongées dans le noir. Elle ferme les yeux. Elle glisse un doigt dans la déchirure du canapé, là où l'assassin de Samuel a planté son couteau. Elle ferme les paupières. Samuel revient. Il tend le bras, frôle sa peau. Il s'assoit près d'elle et la serre pour la consoler. Il lui chuchote des mots d'amour qu'elle seule peut entendre. Il dit des choses très simples, comme « il pleut dehors ».

À une heure du matin, Swann retourne chercher sa Clio à Montreuil. Elle monte dans la voiture et attend. Sur le siège passager, elle fait revivre Samuel. Il se penche sur elle. Elle le repousse. La porte de l'immeuble vient de s'ouvrir. À la lumière des réverbères, Swann distingue Julien et Ferdinand. Ils se dirigent vers une Opel noire que Swann reconnaît. Elle appartient à leur voisine d'en face. Ils ont dû la lui emprunter. Swann se demande pourquoi ils n'ont pas pris la moto de Ferdinand. Précaution vis-à-vis des flics, sans doute.

Un léger différend semble les retarder. Ferdinand prend le volant et démarre doucement. Il s'enfonce dans la nuit en respectant les limites de vitesse. Dès qu'il atteint le bout de la rue, Swann met son moteur en marche. Elle tâche de laisser une distance de plusieurs centaines de mètres.

Ils prennent le périphérique. Il y a deux ou trois autres voitures, guère plus. Ferdinand roule sur la file du milieu, Swann reste sur celle de droite. Clignotant. L'Opel emprunte la sortie Porte de la Chapelle. Swann pense les avoir perdus, puis les retrouve, un peu plus loin. Route vers le nord. Ferdinand respecte scrupuleusement les limitations de vitesse. Swann a éteint ses feux dès qu'ils ont quitté le périph. Ils traversent un dernier village, puis ce sont les champs.

Ils roulent maintenant dans l'obscurité presque complète. Swann aperçoit, au loin, les phares de l'Opel qui apparaissent et disparaissent entre les lacets de la route. Elle avance lentement, pour ne pas rentrer dans le décor. Elle est entièrement plongée dans l'obscurité. Même les feux de l'Opel ont disparu. Elle aperçoit la voiture juste avant d'être repérée. Ferdinand l'a garée sur le bord d'un chemin de terre. Swann s'arrête deux cents mètres avant eux. Elle se cache dans un bois bordant le côté droit de la départementale.

Ferdinand et Julien débouchent sur un champ de colza. Swann aperçoit leurs deux silhouettes. Ils tiennent une torche à la main. Le faisceau dérisoire distend leurs ombres. Swann fait craquer une branche. Julien se retourne. Elle disparaît derrière un arbre. Elle attend. Quand elle ose ressortir la tête, les deux hommes sont accroupis. Ils se penchent sur une tache noire, gisant sur le sol. Swann croit distinguer un cadavre d'enfant. Elle s'habitue à l'obscurité. Il s'agit d'un sac de toile. Elle pense cadavre. Elle pense dépouille d'animal.

Julien enlève ses lunettes et les glisse dans leur étui.

Les deux hommes se mettent à courir. Ils s'éloignent de l'ombre noire. Déflagration. Étincelles. Fumée.

RECETTE DU FUMIGÈNE

Ingrédients :

60 g de N***.

40 g de sucre.

B***.

Colorant organique en poudre.

Préparation :

Mélanger le N*** avec le sucre.

Laisser cuire à feu doux en continuant à mélanger jusqu'à obtenir une pâte homogène, de la consistance du beurre d'arachide.

Ajouter une cuillère de B***.

Assaisonner de quelques cuillerées de colorant.

Remuer jusqu'à obtention d'un mélange homogène.

Remplir votre mélange dans un tube en carton.

Insérer un stylo.

Laisser reposer la préparation ainsi obtenue pendant une heure.

Retirer le stylo.

Insérer une mèche.

Envelopper le tout de ruban adhésif.

Votre fumigène est prêt à la consommation.

Et c'est à nouveau le silence et la nuit.

2. Ravisseurs

Swann longe le bois et regagne rapidement sa voiture. Elle repart vers Montreuil, tous feux éteints, laissant Ferdinand et Julien dans le champ. Elle se glisse dans le lit de Nour. Il est vide. Swann s'endort. Elle est réveillée une heure plus tard par le canon d'un fusil, braqué contre sa tempe. Un groupe d'hommes cagoulés de noir envahit la chambre.

Swann est brutalement tirée hors de son lit. On agrippe son bras, on la secoue.

En bas, d'autres hommes masqués retournent le salon et la cuisine. L'un d'eux écrase violemment une théière sous sa botte. Des éclats de faïence et du thé noir se répandent sur le sol.

Les agresseurs braquent leurs armes sur Swann, Matéo et Justine. Un jeune homme hurle :

— Bougez pas ! Mains sur la tête, bande d'enculés !

Ils jettent dans des sacs les ordinateurs, les brosses à dents, les couverts, les draps. Une suite d'objets sans valeur, insensés.

L'un des agresseurs attrape Matéo. Il lui demande où sont planquées les armes.

— Dans ma mémoire, répond Matéo.

L'homme le frappe d'un coup de crosse au visage. Il saigne. Sa casquette tombe par terre. Un autre rit.

— Tu crânes moins, maintenant, petit fils de pute.

Il écrase la mâchoire de Matéo sous sa semelle. Matéo crache du sang et un bout de dent. Une larme coule sur sa joue.

— Vous pouvez prendre mon honneur et ma vie, chuchote Matéo. Mais pas ma casquette.

— Ta casquette, je me torche le cul avec.

Six heures plus tard. Tout est sens dessus dessous et détruit. Un homme au visage cagoulé les pousse vers une voiture.

On les bouscule. Swann a mal au bras. On les jette dans des voitures. Swann se cogne le front contre le menton de Justine.

La voiture démarre en trombe. Les hommes cagoulés parlent entre eux :

— Tu sais ce qu'il a fait ? Il lui a foutu un coup de pied dans les couilles. Vlan !

Les trois autres types se tordent de rire.

— Vous voyez le tableau !

Swann lance un regard interrogateur à Justine :

— C'est qui ? Pourquoi ils nous ont enlevés ? Ils nous emmènent où ?

La voiture est lancée à plus de 170 km/heure sur l'autoroute.

Justine considère Swann pour voir si elle feint l'ignorance. Puis, elle lui jette :

— Ces hors-la-loi qui grillent les limites de vitesse et nous ont enlevés en pleine nuit pour nous foutre dans une geôle crasseuse, qui va puer la pisse, avec du sang sur les murs ? C'est les flics, connasse.

*

Levallois-Perret. Swann reconnaît la façade abritant les locaux de la DCRI et de la SDAT. On les conduit dans les préfabriqués, en cellules spéciales. L'œil noir d'une caméra braqué sur elle. Elle pense aux films sur les clés USB. La mort de Samuel l'a livrée aux regards. Celui du tueur, celui de l'État, celui des anars.

Impossible d'évaluer le passage du temps. On lui a ôté sa montre. Il n'y a pas de fenêtre. Juste une lumière électrique qui ne s'éteint jamais. Comme si son existence s'était bloquée sur le même instant, éternellement recommencé. La porte s'ouvre. On la conduit dans une salle d'interrogatoire. Deux flics l'observent sans mot dire. Le silence creuse l'espace entre eux.

Un troisième flic arrive. Il a des cheveux châtains clairsemés, une cicatrice au-dessus de la lèvre. Swann fixe cette marque pour s'attacher à quelque chose. L'homme parle lentement, en détachant les syllabes :

— Tu sais pourquoi t'es ici ?

Swann fait non de la tête. Un des deux autres, un quadra aux yeux verts, lance :

— Ils sont tous pareils. Ils savent jamais.

Le flic à la cicatrice poursuit :

— Vous êtes sous le coup d'une procédure antiterroriste. Tu vas coopérer ?

Swann hésite. Elle se demande ce que Samuel aurait répondu à sa place. Elle le laisse s'immiscer en elle :

— Je ne suis au courant de rien. Je suis juste la maîtresse d'une des filles.

Le premier flic rit. Il porte une moustache.

— Une gouine. Putain, c'est une gouine ! Comme quoi, y a pas que du mauvais chez les terroristes !

Le flic à la cicatrice fixe Swann :

— Pas la peine de jouer au plus fin. On sait que tu es l'ancienne compagne de Samuel Bordat... et la principale suspecte de son homicide.

— Après sa mort, tu as récupéré le squat, ajoute le moustachu. Tu trouves pas que tu t'es intégrée un peu vite dans le groupe ? On les connaît, ces oiseaux. Ils sont méfiants. Ils se laissent pas apprivoiser par les petites-bourgeoises... À moins que les petites-bourgeoises ne soient de mèche avec eux.

Le quadra enchaîne :

— Peut-être que vous avez fait tomber Samuel Bordat dans un piège ?

— Autant te le dire tout de suite. Tes deux parents ont été mis en garde à vue.

— C'est dégueulasse, ils n'ont rien à voir là-dedans ! crie Swann.

Le flic la dévisage finement.

— Rien à voir dans quoi ? Tu vois, tu reconnais toi-même qu'il y a quelque chose.

— Mais non, je travaille avec vous ! Je suis une… informatrice.

— Qui, nous ? Personne ne te connaît ici.

— Avec le commandant Anton Legal.

— Anton Legal… Anton Legal… Qui c'est celui-là ?

— Mais si, le cinglé, se souvient le flic aux yeux verts.

— Ah oui, le connard de la SDAT qui arrête pas de faire chier le monde !

— Nous, c'est la DCRI. On s'en branle de la SDAT, tranche l'homme à la cicatrice.

Sans prévenir, le moustachu s'en va. Il est remplacé par un nouveau flic aux cheveux blancs et au regard translucide. Il se tait, assis au fond de sa chaise. Il se contente de la fixer. Elle essaie de se repérer dans le temps grâce à la montre que le quadra porte au poignet. Les deux aiguilles deviennent son unique bouée dans le naufrage du monde. Le type à la cicatrice se met à la bombarder de questions :

— Vous vivez comment ?

— Tu écris ?

— Est-ce que tu lis ?

— Tu lis quoi ?

Les deux premiers flics sont remplacés par deux nouveaux venus.

Swann perd le compte des heures.

On lui demande :

— Qui est le chef ?

— Vous vous organisez comment ?

— Vous avez des liens avec l'Allemagne ?

— Et l'Italie ?

Le flic aux cheveux blancs et au regard translucide ne parle toujours pas. Il la dévisage.

Un autre dit :

— Vous avez fait péter une bombe. C'était une répétition ? Où aura lieu votre attentat ?

— Ce n'était pas une bombe. À peine un pétard, répond Swann.

On sourit :

— Tu viens d'avouer.

— Vous visez quoi ?

— Où aura lieu votre attentat ?

— C'est pour ça que vous avez supprimé Samuel Bordat ? Il avait découvert vos plans ? Il avait trouvé le *Livre au noir* ?

Fin de l'interrogatoire. Ils ne font plus aucune allusion à Anton Legal.

Huit heures viennent de s'écouler. Ou peut-être dix. L'homme aux cheveux blancs n'a pas prononcé une parole. Il reste un moment en face d'elle alors que ses deux collègues ont quitté la pièce. Il la détaille. Elle fixe un point au-dessus de son nez. Puis, il finit par parler, dans un débit lent et posé :

— Nous sommes ennemis.

Et il s'en va.

*

Quatre-vingt-seize heures sous le feu roulant des questions.

— Comment vous mangez ?
— C'est quoi, vos occupations ?
— Et les livres, *le* livre ?
— Vous lisez quoi ?
— Qu'est-ce que vous lisez, nom de Dieu ?

Replongée dans l'univers sans repères, l'alternance des jours et des nuits abolie.

— On a tes empreintes partout.

Au bout de trois jours, on lui propose de voir un avocat.

On l'emmène au Dépôt. Elle se retrouve au milieu d'hommes et de femmes. Elle attend. Autour d'elle, certains nouent contact. D'autres parlent tout seuls. Elle attend.

Elle traverse des couloirs. Des alignements de couloirs. Gris et sombres. Ils débouchent sur une salle d'audience baignée de lumière. Swann cligne des paupières, éblouie par le grand jour.

La perquisition dans le squat a donné, selon les enquêteurs, des résultats inquiétants :

— Les policiers ont retrouvé, sur le disque dur des ordinateurs, cette phrase : « *Nous allons réduire en cendres le vieux monde vérolé.* »

— Plusieurs d'entre eux ont été repérés dès les manifs contre la loi LRU ou contre le CPE.

— On a retrouvé dans le squat plusieurs éléments dont l'association peut conduire à la confection d'un « engin explosif à fragmentation et à potentialité létale ».

— La police a retrouvé des livres. *Théorie du Bloom* et *Théorie de la jeune fille*. *Manifeste du surréalisme* d'André Breton, *La société du spectacle* de Guy Debord, *La critique sociale* d'Auguste Blanqui, *De quoi Sarkozy est-il le nom ?* d'Alain Badiou, l'*Italie rouge et noire* de Toni Negri, *La vie innommable* de Michel Bounan, *La haine de la démocratie* de Jacques Rancière, *L'abîme se repeuple* de Jaime Semprun, le *TAZ* d'Hakim Bey, *Le sabotage* d'Émile Pouget, la *Critique de la violence* de Walter Benjamin, le *Précis de décomposition* d'Emil Cioran ou encore *Le gai savoir* de Nietzsche.

— Des livres. Et une importante documentation « anarchiste », avec des noms qui en disent long : *L'insurrection qui vient. Organe de liaison au sein du parti imaginaire.*

— Et *le Livre au noir* ?

La juge d'instruction se penche vers Swann :

— Vous êtes accusée d'appartenir à une association de malfaiteurs responsable de « dégradations en réunion », dans une « structure à vocation terroriste ».

*

Fleury-Mérogis. Maison d'arrêt. Swann pénètre dans la cour. Saloperies par terre. Douches extérieures. On lui a dit qu'elle aurait le droit de se laver trois fois par semaine.

Elle aperçoit Justine dans la cour. La jeune femme lui jette un regard hostile. Elle se détourne, se fait héler par une fille. Une grande brune hommasse qui veut son pantalon et lui allonge une beigne.

Elle ressemble à l'un des agresseurs qui ont frappé Samuel dans la rue. Quand il était vivant.

Aucune surveillante ne bronche. Un attroupement se forme. Swann avance vers le groupe. La fatigue lui brouille la vue. Elle s'approche de Justine, se plante devant la détenue, qui veut l'écarter d'un revers de main brutal. Swann forme un V avec ses doigts et les lui enfonce dans l'œil. Elle les plante loin, avec ses ongles, sans réfléchir. La détenue crie. Profitant de ce qu'elle ferme les yeux de douleur, Swann la frappe au visage. Elle la pousse par terre. Elle la cogne avec ses chaussures. Elle sent des mains sur elle qui la tirent en arrière.

Elle voudrait courir vers la fille et entendre encore ses os craquer, sa chair se déchirer.

Elle se retrouve sur un banc, épuisée. Justine près d'elle.

Swann observe le visage laid, cerné et hagard, en reprenant son souffle. Justine a perdu son insolence. Elle ressemble à une gamine terrifiée.

— Qu'est-ce qu'elles vont nous faire, maintenant ?

Swann hausse les épaules. Justine poursuit :

— Mon avocat m'a expliqué qu'on est là en tant que DPS, détenues particulièrement surveillées. On va subir des mesures de surveillance plus soutenues. Chaque nuit, ils vont nous réveiller toutes les deux heures, allumer les lumières, vérifier qu'on est toujours là, et en vie. Ils vont nous fouiller tout le temps. Et ces filles…

Le visage de Justine se défait, se délite, il fond.

Elle éclate en sanglots. Swann la prend dans ses bras. Elle la berce comme une petite fille.

Au-dessus d'elles, semblant attendre leur heure, des mouettes volent bas. À leurs pieds, des pigeons et des rats dévorent quelques miettes. Swann serre un peu plus fort la jeune femme.

Autour, d'autres filles au visage terrifiant, perdu, parlent dans des langues étrangères.

*

On conduit Swann le long d'un couloir. Elle est trop fatiguée pour s'inquiéter. Elle aperçoit des richelieus noirs dans l'encadrement de la porte.

— Je viens d'apprendre que vous étiez ici.

— Pourquoi la DCRI a attendu si longtemps ? demande Swann. Vous êtes dans les mêmes locaux.

— Mêmes locaux, mêmes missions : ils nous détestent. Et on le leur rend bien.

— Je ne comprends pas : ils enquêtent sur la même affaire ?

— Oui. Eux, ils font de la veille terroriste. Nous, on est missionnés pour une enquête particulière. Dans la réalité, évidemment, personne n'est capable de nous distinguer. Même lieu, même mission antiterroriste. Mais on n'appartient pas à la même administration. Ils ne viennent pas dans nos bureaux ; ils font remonter les infos, ça dure des jours. Juste pour nous emmerder.

— Ils ont l'air de vous détester.

— Oui, ils me haïssent encore plus qu'ils ne haïssent les anars.

— Pourquoi ?

— Hypersensibilité à la critique.

— On dirait que vous adorez qu'on vous déteste.

Legal la scrute avec une douceur teintée de méfiance.

— Pas vraiment. Mais j'éprouve une vraie jouissance à dire la vérité. Et cette qualité n'est guère appréciée. On ne peut pas dire que vous suiviez une voie très prometteuse non plus. Sauf à vouloir faire carrière dans le terrorisme, évidemment.

— Mes parents sont sortis de garde à vue ?

— Ils vous ont fait croire ça ? C'est un vieux truc, une technique pour vous faire craquer.

Legal approche son visage de celui de Swann.

— Il ne tient qu'à vous d'arrêter tout ça. Si vous me jurez de rester du bon côté du monde, je m'arrangerai pour vous faire sortir.

— Je vous le promets. Mon arrestation est juste une chance. Elle va me donner une crédibilité.

Legal lui jette un regard inquiet :

— N'oubliez pas, ces types se foutent de la vie humaine. Ils ne sont guidés que par le bien de la Révolution. Au nom de l'humanité, ils sont prêts à sacrifier les hommes.

Legal lui tend la main. Elle l'attrape. Il la serre un bref instant. Étrangement, après des heures de garde à vue, puis de cellule, la douceur du flic lui paraît un incroyable privilège.

Sa main tremble légèrement dans la sienne.

— C'est si facile de se laisser séduire, reprend Anton Legal. De passer du mauvais côté du miroir. La frontière entre eux et nous est plus ténue que vous ne croyez. Il y a quinze ans, j'ai croisé cette flic de la DGSE, chargée d'infiltrer un groupe de totos. Elle s'est fait happer par un trou noir. Une mauvaise rencontre suffit pour franchir la ligne. Comme Samuel au début.

— Vous savez de quelle façon ça a commencé ?

— Oui, il m'a raconté. Il a rencontré le groupe par Justine Gand. Au début, il s'est contenté de financer leur feuille de chou sur les centres de rétention par conviction politique. Et il a plongé. Il s'est laissé attirer vers le fond. Entre autres, à cause de cette femme, Nour Bouchareb. Je crois qu'il voulait l'impressionner... Je suis désolé de devoir vous apprendre ça.

— Il a plongé avec eux ou collaboré avec vous ? Je ne comprends pas. Il était de quel côté ?

— Il a d'abord plongé avec eux. Il s'est radicalisé. Il est même devenu le moteur du groupe, son élément le plus violent, le plus incontrôlable.

— Il voulait faire un attentat ?

— Oui. Il a voulu passer à l'acte. On l'a arrêté juste à temps. Plus exactement, Bouveresse l'a arrêté. Mon collègue n'aime pas les fils de famille délinquants. Il trouve qu'on a assez à faire avec les gamins qui naissent dans des tours pour ne pas se coltiner en plus les rejetons de la bourgeoisie. Bref, il a arrêté Samuel Bordat, une nuit où il s'apprêtait à faire péter un groupe électrogène dans Paris. Il a passé soixante-douze heures dans nos locaux. À l'issue de cette garde à vue, Samuel et Bouveresse avaient appris à s'apprécier. Et votre ami avait accepté de collaborer.

— C'est ignoble, comme méthode !

— Ce qui est ignoble, c'est de prendre en otages des milliers de personnes dans sa lutte. Et plus ignoble encore : la volonté de les tuer. Vous ne pensez pas ?

— On ne tue pas des gens en coupant des fils électriques.

— Sauf quand on veut faire exploser un groupe électrogène en plein jour. Et qu'on porte la bombe autour de la taille.

3. Récit d'anticipation

Excepté Julien, toujours emprisonné, les membres du groupe sortent au bout de quelques jours. Ils se retrouvent au squat. Nour les attend. Elle ouvre grand les bras. Le contact de son corps, la liberté galvanisent Swann. Elle se sert un verre de porto. Ferdinand vient s'asseoir près d'elle sur le canapé. Il a amené avec lui la cage de Pablo, son hamster.

Il allume la télévision. On parle d'eux. Leurs actions ont été traduites en français de base. Le fumigène est devenu un « dangereux explosif », eux un « groupe armé de l'ultragauche ». Un journaliste de France Télévisions :

« Selon un rapport de la DCRI, plusieurs habitants du squat appartiennent à la mouvance autonome. Ils se caractérisent par une grande mobilité ayant pour objectif de créer des foyers de lutte. »

TF1 :

« On constate l'apparition d'une génération de militants déterminés à passer à l'action violente. »

M6 :

« On assiste à la montée en puissance d'une

nouvelle génération d'agitateurs, en phase de radicalisation. »

Ferdinand ouvre la cage du hamster et le prend délicatement dans sa main.

Toutes les chaînes retransmettent simultanément le discours du ministre de l'Intérieur :

« … Nous nous félicitons du succès de l'opération "Altaï", pilotée par la Sous-direction antiterroriste. Elle nous a permis de repérer des membres de l'ultragauche, c'est-à-dire de la mouvance anarcho-autonome. Julien Fouet est aujourd'hui à la tête de ce réseau nihiliste. Le procureur de la République m'a expliqué qu'il disposait d'indices graves et concordants contre cette cellule ayant pour objet la lutte armée. »

Un journaliste interroge le ministre :

« Disposez-vous de preuves matérielles ?

— Nous avons trouvé à leur domicile plusieurs éléments inquiétants. Des outils de bricolage, pouvant servir à la fabrication d'explosifs, un fumigène, des talkies-walkies et de nombreux livres anarchistes. Ce faisceau d'éléments nous permet de soupçonner le pire.

— Rien de certain ?

— Si vous entendez par là des traces ADN ou des empreintes digitales, non. Justement. Car ces groupes se caractérisent par leur extrême vigilance pour déjouer la police. Ils portent des gants, empruntent des téléphones portables à des inconnus, utilisent des voitures de location ou appartenant à des amis. Ces gens sont extrêmement intelligents. Ce qui signifie extrêmement dangereux.

— Des aveux ?
— Non.
— Combien de temps a duré la garde à vue ?
— Quatre-vingt-seize heures. Le maximum légal dans les affaires de terrorisme. Durant ces quatre-vingt-seize heures, nous avons réuni des éléments suffisamment convaincants pour accréditer l'idée d'un réseau aux ramifications cohérentes et tentaculaires. Ils bénéficient de "relais étrangers", notamment en Allemagne, en Italie, en Belgique, en Grèce, au Canada et aux États-Unis. Nous sommes passés en quelques mois du conflit anti-CPE à la constitution d'un réseau préterroriste international.
— Quel est leur but ?
— Troubler l'ordre politique, économique et social et atteindre l'appareil d'État par la violence. Je m'inquiète à ce sujet de la sortie de certains films, ceux sur Jacques Mesrine ou la bande à Baader, par exemple. J'ai peur de leur effet sur les "esprits fragiles".
— Que faire pour préserver l'État ? Des pistes ?
— Peut-être. Mais c'est confidentiel.
— Ce n'est pas difficile d'inculper des gens qui ne sont pas encore passés à l'acte ?
— La gageure, pour nous, consiste à détecter leur potentiel… »

À son retour de Fleury, Swann a dû laver le pull. À force de traîner dans la cellule, il puait trop la pisse et la trouille. Quand elle le sort de la machine, l'odeur de Samuel a complètement disparu.

« … Ce n'est pas quand les tours jumelles ont sauté qu'il faut réagir ; c'est avant qu'on les détruise. La seule défense contre le terrorisme, c'est l'anticipation. »

SIXIÈME CERCLE

L'ŒIL CREVÉ

1. Sommet de l'OTAN

Un représentant du parquet de Paris argue que le délit d'opinion n'est pas criminalisé en France. Le seul chef d'inculpation reste l'explosion d'un fumigène dans un champ. Le procureur de Paris estime que le fumigène avait une finalité terroriste. Les avocats demandent des preuves. Comment prouver l'intention de Julien ? Les mises en examen reposent sur des présomptions.

Après deux mois d'emprisonnement, Julien est placé sous contrôle judiciaire. Astreint à résidence, il doit pointer toutes les semaines et verser une caution de 11 000 euros. Une partie lui sera remboursée s'il satisfait aux obligations du contrôle judiciaire. Le reste pourra être utilisé pour dédommager la partie civile, le propriétaire du champ. En cas de non-lieu ou d'acquittement, cette deuxième fraction lui sera intégralement remboursée.

Julien n'a pas la somme, Swann se propose de la lui prêter. Julien se renfrogne :

— Je ne te la rendrai jamais.

— Je m'en doute.

Il accepte sans dire merci. Swann est à découvert de 200 euros. Elle a un mois de retard dans son loyer.

Mais elle gagne une légitimité. Au squat, elle est maintenant accueillie par des sourires. Nour s'assoit près d'elle et prend sa main. La chaleur de sa peau compense l'expression impénétrable de son visage. Quand Swann lui demande où elle était, la nuit où a eu lieu l'arrestation, Nour se contente de répondre : « Chez un homme. » Elle n'en dit pas plus. Swann ne peut pas s'empêcher de le lui reprocher. Nour l'observe avec ingénuité :

— Mais ça n'a rien à voir avec toi. Il me paie.

Swann la gifle. Nour sourit en massant sa joue :

— Tu ressembles à Samuel.

*

— Ils sont où, les ouvriers ? Et Salim, il est où ?

Fin septembre, le groupe devient fébrile. Le sommet de l'OTAN se déroule dans un mois à Marseille. Matéo secoue la tête en faisant les cent pas dans la pièce. Il fixe Nour dans l'attente d'une réponse. Elle sourit :

— Tu me demandes ça à moi parce que je suis arabe ?

Matéo s'interrompt, interloqué. Le visage de Nour offre une expression intraduisible. Il rétorque :

— Ne sois pas si modeste. Je te demande ça parce que tu es arabe *et* parce que tu es la seule à baiser avec lui.

Justine éclate d'un rire saugrenu. Nour chuchote un mot qu'ils ne comprennent pas.

— Les révoltes des pays arabes montrent bien que c'est possible, dit Justine. Faut juste trouver un moyen de rallier la banlieue. S'ils descendent dans la rue, tout le monde suivra.

— Moi, dit Ferdinand, je crois que ça ne marchera jamais. L'État sera toujours le plus fort.

— Qu'est-ce que tu proposes ? Attendre qu'il nous bouffe ?

— Partir. Dans la plupart des cas, la tactique la plus efficace consiste à refuser la violence spectaculaire et à disparaître.

— Disparaître où ? s'agace Matéo. Disparaître comment ?

— Y a plein d'endroits possibles. Il y a un toit d'immeuble où on peut squatter. Dans le treizième, du côté de Maison-Blanche. Tu deviens un anonyme, tu sors du regard de l'État.

— Et rien changer ? C'est hyperégoïste et petit-bourgeois.

— C'est pas que je veux rien changer. C'est que je pense qu'on pourra rien changer !

— Si. Il suffit de frapper les démocraties au cœur : la propriété. S'attaquer frontalement aux multinationales et autres usines à fric.

— C'est perdu d'avance. Au jeu de l'épreuve de force, ils seront toujours plus forts que nous.

— Pas si on se fait sauter avec, remarque Justine. Prenons aux islamistes extrémistes ce qu'ils ont de meilleur : leur efficacité.

Julien les a écoutés sans rien dire. Il a interdiction

de se retrouver dans le squat et de voir les autres membres du groupe mais, comme il a échappé au bracelet électronique, il fait fi de l'interdiction. Il semble réfléchir, puis il dit :

— Je crois que c'est le moment de passer à l'acte. On va suivre le plan dc Samuel. Mot pour mot. C'est moi qui l'ai.

2. À la batte de baseball

— Ça t'a fait quoi d'être arrêtée ?

Aurélie fixe Swann avec curiosité. Swann réfléchit. Elle commande un deuxième verre de bordeaux.

En contemplant le liquide rouge sombre, elle se souvient de la visite des vignobles dans la résidence secondaire des Bordat, le jour où elle les a rencontrés. Le père de Samuel lui a expliqué les cépages, l'ensoleillement, la terre. Il faisait un soleil de plomb. Le paysage était magnifique. Jamais Swann ne s'était sentie aussi minable. Humiliée par leur aisance à marcher dans les vignes sans salir leurs chaussures en crêpe, par leur amabilité imperturbable, par leur culture, par la beauté du paysage. Samuel l'avait senti. Entre deux dissertations paternelles, il lui avait glissé :

— T'inquiète, tu pourras quand même boire un Ricard en rentrant.

Swann n'avait pas oublié son humiliation et sa fureur d'alors.

Elle remarque pour la première fois les rides sur le visage d'Aurélie. Ses vêtements. Son sac en cuir rouge qui doit coûter un mois de loyer. Comment lui expliquer l'arrestation, l'instant toujours recommencé de la cellule, les questions surréalistes ? Les yeux de son amie brillent d'excitation.

— Quand mes parents ont su que tu faisais partie du groupe… T'aurais vu leur tête ! Mais en vrai, t'y crois, à leurs trucs ?

Le téléphone de Swann vibre. Elle jette un œil discret. Un reste de politesse stupide. Aurélie, elle, a posé son iPhone bien en évidence sur la table.

Un texto : « *Rejoins-moi au 12, rue Philibert-Lucot, sur le toit. Je te donnerai le livre. Julien.* »

Swann plante Aurélie au milieu d'une phrase. Son cœur bat comme pour un rendez-vous amoureux.

Métro Maison-Blanche.

Le 12 rue Philibert-Lucot est un immeuble bourgeois en brique. Le rez-de-chaussée abrite une agence de voyages. La devanture porte l'inscription « Asie fabuleuse » et sa traduction en chinois, en gros caractères rouges. Le code, en journée, ne fonctionne pas. Swann pousse la porte. Elle monte six étages à pied. Elle grimpe l'échelle incendie.

Durant un long moment, elle se perd dans les vagues du toit qui s'étalent à perte de vue. Les tuiles bleues tanguent, roulent et reviennent s'écraser à ses pieds. Elle croit entendre souffler le vent du large. Elle reprend sa respiration. Un grand souffle marin. La ville et ses misères ont disparu sous la houle.

Elle part à la recherche de Julien. D'abord, son pied hésite devant l'immensité du ciel, elle s'avance maladroitement vers l'arête du toit. Elle finit par ôter ses chaussures pour ne pas glisser et, pieds nus, poursuit sa marche sur l'océan gris-bleu.

Derrière l'arête, elle découvre un espace plat où sa marche s'assure peu à peu. À force de contempler les nuages, elle bute contre un obstacle. Elle tombe. Son genou heurte une tuile. La peau se déchire. Elle pense à sa mère, quand elle était enfant, penchée sur ses genoux en sang :

— Fais attention. Tu sais que ces bobos finiront par rester. Pour une fille, c'est pas joli, ces marques-là.

Son père observait le spectacle dans l'encoignure de la porte. Il soupirait :

— Mets-lui du désinfectant. Après, frotte avec de l'huile essentielle de tea tree.

Elle saigne. Jette un œil à l'obstacle sur lequel elle buté.

À ses pieds, il y a un corps de gosse. Minuscule. Replié sur lui-même. Les mains serrées devant le visage pour se protéger. Mais elles n'ont pas pu préserver l'arrière du crâne, écrasé et sanglant.

De petites lunettes cerclées gisent, brisées, près du cadavre.

Swann tente de décoller ses mains.

Julien apparaît, blanc et rouge, derrière ses poings serrés. Sa bouche s'est ouverte dans un grand hurlement muet.

L'agresseur, pour le faire taire, lui a brisé les dents.

*

— Il va y avoir vos empreintes de pas. Vos empreintes digitales. Votre ADN, à cause du sang. Comme pour le meurtre de Samuel. Sauf que vous aurez du mal à expliquer pourquoi.

Accroupi près du corps, Anton Legal semble épuisé. Il porte son costume à double boutonnage noir. Il caresse la scène de crime plus qu'il ne la regarde. Ses doigts glissent sur les tuiles, palpent les rebords.

Il se redresse.

— Il y a un fou qui se sert de vous pour tuer des gens. Ou alors…

Il ne termine pas sa phrase. Il s'arrête pour réfléchir. Il sort un petit flacon de la poche de sa veste. Il l'ouvre, le dirige sous ses narines, inspire. Il le referme rapidement. Il hausse les épaules.

— Ça m'aide à supporter la douleur physique.

Il sourit. Il devine les lumières de la ville, en contrebas.

— Parfois, dit-il, quand j'ai l'impression d'être seul à la voir, cette beauté me rend mélancolique. Mais parfois, j'ai l'impression de la mériter. Et que Paris ne brille que pour moi. Que toutes les étoiles, tous les néons, et le soleil aussi, scintillent pour me plaire.

Legal dérape sur une tuile du toit. Il se retient au bras de Swann. Il la considère avec douceur :

— Ça va ? Pas trop choquée ?

Elle est incapable de lui répondre. L'enchaînement des événements est trop rapide pour qu'elle ait pris le soin d'y songer.

À ses pieds, le corps de Julien semble s'être recroquevillé. Legal enfile une paire de gants noirs. La tête de Julien tient entièrement dans sa main. Il effleure la blessure à l'arrière du crâne. Il effleure l'avant du visage. Il s'attarde du bout des doigts sur le trou qui a été sa bouche.

Le visage du commandant devient brusquement triste et gris.

— Si le SRPJ fourre son nez là-dedans, ils vont vous arrêter. Vous êtes fichée maintenant. Ils feront le rapprochement immédiatement. Ils ressortiront le meurtre de Samuel ; ils verront bien, eux, que le cambriolage ne tient pas.

— Mais vous êtes là.

— Je ne peux pas faire grand-chose pour vous. Techniquement, je m'occupe du terrorisme. Et pratiquement, mes collègues me haïssent et me pressent de vous arrêter depuis le début. Le meurtre de Samuel, jusqu'à preuve du contraire, relève de la police judiciaire. Ajouté à celui-ci… Vous serez la coupable idéale.

— Vous savez que ce n'est pas moi !

— Mes convictions valent peu de chose face aux preuves matérielles. C'est très dommage, mais nous vivons dans un monde où les empreintes, l'ADN et l'absence d'alibi valent plus que la sincérité de l'intonation.

Une expression moqueuse s'éteint sur son visage. Il se redresse. Il est immense. À ses pieds, Julien forme un petit tas de tissu et de chair.

— Vous croyez que ces meurtres ont un rapport

avec le *Livre au noir* ? demande Swann. Julien voulait me le donner quand on l'a tué.

Legal respire une nouvelle bouffée de son flacon. Ses yeux deviennent entièrement noirs. Leur bord est à vif. Il semble chasser un nuage de la main.

Swann s'assoit près de Julien.

— Qu'est-ce qu'il faut faire ? demande-t-elle.

— Je ne réponds jamais aux questions métaphysiques, dit Legal.

Il a un bref rire de gorge. Puis, il reprend avec gravité :

— Par contre, si j'arrive à vous croire suffisamment longtemps, je vais sans doute vous aider.

*

Swann retourne au squat. Ferdinand, seul, est en train de parcourir un journal, son hamster sur l'épaule. En apprenant le meurtre, il n'a aucune réaction.

Swann le retrouve, une heure, plus tard, ivre mort dans sa chambre. Une bouteille de vodka vide sur le sol. Elle va s'asseoir près de lui. Autour d'eux, les filles à poil lancent des regards obscènes. Les yeux de Ferdinand semblent devenir liquides. Il ne pleure pas, il est juste complètement sonné.

— Je vais tous les faire sauter, tu verras.

Swann ignore de qui il parle. Peut-être des gens en général. Elle hoche la tête doucement pour ne pas le contrarier.

Ferdinand lui jette un regard perdu :

— Il avait vraiment la tête écrabouillée ?

Swann hoche à nouveau la tête.

Ferdinand ouvre une troisième bouteille de vodka. Il reprend :

— Ça peut plus durer. Ils ont raison, il faut se radicaliser. La théorie, ça sert à rien. C'est juste bon pour les intellos qui veulent se branler la nouille. Faut tout faire péter ! C'est ce que voulaient Samuel et Julien.

— Samuel était vraiment violent ?

— Encore plus que tu crois. Et ultraparano. Il était persuadé que les flics ne le quittaient pas des yeux. Qu'il était suivi et filmé à chaque instant. Avant de mourir, il avait pris une décision radicale : il s'apprêtait à disparaître.

— Comment ça ?

— Entrer dans la clandestinité.

— Et moi ?

Ferdinand avale une nouvelle rasade. Il réfléchit. Le hamster court sur le plancher. Swann se lève pour le remettre dans sa cage.

— Sous l'Occupation, les résistants étaient considérés comme des terroristes. C'est juste des vérités réversibles.

Il se met à vomir.

*

La mort de Samuel a été étouffée, celle-là défraie la chronique.

Dans la presse, le « cerveau d'un groupe pré-terroriste » a été massacré.

L'enterrement est blanc de flashes.

C'est la fin de l'été. Les feuilles des arbres ont commencé à se teinter de jaune, de rouge et de diverses teintes de brun.

Sans se soucier des appareils photo, Justine s'effondre dans les bras de Swann. Matéo semble pétrifié.

Nour suit le corbillard. Elle dit :

— Je suis sûre qu'il aurait détesté être enterré. On pouvait vraiment pas le brûler ?

— On n'était pas sa famille, répond Matéo, énervé. Ça fait dix fois que je te le dis !

Nour jette un regard curieux à la tribu Fouet. Ils ressemblent aux parents de Samuel. Des bourgeois vêtus avec goût, sans ostentation. Même leurs visages conservent une douleur mesurée.

— N'empêche, reprend Nour, il aurait détesté ça. On aurait dû voler le corps et le brûler nous-mêmes.

— Et comment tu serais partie de la morgue avec son cadavre sans te faire remarquer ?

— On les aurait tous butés.

*

RECETTE DU BARBECUE

Choisir un endroit où vous trouverez une accumulation de matériaux inflammables. Allumer le barbecue à l'aide d'un briquet et de papier. Si l'endroit est peu inflammable, ajouter de l'essence.

Faire cuire à feu très vif les usines, les magasins, les hôtels, les banques.

3. Le fil à la patte

Swann se repasse le fil des événements. Ce que lui a dit Ferdinand. Les soupçons de Samuel sur la surveillance constante des flics.

Elle additionne les événements.

Les films sur la clé USB.

L'explosion.

L'arrestation dans la nuit justement ce jour-là.

Elle descend dans le garage. Sa Clio n'a pas été ouverte, du moins apparemment. Elle s'accroupit sur le sol et promène ses mains dessous. Elle parcourt du doigt la surface sale et irrégulière. Pour mieux voir, elle finit par s'allonger et se glisse sous la voiture. Le temps de s'habituer à l'obscurité, elle finit par repérer un petit objet métallique rectangulaire. Sans réfléchir, elle l'arrache et ressort de sous le véhicule. Il est maintenu par un aimant. Une simple pression permet de le décoller. C'est une boîte métallique aux bouts arrondis, au contact glacé. Sur le gris acier est inscrit en lettres noires « Super trackstick ».

Swann emporte la balise GPS. Elle tape le nom dans le moteur de recherche.

« *Super trackstick est destiné aux professionnels de l'investigation, de la police, de la gendarmerie ou de la sécurité afin d'ajouter un support détaillé et cartographique à leurs enquêtes.* »

*

Elle gare sa voiture dans une rue résidentielle de Villejuif. Petite maison avec jardin. C'est là que Legal lui a donné rendez-vous. Il désigne les alentours :

— Je déteste la campagne, mais je ne suis pas très sûr d'aimer la ville non plus. Alors, j'ai échoué ici.

Elle remarque la triple serrure de la porte. À l'intérieur, tout est rangé scrupuleusement. Une bibliothèque couvre un mur, mais elle est partiellement vide. Swann remarque juste quelques livres sur le foot, une rangée de biographies d'hommes célèbres, de Napoléon à de Gaulle. Le principal élément de décoration réside dans un immense aquarium. Des poissons jaunes et rouges nagent au milieu d'une végétation en plastique. Au fond de l'eau, un petit scaphandrier bleu marine. Jetant un œil aux poissons, Anton Legal dit :

— Au moins, ils n'ont ni plumes, ni poils, ils ne bouffent que ce qu'on leur donne et ne laissent pas de traces. C'est pratique.

— Vous auriez pu ne pas avoir d'animaux du tout.

— Je déteste tellement les hommes que je

pouvais difficilement me passer de quelques contacts animaliers.

Legal l'invite à s'asseoir sur un canapé en cuir. Le salon est plongé dans l'obscurité. Les volets sont juste entrouverts.

Un portrait de femme est accroché au mur.

Une odeur d'éther imprègne la pièce, du canapé aux lourdes tentures en velours.

Le commandant baisse le volume de la musique sans l'éteindre. La voix de Nick Drake se poursuit, en filet :

Deep down in the depths of forgotten dreams
So far away so long ago it seems
The memory comes of a distant beach
Pale sand stretching far from reach

— Vous vous êtes servie de moi, attaque Swann. C'est ignoble !

Le visage d'Anton Legal se métamorphose. Il se renferme subitement.

— Je ne me savais pas si brillant.

Il s'allume une cigarette avec son Zippo doré.

— Me mettre une balise sur ma voiture, c'est votre façon de me protéger ? poursuit Swann.

Elle sort le cylindre de fer et le pose dans la main de Legal. Malgré elle, elle sent la rudesse de ses doigts. Elle noie dans la colère les images de chair pétrie qui lui viennent.

One moment we walked with the night breeze in our face

Then I looked, she'd gone. Of her presence there was no trace

Legal s'assoit. Il semble contenir difficilement sa fureur.

— Après tout ce que j'ai fait pour vous, c'est ce que vous pensez ?

Il paraît mortifié.

— Je vous ai accordé ma confiance, poursuit-il. Contre l'avis de tout le monde. Et vous vous mettez dans le camp de mes ennemis ?

— Il n'y a pas de camp. Ce n'est pas le problème.

— Si, c'est toujours le problème, justement. Bien choisir le sien. Sortez de chez moi.

Désemparée, Swann hésite. Elle attend. Elle ne bouge pas. Le silence se creuse entre eux deux, interrompu par la voix presque imperceptible de Nick Drake :

Sometime when the summer nights come back
I'll go back to the sea, follow that sandy track
I'll look around, hope to find
That strange young dream, close behind
I'll call her my princess of the sand.

Legal tire sur sa cigarette. Mais ses yeux partent dans toutes les directions.

— N'importe lequel d'entre eux a pu vous mettre « un fil à la patte ». Tout est en vente libre. Rien ne les empêche de mettre en œuvre toute la panoplie du parfait petit contre-espion : écoutes, micros, caméras, mouchards informatiques, filatures... Vous avez bien dit que vous aviez l'impression d'avoir été suivie, non ?

Swann hoche la tête. Elle pense aux films.

Legal hausse les épaules. Il rumine quelques instants en silence, toujours furieux.

Il s'éloigne de quelques pas.

— Depuis le début de cette enquête, toutes les preuves sont contre vous. Vos empreintes et votre ADN sur deux scènes de crime. Votre absence d'alibi, votre retard à appeler la police. Mon collègue est à la limite de faire un rapport sur moi parce que je refuse de vous arrêter.

— Je suis désolée de vous avoir accusé. Je sais très bien ce que vous avez fait pour moi... Excusez-moi. Je perds les pédales.

— Ne vous excusez pas. Je ne fais pas ça pour vous. Je protège l'État malgré lui.

— Pourquoi « malgré lui » ?

— Personne ne prend vraiment les autonomes au sérieux. À la SDAT, Bouveresse et moi on est les seuls à travailler vraiment sur le dossier. À la DCRI, ils sont quatre.

— Je croyais que l'Intérieur crevait de trouille.

— Moi aussi, j'ai cru. Et puis, j'ai fini par comprendre. Ils se servent juste des totos comme d'un épouvantail, ils racontent des histoires à la télé pour détourner les gens du chômage, des retraites et de la corruption. Mais en vérité, ils les croient inoffensifs. Ils nous utilisent pour servir leur soupe.

Legal se détourne de Swann pour lui signifier

que leur rendez-vous est terminé. Swann finit par se lever. Elle comprend qu'elle vient de perdre son seul soutien. Elle voudrait revenir en arrière. Mais il est trop tard. Legal a été blessé. Il se tourne furtivement vers le portrait accroché au mur. La photographie est prise de l'extérieur. Une jeune femme blonde regarde derrière une fenêtre. Ses cheveux, illuminés par une lumière électrique située derrière elle, forment un halo.

Swann marche vers la porte.

— Vous devez m'excuser. Sans vous, je vais vraiment perdre tous mes repères.

Legal hoche vaguement la tête, toujours lointain. Il fait un effort pour se lever. Il la rejoint près de la porte. Il lui tend la main pour lui dire au revoir. Swann sent le monde se fissurer. Il tend la main vers son visage et touche sa joue.

— Ne pleurez pas, dit-il d'une voix blanche.

Il essuie une larme avec son doigt.

Avant qu'elle ne sorte, il ajoute :

— La Crim' a été saisie de l'affaire Julien Fouet. Comme je le pensais, ils ont vite fait le rapprochement avec la mort de Samuel.

— Je n'ai reçu aucune convocation.

— D'après le rapport de police, je vous ai demandé de reconnaître le corps de Julien Fouet pour justifier vos empreintes… J'ai fait un faux témoignage pour vous. J'espère que je ne me trompe pas.

4. Les yeux

Le propriétaire a lancé une procédure pour expulser Swann de son appartement. Quand Nour lui a suggéré d'emménager dans le squat, elle a hésité, puis a fini par se laisser convaincre. Ferdinand et Matéo lui ont proposé de déménager quelques affaires avant le passage des huissiers.

Swann fait un bref inventaire de chaque pièce. Elle se demande ce qu'elle doit emporter de son ancienne vie. Quel Samuel garder en mémoire — la balance, le type au keffieh ou celui de la photo du salon, où on le voit faire un service pendant un match de tennis ?

D'après Samuel, ses parents lui avaient fait faire des tournois jusqu'à ses seize ans. Il était prometteur, techniquement excellent, mais pas assez combatif. Son père s'en désolait faussement :

— C'est le défaut de ce garçon. Il est trop fair-play. Il n'a jamais vraiment voulu gagner.

C'est ce que Samuel lui a raconté.

Swann était tout l'inverse. Gamine, quand elle gagnait, elle poussait un grognement de soulagement. Elle jetait un coup d'œil à son père, qui suivait chacun de ses mouvements, au public. Il reproduisait un son identique, en écho, sans esquisser le moindre geste. Il ne serrait pas le poing, ne se levait pas. À peine pouvait-on se douter de sa satisfaction, n'était le sourd grommellement qui remontait du fond de sa gorge.

Swann sort du tiroir de sa table de chevet la photo représentant Samuel combattant derrière le foulard noir.

Elle passe en revue chaque pièce.

Salle de bains. Samuel entre pendant qu'elle prend sa douche. Il étale un gel sur ses joues. Le gel se transforme en mousse blanche uniforme. La lame du rasoir isole des bandes de peau. Swann les regarde gagner du terrain, fascinée. Samuel fait un léger faux mouvement. Le rasoir entaille sa joue. Deux gouttes de sang coulent sur la mousse blanche.

Chambre. Samuel est déjà au lit quand elle remonte se coucher, tard dans la nuit. Plongé dans la lecture d'un livre, il ne s'aperçoit pas de sa présence. Elle se déshabille. Enfile sa chemise de nuit. Elle fait à dessein des mouvements amples, soupire bruyamment. Samuel ne relève pas les yeux. Elle s'allonge près de lui. Il lui sourit en poursuivant sa lecture. Elle pose la tête contre son torse. Elle lui prend le livre des mains. Elle déchire la page qu'il est en train de lire. Il la considère avec stupéfaction :

— Qu'est-ce que tu fais ?

Elle réduit la page en minuscule boulette de

papier, qu'elle met dans sa bouche. Elle mastique la boulette, puis l'avale. Elle dit d'une voix neutre :

— Les nourritures spirituelles, c'est vraiment dégueulasse.

Cuisine. Swann lui a préparé une surprise. Elle est allée faire des courses. Elle a acheté un rôti et une bouteille de chasse-spleen 99. Elle débouche la bouteille pour l'aérer, comme Samuel le lui a appris. Elle met la viande au four. Il est vingt heures. À vingt et une heures, Samuel n'est toujours pas rentré. Son portable est coupé. Le rôti est déjà trop cuit. Swann boit cul sec deux verres de vin. Il rentre à vingt-deux heures. Le rôti a brûlé. La bouteille est finie. Il s'excuse. Il a dû corriger une thèse avec un étudiant largué. L'imaginer discutant sociologie fait enrager Swann. Elle s'approche de Samuel et le frappe au bras. Il se défend. Elle frappe à nouveau. Il serre son poignet. Il le broie. Elle retient son cri par défi. Elle se libère en lui mordant la main. Elle jette le rôti par la fenêtre. Samuel se penche et observe le morceau de viande, pitoyablement écrasé par terre. Il se tourne vers Swann. Ils éclatent de rire. Swann leur sert deux verres de Ricard.

Bureau. Moquette tachée. Trou.

Salon. Canapé éventré.

Blessures.

Finalement, elle ne garde de tous ces souvenirs qu'une brosse à dents, quelques vêtements et une photo. Samuel a emporté le reste avec lui dans un tiroir de la morgue.

*

Ferdinand et Matéo lui donnent un coup de main pour le déménagement. Swann suit la direction de leur regard. À elle aussi, le canapé déchiré lui paraît soudain obscène. Elle se place devant pour le dissimuler. Matéo continue à fixer le tissu rouge crevé.

Elle tend sa valise à Ferdinand.

— Y a que ça ? demande-t-il.

Elle hoche la tête. Entre eux deux, le sac paraît minuscule. Swann se sent honteuse comme s'il exprimait l'étroitesse de sa vie. Elle relève le visage :

— J'irai chercher le reste plus tard.

— Autant profiter de ce qu'on est là, insiste Ferdinand.

— C'est tout ce que j'ai !

Elle a crié. Ferdinand comprend. Il fait un geste d'apaisement.

Swann les regarde tour à tour. Les doutes remontent.

En partant, Swann vérifie sa boîte aux lettres. Une clé USB. Elle la fourre dans son sac. Ce sera sans doute la dernière.

Elle se tourne une dernière fois vers l'immeuble. La façade ne lui évoque aucun souvenir.

*

Ils rejoignent Montreuil en Opel. À leur arrivée, Justine leur prépare un café. Matéo essaie de la faire sourire :

— Des siècles de lutte féministe. Tout ça pour que, d'un filtre, tu réduises tout à néant !

Mais Justine ne semble même pas entendre. La mort de Julien a éteint jusqu'à ses ardeurs révolutionnaires. Même l'approche du sommet de l'OTAN ne la détourne plus de son chagrin. Contrairement à Ferdinand qui se jette dans des visions de vitrines brisées et de feu avec une colère renouvelée.

Nour n'est pas rentrée. Swann en ressent une morsure secrète. Elle se représente la jeune femme dans d'autres bras que les siens, pliée, soumise ou dominatrice à la demande. Selon le client, l'heure, le montant de la passe.

Elle finit par rentrer, vers vingt et une heures, épuisée. Swann l'interpelle :

— Tu faisais quoi ?

— Comme d'habitude : je vais-je viens.

— Mais raconte-moi. Pourquoi tu me décris pas ta journée ? Qui tu as vu. Ce que tu as fait. Je veux savoir.

— Pourquoi ? Ça n'a aucun intérêt.

— Pour moi, si.

— Je sais pas quoi te dire.

— Décris-moi un client.

— J'en vois tellement.

— Je sais pas, moi, le dernier. Il ressemblait à quoi ?

— Un type de taille moyenne. Quadra… Je sais vraiment pas quoi te dire.

— Tout. Blanc, noir ? Moche, beau ?

— Normal. Blanc.

— Vous avez fait quoi ?

— Qu'est-ce que tu veux qu'on fasse ? On a baisé.

— Mais comment ? ! Par devant, par derrière ?

— Du calme. Je sais plus, moi…

— Et pourquoi tu t'énerves pas quand je te pose toutes ces questions ? Pourquoi tu supportes ça ?

— Hou là là, t'es chiante, ce soir.

Nour s'approche de Swann et l'embrasse derrière l'oreille. Swann se dégage avec brusquerie.

— Je vais bosser en bas.

Nour lui souhaite bon courage. Elle semble avoir complètement oublié leur moment d'énervement. Son ton conciliant achève d'exaspérer Swann.

Après s'être douchée, Nour se couche. Elle s'endort au bout d'un instant.

Ruminant sa colère, Swann descend au rez-de-chaussée. Tout est vide. Elle allume son portable. Les ordinateurs du squat ont été confisqués par les flics. Examen des disques durs. On les leur a rendus effacés. Un peu comme un lavage de cerveau.

Swann insère la clé USB. Elle s'est habituée, maintenant, à reconnaître son visage, sa silhouette, sur les films à la résolution médiocre. Mais elle ne s'attend pas à cette image-ci : le visage de Samuel. Ici, dans le salon même où elle se trouve cette nuit, entouré du groupe. Julien est là aussi, bien vivant. La discussion est animée.

Swann baisse le son de l'ordinateur pour ne pas éveiller l'attention de Matéo et de Ferdinand.

Samuel est vêtu d'un tee-shirt jaune portant le chiffre 33 en noir. Blue-jeans. Ses cheveux tombent sur son front. Il les repousse de la main sans y penser. Parfois, Swann lui demandait s'il avait conscience de sa beauté. Il haussait les épaules, prenait un air gêné, parlait d'autre chose.

Samuel s'est mis debout, emporté par un élan qui ressemble à de la colère :

— Faut se débrouiller seuls. Je ne crois plus à une insurrection généralisée. Les peuples d'Occident sont bien trop gavés pour se révolter en masse.

— Tu oublies la banlieue. S'ils nous rejoignent, tout s'embrase.

— Tu parles ! Des années que les rappeurs annoncent « le jour où toutes les banlieues se soulèveront ». En 2005, quand c'est finalement arrivé, les bourgeois ont tranquillement regardé les caisses des ouvriers cramer à la télé.

— Tu crois plus qu'on doive enrôler la banlieue ?

— Mais non, aucun gaucho n'ose le dire parce que c'est incorrect, mais ils veulent quoi, ces gosses ? Pourquoi ils sont jamais dans la rue avec nous ? Les bobos PS s'extasient sur le rap. À part la musique de merde, t'as déjà écouté les paroles ? T'as déjà vu leurs clips ? La plupart traitent les femmes de putes et font l'éloge du fric et des grosses bagnoles. Ils ont pas un gramme de vision politique ! Ils voient pas plus loin que le bout de leur queue et de leur morlingue !

— Tu délires, là. Y a un rap politique hyper-vivace.

— Ouais, dans leur studio d'enregistrement. Mais ils sont où quand on sort nos barres de fer et qu'on enfile nos foulards ? Ils sont où quand on va se faire défoncer la gueule par les CRS devant les centres de rétention ? T'en as déjà vu un, toi ?

Julien ne répond pas. Samuel poursuit :

— Le chien commence à mordre quand on lui retire sa pâtée. Les masses se révolteront quand la situation économique sera complètement pourrie et que la classe moyenne aura perdu un à un ses acquis sociaux, son boulot, sa retraite. Et là, les puissants du système ne manqueront pas d'inventer des pseudo-cellules de l'ombre pour justifier leur oppression.

— Tu proposes quoi ?

— De frapper en plein cœur, sans attendre. De faire une brèche dans leur monde pourri. Il y aura forcément des morts. Mais à l'échelle de l'humanité, quelle importance ?

Son visage, à ce moment-là, Swann le voit pour la première fois. Il a les traits d'un autre, les mouvements d'un autre. Il crispe les poings. Elle a envie de lui. Elle essaie de réprimer son désir. Mais Samuel paraît si vivant. Sa peau plus pâle que d'habitude, à cause de la mauvaise qualité de l'image. Il est filmé en légère plongée. Swann se fige.

En fouillant la pièce, elle peut découvrir l'emplacement où a été cachée la caméra.

Elle se lève. Elle parcourt le mur. Elle repère l'angle d'où Samuel a été filmé. Il correspond à une encoignure de fenêtre. Elle se penche. Caresse le rebord en quête d'une anfractuosité. Elle découvre un petit trou dans le bois. Mais il est vide. Elle a beau chercher partout, rien.

Elle se plante devant une glace. Elle fronce les sourcils de la même façon que Samuel le fait sur l'image. Elle dit :

— Faire une brèche dans leur monde pourri.

Elle se racle la gorge. Elle répète, sur un ton plus assuré :

— Faire une brèche dans leur monde pourri. Je vais faire une brèche dans leur monde pourri. Je vais faire une putain de brèche dans leur monde pourri.

Elle se sourit.

Elle retourne au film. Elle fait une pause au moment où passe sur le visage de Samuel une douceur presque enfantine. Au ralenti, elle décompose les expressions mouvantes de ses traits jusqu'à les voir se durcir en cri. Elle les repasse à l'envers.

À cette séquence succède un autre extrait. Elle se reconnaît, derrière la vitre, vue du toit d'en face. Elle regarde par la fenêtre, l'air perdu. Elle semble apercevoir la caméra. Elle se fixe elle-même, de l'autre côté de l'image.

Le rideau rouge. Son visage derrière la vitre, triste et interrogateur.

Soudain, Samuel apparaît sur le film. Il se trouve dans la cuisine, juste à côté de Swann.

Regard vers le ciel, légèrement soucieux.

Sur le film, Swann se tourne. Dans la cuisine, Samuel recule. Il s'enfonce dans l'obscurité où la caméra ne peut plus le suivre. Il disparaît.

Swann ferme le dossier. Elle rassemble ses idées.

Samuel dans la pièce à côté. Il se cache quand elle bouge.

De quand date l'enregistrement ?

Samuel a voulu entrer dans la clandestinité. Disparaître pour frapper plus fort.

Et si l'enregistrement était récent ? Et si Samuel avait mis sa mort en scène pour réaliser son plan ?

Samuel l'observe de l'autre côté de l'écran.

5. Rendez-vous manqué

À peine levée, Swann prend sa voiture jusqu'à Levallois. Elle s'annonce. Vérifications — passeport, coups de téléphone. Elle traverse des couloirs blancs. Panneaux d'interdiction de photographier. Paranoïa policière. Elle-même enferrée dans sa propre paranoïa. Sous la toile d'araignée des regards. Les yeux omniprésents posés sur elle, yeux de chair ou technologiques fixant ses manques, sa solitude, exhibant les secrets des autres, les masques de Samuel, diffractant son identité en plusieurs moments sans cohérence, en pièces de puzzle incomplètes.

Elle emprunte le couloir jusqu'au bureau quand Bouveresse vient à sa rencontre. Il se place entre la porte et elle, comme s'il ne voulait pas qu'elle voie à l'intérieur :

— Le commandant est occupé. Je vous paie un café. Ils sont dégueulasses, dans cette machine, mais c'est toujours mieux que de l'eau.

Il tend à Swann un allongé, ajoute trois sucres dans son expresso. Il se racle la gorge. Ses sourcils se rejoignent complètement et ses yeux ressemblent à deux fentes.

— L'enquête avance ? demande Swann pour rompre le silence.

Bouveresse répond en se recoiffant avec ses doigts :

— Oui. Tôt ou tard, on va les coincer ces petits connards. Des salopards de fils de bourgeois qui ont toujours pété dans la soie et qui vivent au crochet de la société. Tout le monde laisse faire. Même le gouvernement. On parle de « voyous ». Trop bons, trop cons. Nous, quand on était gosses, on était des voyous. Eux, c'est des putains de casseurs, des terroristes. Et puis, nous, on avait des excuses. On était des prolos. Pour se payer de quoi bouffer, fallait des fois qu'on chaparde un peu. Mais eux, vous pouvez me dire pourquoi ils défoncent nos villes ? Ils ont besoin de rien. C'est un ramassis de petits bourges privilégiés. Et ils viennent encore nous provoquer. Parce qu'il y a pire que les bicots, y a les bourgeois.

Swann dessine dans le vide avec sa spatule en plastique. Le portable de Bouveresse sonne :

— 'scusez-moi.

Swann profite de ce qu'il s'éloigne pour rejoindre le couloir. Elle marche jusqu'au bureau de Legal. Elle reconnaît sa voix, grave et cassante. Il tente de mettre hors de lui un homme qui proteste avec fermeté. Swann écoute à travers la porte :

— Mais non, je n'ai pas publié ce manuscrit ! Je n'en ai jamais entendu parler. Enfin, j'en ai entendu parler dans la presse, comme tout le monde, mais…

— Vous en avez entendu parler ou pas ?

La voix de Legal est presque un murmure. L'autre explose :

— Oui ! Comme n'importe qui. Mais pas en tant qu'éditeur.

— Si on vous proposait ce livre, vous le publieriez ?

— Je… Peut-êt… Je proteste contre cette question ! Je ne lis pas dans une boule de cristal. Je ne peux pas répondre.

— Rien ne vous y oblige.

— Vous cherchez à m'accuser d'une publication que je n'ai pas faite mais que je pourrais faire, c'est bien ça ?!

— Personne ne vous accuse, monsieur Marsan. C'est vous qui parlez d'accusation. Vous n'avez rien à vous reprocher. Même pas vos intentions…

— Heureusement ! Il s'agit d'un livre. Vous ne pouvez pas reprocher aux gens leurs écrits. Ce *Livre au noir*, c'est de la fiction.

— Vous l'avez lu ?

— Non ! Pas du tout ! Je dis que c'est de la fiction parce que c'est un livre. Tous les livres sont de la fiction.

— Même quand ils expliquent par le menu comment renverser l'État ?

— Je crois.

— Alors, monsieur, la frontière entre les terroristes et vous me paraît bien fine.

Plus tard, quand l'homme est parti, Swann est reçue par Legal. Il attrape son bras.

— Je crois que cet éditeur va nous mener tout droit au livre.

Swann lui adresse un sourire penaud :

— Je voulais m'excuser encore pour la dernière fois.

Il la regarde d'un air interloqué.

— Mais si, reprend-elle, mes soupçons…

Cette fois, il l'interrompt, l'air contrarié :

— Je ne vois pas.

Elle n'insiste pas. Il semble épuisé. Le bord de ses yeux a absorbé tout leur bleu.

— J'ai reçu une vidéo. On voyait Samuel.

— Une vidéo de qui ?

— Je ne sais pas. Mais ça m'a paru récent.

— Mais… je ne comprends pas…

— Samuel voulait bien disparaître ? Entrer dans la clandestinité ?

— On vous a retrouvée près de son cadavre.

— Ça aurait pu être une mise en scène, rétorque-t-elle. Non ?

Le commandant ne répond pas. Il réfléchit. Le silence s'éternise. En relevant la tête vers lui, elle surprend son regard — un regard peiné, compatissant. Il voudrait formuler des phrases, mais n'y parvient visiblement pas. Il se contente de l'observer. Elle ne supporte pas sa commisération. Elle part en claquant la porte.

6. L'œil crevé

Swann marche au milieu de la foule, étourdie par le monde et la sourde clameur. Elle a pris le train jusqu'à Marseille pour assister à la manif contre le sommet de l'OTAN. Elle est persuadée d'y retrouver Samuel.

Ferdinand et Matéo marchent près d'elle. Justine a prétexté une maladie pour ne pas venir. Swann la soupçonne d'avoir baissé les bras depuis la mort de Julien. Nour n'est pas venue non plus. Elle a appelé pour dire qu'elle avait manqué son train. Au train suivant, elle n'était pas là.

Après quelques discussions infructueuses, Salim a fini par les laisser tomber aussi. La banlieue ne suivrait pas ce coup-ci.

Le cortège chemine tranquillement, entouré de toutes parts par les CRS. À chaque rue, des cars bouchent l'horizon. Ils empêchent toute retraite.

Swann marche près d'un clown. Il porte des cheveux bouclés, un nez rouge. Son visage est peint en blanc, excepté les yeux surlignés de noir et le sourire gigantesque de la bouche cerise. Vêtu d'un costume treillis, il menace les rangées de CRS avec un pistolet à eau rose, orange et violet. Il est rapidement rejoint par une vingtaine de clowns.

Un cameraman de France 2 s'approche de l'un d'eux :

— Qui êtes-vous ? Quelles sont vos revendications ?

Le clown dresse son arme, un fusil en mousse parme, et répond avec sérieux en désignant les CRS :

— La BAC — Brigade activiste des clowns. On vient compter ces messieurs.

Ferdinand s'approche de Swann et la contraint à s'écarter du clown.

— Il y a trois policiers selon les clowns, poursuit-il. Et soixante millions de clowns, selon les policiers.

Près de lui, un clown aux cheveux verts envoie des bulles colorées en direction des CRS. Les bulles passent devant leur nez et vont s'écraser contre leurs casques en y déposant une trace visqueuse.

— Cachez-vous, dit le clown au journaliste. Vous pourriez être victime d'une bulle perdue.

Nouvelle salve aux couleurs de l'arc-en-ciel.

Le clown aux cheveux verts interpelle un CRS :

— Ça doit être éreintant d'être con à plein temps. Vous devriez exiger les trente-cinq heures.

Une délégation de clowns françafricains envahit le trottoir. D'autres portent des lunettes noires et une canne blanche :

— Ce sont les observateurs de la misère dans le

monde, poursuit l'interviewé. Ils rendront bientôt leur rapport à ces messieurs de l'OTAN.

Trois faces enfarinées pleurent à chaudes larmes.

— Qu'est-ce qui vous fait pleurer ? demande un journaliste de TF1.

— La mort cérébrale de Gérard Depardieu.

Un cordon de CRS encadre les clowns. Les journalistes sont poussés hors du cercle.

Un activiste sur le point de rejoindre le groupe approche des médias. Il meugle en pointant sur les casques noirs son bazooka en plastique :

— Cinq minutes de retard, et on ne peut même plus jouer avec eux !

*

Une musique assourdissante fait tourner la tête de Swann. Un défilé bariolé approche des clowns encerclés. Les manifestants vêtus de couleurs vives dansent jusqu'à la ceinture de CRS. Plusieurs font des moulinets avec des bâtons de majorettes. L'un d'eux est monté sur des *plateform boots* fuchsia. C'est un homme maquillé, à la longue chevelure noire, couvert de bijoux. Entièrement vêtu d'une combinaison en latex argentée. À y regarder de plus près, c'est peut-être une femme. Il ou elle tape sur un tambour à un rythme assourdissant. Un autre manifestant du groupe, une jeune fille portant une moustache postiche, un képi et un uniforme rose, s'approche d'un policier et glisse une marguerite dans le canon d'un Flash-Ball. Le CRS jette la fleur par terre. La jeune fille à moustaches la ramasse et la place entre ses dents. Elle entreprend une danse lascive au rythme du tambour. Puis, elle jette la marguerite sur les CRS.

Un travesti lance à Matéo, ironiquement :

— Alors, chéri, toujours englué dans vos luttes infantiles ? On les brisera par l'humour et la fête. Le Black Bloc, c'est dépassé.

Matéo hausse les épaules en éclatant de rire :

— Le Black Bloc, ça n'existe pas.

— Ah bon ? Je croyais que tu en faisais partie, répond l'autre.

— Oui, mais on n'existe pas. Il y a juste des êtres humains, dispersés, qui revêtent un masque noir et regardent sous les jupes des flics. Ils se battent, si ça peut ramener, dans et sur leur pieu, un ou plusieurs autres êtres humains.

Matéo se penche vers le travesti et lui chuchote, en confidence :

— Moi non plus, je n'existe pas. Mais si tu veux venir tâter de mon inexistence, tu es la bienvenue.

Le travesti envoie à Matéo un baiser avec la main. Celui-ci fait mine de l'attraper au vol et de se le coller sur le cœur.

Le petit groupe s'éloigne en dansant, dans un vacarme de tous les diables.

Ferdinand se tourne vers Swann :

— Eux, c'est les Pink Blocs[1]. Non violents. Leur truc, c'est de danser.

1. Activistes anarcho-queer en lutte contre l'oppression patriarcale et sexiste. Leur devise : « *No gender, No Master* » (« Ni genre, ni maître »).

— Et nous, on va faire quoi ?

— On verra, on improvise. Tu peux jamais dire au début d'une manif. Ça dépend de l'ambiance, du rapport de force, du trajet de la manif…

*

Un groupe de cent personnes, vêtues de combinaisons blanches, marchent vers les CRS. Plusieurs d'entre elles utilisent un matelas en caoutchouc comme bouclier. Elles portent des casques, des masques, des gants. Elles marchent droit vers les policiers.

— Eux, c'est le Bloc blanc. Ils organisent des actions uniquement défensives. Ils sont prêts à tendre l'autre joue pour montrer d'où vient la vraie violence.

Les silhouettes blanches, hérissées de protection, ont atteint une ligne de CRS. Avec leur corps, elles tentent de faire reculer les flics. Malgré leurs matelas et leurs casques, elles paraissent curieusement démunies face aux boucliers et aux armes des représentants de l'État.

Elles essaient de forcer le passage. Temps de latence. La nuit commence à tomber.

Swann observe chaque visage masqué dans l'espoir insensé de voir apparaître Samuel.

*

Les CRS reculent de quelques pas, sous la pression des corps blancs.

Sans prévenir, une matraque s'abat sur le visage d'un manifestant. Sous le masque et sur la combinaison blanche, coule une traînée de sang.

Aussitôt, un clown s'approche par derrière et tape dans le dos d'un CRS qui se retourne brusquement :

— Hep, l'ami, où est-ce que je peux trouver un déguisement aussi beau que le tien ? Je voudrais le même.

Apercevant les journalistes non loin, le CRS ne répond rien. Le retardataire lui tape à nouveau sur l'épaule :

— Vous êtes sûrs d'avoir déclaré votre défilé à la préfecture ?

Le CRS repousse violemment le clown, qui tombe sur le trottoir en lançant ses jambes en avant.

— Ouille ! Hé, l'ami, on n'est plus copains ? Entre clowns, on pourrait espérer un peu de solidarité !

Trois CRS fondent sur lui et le plaquent contre le sol. Il continue à crier :

— Pouce, les poteaux !

Son nez rouge, ses cheveux orange et frisés jurent au milieu des uniformes sombres.

Une femme à la salopette à pois, brandissant un plumeau, se précipite vers les CRS et tente d'en embrasser un. Il lui balance un coup de matraque. Elle s'effondre au sol. Une traînée visqueuse coule sur le bitume. Elle se relève. Avec son plumeau, elle entreprend de nettoyer les chaussures des flics. Ils lui balancent un jet de gaz lacrymogène au visage. Elle crie.

Les clowns encerclés la regardent. L'un d'entre eux tend à un CRS un cerveau en plastique rose :

— T'en veux un ? J'en ai en rab'.

Les manifestants du Bloc blanc courent dans tous les sens, poursuivis par les flics.

Certains tombent par terre.

Ferdinand et Matéo masquent leurs visages d'un foulard et d'une capuche. Sous leurs sweat-shirts, ils ont des gilets pare-balles et sous leurs pantalons une coque pour protéger leur bas-ventre. Swann serre le pull de Samuel autour de ses épaules. Ferdinand lui tend un tissu sombre :

— Mets juste ça, pour pas être repérée. Mais reste derrière moi.

Les événements se précipitent.

Sans qu'elle les ait remarqués, Swann découvre autour d'elle environ deux cents visages couverts de noir.

Trois d'entre eux visent des CRS tout proches et leur lancent de la lacrymo au visage, puis disparaissent dans la foule :

— Ils sont complètement suicidaires, s'inquiète Swann.

— C'est des flics, répond Ferdinand. Ils viennent là pour faire dégénérer les manifs. Comme ça, les journalistes témoigneront tous demain qu'on est des vandales. Des casseurs.

Les CRS chargent. Ferdinand attrape la main de Swann et l'entraîne à sa suite. Plusieurs masques noirs se sont réunis derrière une vaste banderole rose tendue par les Pink Blocs et qui leur sert de théâtre de marionnettes.

Cette barricade de fortune ne tient pas longtemps. Elle est piétinée par les pas lourds des CRS, en même temps que les marionnettes en tissu représentant les forces de l'ordre luttant contre un Guignol travesti en pute.

Les CRS repoussent les manifestants violents vers le Vieux Port. Ferdinand attrape une pierre par terre et la jette de toutes ses forces contre une caméra de vidéosurveillance. L'œil de verre se brise en morceau.

Émiettez les caméras de surveillance, les distributeurs automatiques…

Faites bouillir votre colère.
Laissez-la déborder.

Un clown, les cheveux en pétard, hurle au milieu de la fumée des lacrymos :

— Au nom de tous les soumis silencieux, faisons entendre haut et fort la voix de la résignation !

Un CRS lance une capsule qui atterrit aux pieds du clown. À peine au sol, elle se met à tourner en libérant du gaz lacrymo. Le clown la renvoie au CRS d'un grand shoot du pied gauche. Il hurle :

— BUUUUT !

*

Des travesties vêtues de robes roses et argentées passent devant les yeux de Swann en faisant tournoyer leur bâton de majorette entre leurs doigts et en levant haut les genoux. Un CRS fond sur elles (eux) la matraque brandie. Une des travesties le frappe violemment avec son bâton et s'enfuit à toutes jambes. Une fois hors de portée, elle (il) exécute plusieurs roues. Sa jupe s'écarte comme des pétales de fleurs et dévoile un sexe finalement masculin.

Ferdinand et quelques manifestants montent une barricade avec des tôles de chantiers. Il regarde autour de lui. Le mobilier urbain devient un réservoir d'armes ou d'armures. Ferdinand attrape des palettes à l'arrière d'un supermarché. Il s'en sert pour renforcer la barricade.

Matéo lance une poubelle arrosée d'essence vers les CRS. Il jette une allumette dans un cri de joie. Un rideau de feu sépare les flics des manifestants.

À l'aide d'un grappin, Ferdinand harponne les lignes téléphoniques. Il tire jusqu'à ce qu'elles cèdent.

Matéo s'approche d'un panneau publicitaire.

RECETTE DES PANNEAUX PUBLICITAIRES

Ingrédients :

Un tube de PVC de XXX cm de long et XXX mm de diamètre.

Préparation :

Utiliser le trou (de la taille du tube) que vous trouverez sur le côté et en bas du panneau d'affichage.

Enfoncer le tube à l'intérieur.

Tourner trois quarts de tour et ouvrir.

Enlever l'affiche proprement (et la conserver pour la détourner dans un endroit tranquille).

Remplacer par une affiche de votre préparation.

Une capsule atterrit aux pieds de Swann. Dans la panique, elle lève le pied pour l'écraser. Ferdinand tente de l'en empêcher, mais il est trop tard. La capsule brûle le caoutchouc de sa semelle. Elle pousse un cri de douleur.

Matéo lance un triangle de métal dans les pneus des voitures alentour.

RECETTE DE LA FLÈCHE CRÈVE-PNEUS

Ingrédient :

Une plaque de métal d'au moins 1,5 mm d'épaisseur et d'une surface de 6,5 x 6,5 cm.

Préparation :

Découper la plaque en triangle.

Accentuer et aiguiser les pointes du triangle.

Placer la flèche au sol, en formant un angle de 45° contre le pneu.

Les CRS s'approchent à nouveau. L'un d'eux matraque un « manifestant blanc » à terre. Ferdinand court vers eux avec une barre de fer. Il l'abat sur le casque d'un CRS. Le flic cligne des yeux. Ferdinand relève le manifestant blanc, qui détale.

Ferdinand a tout juste le temps de regagner la barricade. Bientôt, les CRS les atteindront.

RECETTE CONTRE LES EFFETS DU GAZ CS

Ingrédients des bombes des policiers :

Un produit chimique actif (le CS).

Un liquide dissolvant qui le dissout et le stabilise.

Un gaz inerte qui agit comme propulseur.

L'élément actif, le CS, provoque une grave irritation des yeux, de la peau, de l'appareil respiratoire.

Préparation :

Porter un masque à gaz (les meilleurs sont ceux de l'armée ou de la police. Comme cet ingrédient est coûteux, il est préférable de le voler).

Porter un masque antipoussière et une capuche. Les masques pour cycliste contiennent du charbon actif qui filtrera une partie du CS. La protection sera toutefois limitée.

Protéger les yeux avec des lunettes de plongée, faciles à enlever et à transporter.

Toujours avoir sur soi un flacon de sérum physiologique pour nettoyer les endroits touchés.

Avis :

Le CS est soluble dans les graisses. N'enduisez jamais votre peau de vaseline, de crème ou de pommade.

Quatre hommes retournent une voiture. Les pneus en l'air, elle ressemble à une tortue sans défense. Ils percent le réservoir. Une flamme gigantesque déchire la nuit maintenant complète.

Derrière le rideau de feu, les manifestants cassent les vitrines à la barre de fer.

Un hôtel bon marché.

La vitrine d'un petit artisan.

Les vitres d'un immeuble.

RECETTE DU COCKTAIL MOLOTOV

Ingrédients :

Bouteille au goulot étroit.

***

Chiffon.

Ficelle ou adhésif.

Sciure ou savon à la glycérine (facultatif).

Préparation :

Remplir votre bouteille avec de l'***. Vous pouvez ajouter au liquide de la sciure ou du savon à la glycérine.

Insérer un chiffon dans la bouteille jusqu'à ce qu'une extrémité atteigne le liquide et que l'autre dépasse de la bouteille pour servir de mèche.

Fermer la bouteille hermétiquement avec de la ficelle ou de l'adhésif afin d'éviter l'évaporation du liquide.

Attraper la bouteille dans la main, tendez le bras.

Allumer le chiffon préalablement imbibé d'***, de l'autre main, en prenant garde au vent.

Lancer sans attendre la bouteille enflammée sur votre objectif avec assez de force pour qu'elle se brise.

Sans qu'elle y ait pris garde, Swann tient une pierre dans sa main. Ferdinand lui désigne la vitrine d'un opticien :

— Vas-y.

Swann contemple la vitrine, puis sa main. Ses doigts aux jointures blanchies à force de serrer le granit.

Elle lance le projectile de toutes ses forces. Le verre se brise.

Devant le trou, Swann sent se libérer en elle une joie irréfléchie, immédiate.

La fuite devient possible. On peut fissurer le monde et se sauver par une des brèches que l'on a ouvertes.

Derrière le rideau de feu, elle commence à avoir trop chaud.

Elle enlève le pull de Samuel et l'accroche à sa taille.

Elle fait un avec les corps noirs autour d'elle.

Une autre vitrine explose, sans qu'elle sache si c'est elle ou un autre qui a lancé la pierre.

Les CRS ont traversé le rideau de feu.

Près de Swann, un jeune homme, au torse nu, les vise avec un lance-pierre. Swann reconnaît Samuel.

RECETTE DU LANCE-PIERRE

Ingrédients :

Un morceau de bois solide et uniforme en forme de Y d'environ 8 à 9 cm de long et d'une épaisseur d'environ 4-5 cm. Le diamètre de la branche ne doit pas dépasser le diamètre de votre pouce.

Une (des) bande(s) de caoutchouc épaisse(s) ou un élastique épais taillé dans une chambre à air de vélo.

Une feuille rectangulaire en cuir (découpée dans de vieilles chaussures) ou en tissu résistant (ou plusieurs rectangles de ruban adhésif collés ensemble) : chaque côté doit être d'environ 15 cm.

Un couteau.

Un poinçon.

Préparation :

Faites des entailles circulaires dans les deux branches du Y pour fixer l'élastique ou une (des) bande(s) de caoutchouc.

Découper deux lanières de trente centimètres de long.

Attacher chaque lanière aux deux branches supérieures du Y.

Pour réaliser la poignée, percer deux trous à chaque extrémité de la pièce de cuir avec un poinçon.

Attacher l'élastique à la pièce de cuir en le passant dans les trous.

Tirer avec votre lance-pierre (pierres, balles en caoutchouc, etc.).

C'est son torse, c'est le grain de sa peau. Elle court vers lui. Il la voit s'approcher, il se retourne.

Elle croise son regard, sous le foulard palestinien. Deux iris noirs.

Elle jurerait qu'il lui sourit, même si elle ne peut voir sa bouche.

Elle a juste le temps de voir le CRS, à deux mètres de distance, diriger son Flash-Ball sur le jeune homme.

Le flic vise au visage.

L'œil du garçon se déchire. Il semble exploser sous la balle, dans une gerbe de chair et de sang.

Swann ferme les yeux à son tour.

7. Les morts et les blessés

Trente-deux manifestants ont été hospitalisés dans un état grave, des plaies à suturer au visage et aux bras, des brûlures dues aux gaz, des fractures du nez et des plaies aux arcades sourcilières par des tirs de Flash-Ball.

Vingt-quatre personnes ont été arrêtées. Un garçon, âgé de vingt-trois ans, a été condamné à cinq mois de prison, avec mandat de dépôt, pour avoir été vu en train de jeter des pierres contre une patrouille de police. Un autre, âgé de vingt-cinq ans, a été condamné à six mois de prison, avec mandat de dépôt et trois ans d'interdiction d'entrer sur le territoire, pour avoir été interpellé en possession d'une barre de fer. Un troisième, également âgé de vingt-cinq ans, a été interpellé avec une hachette. Il a été condamné à trois mois ferme, sans mandat de dépôt.

Le jeune homme que Swann a pris pour Samuel a cinq fractures au visage, la paupière arrachée et le globe oculaire fendu en deux.

Le ministre de l'Intérieur lit son discours d'un

air pénétré : « Ce qui est arrivé à ce garçon est malheureux. Mais la France n'appartient pas aux casseurs. La France appartient aux honnêtes gens qui veulent travailler paisiblement. La police et la justice seront sans pitié contre les voyous. »

*

Swann donne de grands coups de pioche dans le sol. La terre meuble s'ouvre devant ses pieds. La pioche bute contre le bois laqué. Il faut ôter les vis brillant comme des étoiles qui ferment le cercueil.

La lune est blême, la nuit grise. L'abdomen de Samuel, vert émeraude.

Des mouches s'échappent du cadavre vers le ciel en bouquets multicolores.

Samuel regarde Swann de ses deux yeux vides. Les coins de sa bouche ont disparu, rongés par les vers.

Entre ses doigts crispés, qui ressemblent à un lacis de branches, il tient un livre. Swann tire. Elle l'arrache à la mort.

Il s'agit de feuilles non reliées, entièrement noires. Swann les observe en transparence à la lumière de la lune. Des caractères noirs sur fond noir se détachent. Elle va réussir à les lire quand un coup de vent éparpille les feuilles.

Swann court après elles. Elles se dispersent aux quatre coins du cimetière. Sauf une, qui vient se poser presque à ses pieds. Elle se penche pour la ramasser. Elle vole un peu plus loin. Swann la poursuit.

Elle bute contre le corps de Samuel et s'écroule de tout son long. Le sol cherche à l'aspirer. Elle se retient au cou de Samuel. Il veut l'embrasser mais il n'a plus de bouche. Swann le serre plus fort. Il se dissout entre ses doigts. Il ne reste bientôt plus rien qu'un goût de cendre.

Swann se réveille, le ventre noué.

Elle s'est endormie près de la machine à sécher le linge dans laquelle roule le pull de Samuel.

Quand elle le sort et l'enfile, elle se rend compte qu'il a rétréci.

SEPTIÈME CERCLE

CHIMÈRES

« Et j'ai deux fois vainqueur traversé l'Achéron :
Modulant tour à tour sur la lyre d'Orphée
Les soupirs de la sainte et les cris de la fée. »

Gérard de Nerval,
« El Desdichado », *Les Chimères*.

1. Masques

Swann reçoit un message sur son téléphone portable. Il y a un dossier à télécharger. Elle croit à une publicité. Elle accepte à tout hasard. Il s'agit d'un film d'une minute, muet. On y voit, en basse définition, Samuel, cadré de face. Derrière lui, la brèche du mur s'ouvre sur les herbes folles.

Il discute avec quelqu'un qui reste hors champ.

La discussion s'anime. Le visage de Samuel reflète des expressions mouvantes. La peur est sans doute l'une d'entre elles.

Il porte instinctivement son bras devant son visage pour se défendre.

Son agresseur, de dos, recouvre entièrement l'écran. Un carré de peau en gros plan, avec une cicatrice.

Puis, le noir.

*

Pour 59,95 €, Swann s'est procuré sur Internet une caméra sans fil de 2 cm sur 2. La publicité vantait ses qualités de discrétion et d'efficacité : « *Ce kit de vidéosurveillance sans fil à prix discount est idéal pour la surveillance d'un parking, d'un magasin ou d'une chambre de bébé.* »

Swann a dissimulé le petit engin espion entre les interstices du vieux chauffage du salon et s'est acheté une carte d'acquisition vidéo USB pour pouvoir brancher la caméra sur un ordinateur.

Déroulement des jours et des nuits dans le salon du squat.

Nour passe devant la caméra, cheveux défaits, visage en vrac. Elle remet en place une bretelle de chemise de nuit. Esquisse un sourire. Celui ou celle qu'elle regarde est hors champ. À moins qu'elle n'adresse ce sourire qu'à une pensée furtive. La caméra ne dira jamais à qui ou à quoi elle offrait cette joie matinale.

Il faudrait la suivre. S'attacher à ses pas, à ses rencontres. Elle était la mieux placée pour savoir que Samuel trahissait le groupe. Leurs échanges sexuels lui donnaient sans doute accès à ses secrets. Mais Swann remet à plus tard la filature de Nour. Il faudrait supporter de la voir avec des hommes, d'autres femmes, surprendre les frottements de sa peau contre d'autres corps. Swann la partage déjà avec Samuel. L'idée d'encore la fractionner, de n'en récupérer que quelques miettes, lui est insupportable.

Parfois, Nour semble pourtant être présente avec une telle intensité que Swann croit la posséder. Puis elle lui échappe encore — par rien, par un sourire lointain, par une poignée de billets dans son sac, par un coup de fil chuchoté pour qu'elle ne l'entende pas.

*

Un jour, à six heures du matin, la caméra surprend Justine. Elle descend de sa chambre et cherche compulsivement quelque chose dans son sac. Elle est blême. Elle a un haut-le-cœur. Elle vomit par terre. Elle essore avec soin la tache d'eau et de bile. Elle gobe un médicament. Remonte à l'étage.

Les images restent parcellaires. Il faut leur inventer des prolongements pour leur donner un sens.

Une autre nuit, le micro surprend le grincement de la porte du frigo. Justine entre dans le champ. Elle va s'asseoir sur le canapé où dormait Julien. Elle s'assoit. Elle caresse le tissu grossier. Derrière elle, les prisonniers contemplent la lune. Justine mange sa glace en pleurant. Derrière le tee-shirt blanc, ses seins ressemblent à deux planètes jumelles.

Le lendemain, Swann profite d'un moment de solitude pour aller fouiller dans la chambre de Justine et Matéo. Elle ouvre l'armoire. Elle observe les vêtements soigneusement pliés. Sans doute un vieux reste d'éducation religieuse.

Justine avait fait allusion un jour à son enfance en pensionnat. Gamine, parce qu'elle répondait à ses enseignants, elle recevait des appréciations mitigées. On critiquait son impertinence. Pour la mater, son père, anticlérical télévisuel, l'avait envoyée en pension au collège Sainte-Clotilde. Elle y était entrée insolente, elle en était sortie enragée. Entre-temps, elle avait mis le feu à une des sœurs pendant son sommeil et ébouillanté une autre, qui en avait gardé une brûlure à la jambe. Elle disait : « Comparé aux rébellions de ma jeunesse, tous les autres combats ont été pavés de roses. »

Pile de tee-shirts informes. Vieux jeans. Rangers à la semelle trouée. Mais ses soutiens-gorge ont des délicatesses de fleurs. Dentelle, transparence, émeraude.

Ses affiches de film. Un groupe de beaux jeunes gens, marchant dans une forêt, dans la gueule d'un ours. La légende : « *Eight troubled young people. Six days community service. It's gonna be a bear.* »

Dans un tiroir, Swann découvre une ordonnance. Elle la lit. Il s'agit de tests sanguins. Recherche de la toxoplasmose. Rubéole. Swann comprend pourquoi Justine vomit. Pourquoi elle n'est pas venue à la manifestation contre le sommet de l'OTAN. Pourquoi elle a un peu grossi ces derniers temps. Elle se demande si Samuel pourrait être le père. Il n'était pas à une trahison près.

Une nouvelle histoire s'écrit dans sa tête. Une histoire de grossesse et de jalousie. Le récit vient se superposer à celui de la trahison politique.

Sur l'écran d'ordinateur, Justine redescend dans le salon. Elle va s'asseoir sur le canapé, les yeux dans le vague. Cernes violets, teint cireux. Elle s'allonge, plonge sa tête dans les coussins. Ses sanglots ne sont perceptibles qu'au discret tressaillement de ses épaules.

Swann voudrait la consoler, mais elle observe la scène en différé, avec une nuit de retard.

Sur l'écran, Nour rentre. Rouge à lèvres vulgaire. Ses cheveux tressés forment une couronne noire sur son front de princesse. Justine se redresse brusquement, elle essuie ses yeux. Nour lui sourit. Elle remarque sa peine. Elle vient s'asseoir près d'elle :

— Qu'est-ce qu'il y a ?

— Rien.

— C'est Julien ?

Justine s'effondre. Son visage se défait. Ses lèvres se tordent. Elle est habituellement laide, sa souffrance la rend hideuse. Elle acquiesce. Nour essuie ses larmes avec ses mains. Justine a le nez qui coule. Elle sanglote :

— Je suis enceinte de lui.

Nour considère l'information en silence. Malgré ses larmes, Justine retrouve un semblant d'assurance :

— Je ne veux pas le garder. Je ne veux pas d'enfant.

— Tu vas avorter ?

— Non.

Nour n'a plus assez de ses mains pour sécher les larmes de Justine. Elle enlève sa chemise et s'en sert pour éponger le visage défait. Justine se mouche dans le tissu blanc. Nour porte un soutien-gorge à balconnets, égayé d'un petit nœud rose pâle.

— Qu'est-ce que tu vas en faire ?

— Je ne sais pas encore. Le confier à quelqu'un qui s'en occupera. Moi, je ne saurai pas faire. Et ça ne m'intéresse pas. Mais il restera quelque chose. Quelque part. De Julien et moi. Tu trouves ça con ?

Nour ne répond rien. Elle caresse les cheveux emmêlés de Justine.

*

Swann suit Matéo depuis une heure. Il a mangé tout seul dans une brasserie de Montreuil. Il a salué le type derrière le bar. Il s'est assis. Swann peut le voir de l'extérieur. S'il la repère, elle pourra toujours dire qu'elle passait par là pour aller prendre le métro. Il se relève. Saisit un journal sur le bar. *Le Parisien*. Il a enfoncé sa casquette rouge sur son crâne. Le type derrière le comptoir lui apporte un sandwich et un verre d'eau plate.

Il sort au bout de quarante minutes. Swann lui emboîte le pas, à deux cents mètres de distance. Il disparaît dans une boutique. Swann passe devant. Matéo la hèle du magasin. Elle sursaute. En fait trop. Il fronce les sourcils :

— Tu es ici par hasard… ou par nécessité ?

Elle a suivi Matéo dans une rue transversale. Aucun magasin ne justifie sa présence. Elle improvise :

— J'ai cru t'apercevoir dans la rue. Je t'ai appelé, mais tu n'entendais pas. Et tu as disparu.

Swann se surprend bonne menteuse, pleine d'aplomb. Matéo finit par sourire en désignant la boutique de tatouages et de piercings :

— Je viens me faire trouer la peau. Tu veux assister à la mise à mort de mon arcade sourcilière ?

Swann hoche la tête. Elle s'assoit près de lui. Le tatoueur a les bras couverts de visages de femmes aux cheveux flottants. Il désigne Swann du menton :

— C'est mignon de venir avec ta mère !

Il rit à sa propre plaisanterie, puis fait une mine contrite :

— Excusez-moi, je suis con. On se refait pas.

Swann réplique d'un air buté :

— Moi, c'est le contraire. Je suis intelligente. Et ça s'accroît avec l'âge.

Le tatoueur éclate de rire et lance à Matéo :

— Elle est rigolote, ta daronne.

La radio diffuse la voix épuisée de Renaud.

— Tu peux changer de station, l'ami ? demande Matéo. Ça me fout le cafard d'écouter des chanteurs morts.

Le tatoueur perce l'arcade. Matéo devient livide. Il perd connaissance en s'affaissant lentement dans les bras de Swann. Elle a toutes les peines du monde à le retenir. Son corps inanimé lui rappelle le cadavre de Samuel.

Quand ils sortent de la boutique, une pointe en métal barre le sourcil gauche de Matéo. Il hausse les épaules d'un air gêné :

— Si tu dis pas que je me suis évanoui, je dirai à personne que tu es ma mère. OK ?

Swann hoche la tête. Sans prévenir, il la prend dans ses bras et l'embrasse sur les lèvres. Elle se laisse faire, sans savoir pourquoi. La silhouette trapue se serre contre elle. Elle le repousse gentiment.

Il s'écarte. Il regarde Swann et lui sourit comme s'il ne s'était rien passé :

— Au début, tu sais, j'aurais juré que tu nous balançais aux flics. J'étais pas le seul, d'ailleurs.

— Qu'est-ce qui t'a fait changer d'avis ?

— Ta haine. Tu peux pas la cacher, ça déborde de partout. Ça se voit sur ta gueule. T'as la même tête que Samuel quand il caillassait les bagnoles de flics. Des gueules de scarabées. Des bouffeurs de nuit.

*

Trois heures du matin. La caméra filme Matéo. Il tient un journal à la main. Il se met sur le canapé. Il lit son canard satirique. Il glousse tout seul. Il s'endort. Sa tête glisse en avant. Le mouvement le réveille. Il reprend sa lecture. Son crâne bascule en arrière. Il ronfle doucement. Nour le contourne sans bruit quand elle rentre.

Elle quitte le champ de la caméra. Elle se glisse sans bruit à côté de Swann.

*

Autre jour. En fouillant la chambre de Ferdinand, Swann découvre une photo de son fils. Il doit avoir deux ans à peine, un visage très rond, la peau café au lait, les yeux vert d'eau, une bouche ourlée. Ferdinand a une vingtaine de photos. Le petit garçon à sa naissance, dans une piscine, assis dans un transat, sur un tapis d'éveil, endormi. Sur une des images, l'enfant tète le sein de sa mère. C'est l'unique parcelle d'elle, noire et gonflée, que l'on voit.

Près de Swann, le hamster tourne dans sa roue.

La caméra surprend Ferdinand se relevant pour se servir un verre de vodka. Ses iris clairs sont presque noirs. L'alcool accentue son strabisme.

Autre nuit. Il bricole. Poudre. Détonateur. Il ne dit à personne ce qu'il veut faire exploser.

Autre jour. Elle suit Matéo jusqu'à Paris. Il descend à la station Assemblée-Nationale. Il disparaît dans le musée d'Orsay. Sur son carnet de croquis, il reproduit un tableau. Il se mord la lèvre inférieure, assis devant une toile d'Henri-Edmond Cross intitulée *Les îles d'or*.

Le soir suivant, Ferdinand descend avec son hamster. Il va remplir une tasse d'eau. Avec des gestes d'une infinie douceur, il baigne le hamster dans la tasse. L'animal couine un peu. Ferdinand le retire de l'eau et le sèche avec le bas de son tee-shirt. Il embrasse son crâne aux poils beiges et soyeux.

*

Autre nuit. Ferdinand est seul dans le squat, il se promène tout nu. Il traverse le champ de la caméra, disparaît. On entend la porte du frigo. Le bruit du liquide dans le verre. Il réapparaît. Il s'assoit sur une chaise. Il avale son verre d'un trait. Retourne vers le frigidaire. Revient s'asseoir avec un autre verre. Il se tourne dos contre la caméra. Il se branle devant les prisonniers assis près des barreaux sciés.

Swann reconnaît la petite cicatrice aperçue sur le dos de l'agresseur de Samuel.

Swann suit Ferdinand dans la rue. Il prend un métro. Un autre. Il sort aux Halles. Il entre dans les jardins du forum. Swann a du mal à ne pas le perdre de vue tellement il y a de monde.

Une fille qui lui ressemble quand elle avait vingt ans embrasse un garçon sur un banc.

Samuel disait à Swann que la fiction, comparée au réel, ne valait rien. Swann le contredisait par agacement. Ses postures intellectuelles l'exaspéraient. Sur le fond, elle s'en foutait complètement. Seul lui importait de sentir la peau de Samuel contre la sienne. Ses mains devenaient parfois vivantes.

Swann passe devant les deux jeunes enlacés. Elle lance une imprécation muette pour qu'ils crèvent.

2. Vengeance

— Tu savais que Samuel balançait aux flics.

Swann n'a pas complètement réussi à maîtriser le son de sa voix. Elle a attendu pour lui poser la question un moment où Matéo et Justine sont absents pour la journée.

Elle a caché une barre de fer dans son sac à dos.

— Pourquoi tu dis ça ?

— Je t'ai vu te battre avec lui. Dans son bureau.

— La seule fois où on s'est bagarrés, c'est parce qu'il m'avait traité de clown. Il me trouvait trop mou. Il nous accusait tous d'être juste un contre-mouvement. Une petite activité associative. Il trouvait qu'on faisait rien, à part éclater des fumigènes dans les champs ou péter des vitrines.

— C'est pour ça que vous vous êtes engueulés ?

— Il a dit que notre gros coup de bol, c'est que deux paranoïas se soient rencontrées, la parano étatique et la nôtre. En nous traitant de terroristes, l'État nous avait offert ce dont on rêvait : une stature réelle. Alors qu'on était des minables.

— T'as répondu quoi ?

— Je lui ai demandé pourquoi il restait, s'il nous trouvait si pathétiques.

— Et alors ?

— Alors, il m'a expliqué qu'il n'avait plus besoin de nous. Il avait son plan : détruire le pays en le plongeant dans le noir. L'insurrection en coupant l'électricité. Plus d'électricité : plus d'ordinateurs, plus de transports. Plus de communications. Plus de communications, plus d'échanges. Plus d'échanges, plus d'économie…

— Au risque de tuer des gens ?

— Oui.

Une grande bouffée de colère submerge Swann. Des images de vitres brisées, de coups de batte de baseball, de voitures incendiées. Le corps de Samuel. Les morceaux épars de sa vie, irréconciliables.

Le canapé éventré. Sa vie éventrée.

Elle pense à la barre de fer. Elle se laisse envahir par la tentation de l'enfoncer dans la chair de Ferdinand. Elle se demande combien de coups il faudra pour qu'on lui voie l'intérieur du crâne.

Elle ne bouge pas.

— Alors, c'est lui l'auteur du *Livre au noir* ?

— Oui. Sauf que c'est pas un livre. C'est juste ça. Deux pages.

Ferdinand donne à Swann le manuel de sabotage recherché par Legal : une brochure intitulée non pas *Livre au noir* mais « Livrée au noir ».

— La veille de sa mort, Samuel en avait parlé à Julien. Qui me l'a donné. Avant d'être tué à son tour. Comment tu sais qu'on s'est battus, au fait ? Il n'y avait personne !

— Vidéosurveillance.

Ferdinand est devenu pâle. Il vient de comprendre. Il se lève.

— Je vais me barrer d'ici. Samuel a été tué pour avoir balancé. Et Julien ? C'était une balance aussi ? Comment on peut savoir ?

— On ne peut pas.

— Qui nous surveille ?

— Aucune idée.

— Et si c'était Justine ou Matéo qui les avaient tués… en croyant que… Et s'ils allaient croire que moi aussi, je balance ?

— Possible.

Ferdinand rejoint l'escalier. Il dit à Swann :

— Toi aussi, barre-toi d'ici ! Barre-toi d'ici vite fait !

— Pour aller où ? Et toi, tu vas où ?

Ferdinand se retourne, pris au dépourvu.

— Je vais trouver. Au pire, j'irai chez mes parents. Je vais faire mes valises.

Ferdinand disparaît à l'étage.

Swann sort. Elle prend un métro. Elle marche quelques heures, au hasard. Elle serre dans ses mains la fine brochure. L'origine du malentendu.

3. La brochure

LIVRÉE AU NOIR

Le sabotage des lignes électriques

Comme l'écrivent nos camarades : « Chaque pratique fait exister un territoire — territoire du deal ou de la chasse, territoire des jeux d'enfants, des amoureux ou de l'émeute, territoire du paysan, de l'ornithologue ou du flâneur. La règle est simple : plus il y a de territoires qui se superposent sur une zone donnée, plus il y a de circulation entre eux, et moins le pouvoir trouve de prise[1]. »

Créer des territoires, des « zones autonomes temporaires », tel est l'objectif que se fixe cette recette de sabotage. Elle part d'une constatation évidente : la force de l'État repose sur ses voies de communication. Or c'est aussi sa plus grande faiblesse. Le lieu par où l'attaquer. L'une d'elles possède pour nous le meilleur rapport facilité d'exécution/ampleur de la destruction : l'électricité.

*

1. Extrait de *L'insurrection qui vient* du Comité invisible.

La cible : un pylône

Le poste électrique à très haute tension (225 000 volts - 63 000 volts) situé à B*** date de 1930. Il sera bientôt remplacé par le nouveau poste de S***.

Malgré sa vétusté, ce poste est stratégique pour la région. Il a pour mission d'abaisser la tension de 225 000 à 63 000 volts et de renvoyer l'électricité vers les usagers. Il alimente en électricité 600 000 habitants de la Seine-Saint-Denis (communes d'Aubervilliers, Bobigny, Drancy, Dugny, La Courneuve, Le Blanc-Mesnil, Le Bourget, Pierrefitte, Saint-Denis, Saint-Ouen, Stains, Villetaneuse) et de Paris (1er, 2e, 9e, 18e arrondissements). Il participe également à l'alimentation d'équipements majeurs de l'économie régionale : le Stade de France, la SNCF, le TGV-Nord, le métro et le RER.

Il est alimenté en électricité depuis le poste de transformation 400 000/225 000 volts de P***, situé dans le département du V***, via un couloir de lignes électriques aériennes à 225 000 volts : il fait ainsi partie de la « boucle » à 225 000 volts qui ceinture Paris et sa proche banlieue, dans le but de garantir la desserte en électricité de la région parisienne.

À partir du poste de B***, l'électricité est ensuite répartie vers d'autres postes par des liaisons souterraines.

Conclusion : il suffit de détruire l'un des pylônes qui alimente B*** pour plonger dans le noir les communes d'Aubervilliers, Bobigny, Drancy, Dugny, La Courneuve, Le Blanc-Mesnil, Le Bourget, Pierrefitte, Saint-Denis, Saint-Ouen, Stains, Villetaneuse et les 1er, 2e, 9e, 18e arrondissements de Paris, ainsi que le Stade de France, la SNCF, le TGV-Nord, le métro et le RER.

Reste à choisir le pylône. Le tracé des lignes électriques est aisément consultable sur Internet.

Pour créer des dommages conséquents à Paris et en banlieue, vous pourrez, par exemple, arrêter votre choix à V***, où passent les lignes haute tension, transportant de l'électricité en provenance du poste de transformation nord parisien du P***. Celui-ci récupère une partie de l'électricité à 400 000 volts provenant des sites de production disséminés sur tout le territoire pour la ramener à 225 000 volts et être acheminée vers le poste de B***.

Pour faire sauter votre pylône, une simple recette de cuisine suffit.

*

La recette : un explosif

Temps de préparation : 30 minutes.

Temps de cuisson : 1 seconde.

Temps total : 30 mn 1s.

Coût : pas cher.

Difficulté : facile.

Ingrédients :

10 kg de D***

1 kg de S***

Préparation :

Mélanger 10 kg de D*** et la totalité du S***.

Placer le mélange dans un long plat de forme tubulaire, clos aux deux bouts, que l'on referme avec précaution.

Placer dans la préparation une mèche de 5 mètres de long.

Allumer la mèche dès que vous êtes prêt(e) à servir.

*

Une recette simple, accessible à tous, facilement reproductible. Et donc impossible à contrôler, ni à prédire.

Le colosse a des pieds d'argile. Il suffit d'éteindre sa lumière pour le plonger dans le néant.

Pour que la ville soit livrée au noir.

4. Disjoncteur

Swann marche jusqu'aux grilles du Jardin des Plantes.

Il est déjà cinq heures. Elle s'est assise sur un banc, en bord de Seine. Près d'elle, deux SDF ont planté leur tente orange. Elle s'endort.

L'eau brille. Des feuilles jaunes, rouges et brunes, s'y reflètent.

Dès l'ouverture du jardin, Swann va s'asseoir devant un terrain de jeux pour enfants. Elle relit la brochure.

Autour d'elle, des mères avec leurs gamins. Des nounous à la peau sombre avec des enfants pâles. Une petite fille s'approche d'elle et la fixe d'un air grave.

— Tu veux quoi ? demande brutalement Swann.

L'enfant prend peur et s'éloigne sans répondre. Elle se retourne. Swann pense à autre chose. L'enfant revient vers elle. Elle s'assoit d'autorité près de Swann.

— T'as pas de maman ? demande Swann. Ou de nounou ?

La petite lève les yeux vers Swann :

— Si, répond-elle laconiquement.

— Alors qu'est-ce que tu fais ici ?

— T'as l'air rigolote. T'as un épi sur la tête.

— C'est parce que j'ai dormi dehors.

— Pourquoi t'as dormi dehors ?

— J'ai pas de maison.

— Pourquoi ?

— Mon copain est mort. J'ai plus assez d'argent.

— Il est mort comment ?

— Balle dans le dos.

— Qui l'a tué ?

— Je sais pas.

— Ah bon.

Swann se demande si elle doit lui donner un coup de pied pour la faire dégager du banc. Elle se sent épuisée. Elle renonce à faire des efforts supplémentaires. Elle s'en va. La gamine lui emboîte le pas :

— Tu vas où ?

— Chez moi.

— T'as dit que t'avais pas de chez-toi.

— J'en ai un quand même.

— T'as menti ?

Swann se met à courir vers la sortie. Elle se précipite jusqu'à la gare d'Austerlitz. Elle ne se retourne que lorsqu'elle a franchi le tourniquet. La gamine ne l'a pas suivie.

*

Dès le bout de la rue, Swann sent qu'il est arrivé quelque chose. Deux voitures de flics stationnent devant la porte du squat. Swann reste à distance. Plusieurs voisins sont sortis sur le trottoir. L'effervescence commence à gagner.

— Qu'est-ce qui se passe ? demande Swann à un riverain.

— Un mort, il paraît.

— Qui ?

— J'en sais rien, moi ! Demandez aux condés !

Swann s'aventure jusqu'à la porte.

Le personnel de l'IJ se fraie un passage devant le cordon de flics qui protège la porte. Swann reconnaît le technicien qui est venu examiner les empreintes chez elle. Elle le hèle :

— Qui est mort ?

L'homme fronce les sourcils :

— Je vous ai déjà vue.

— Dans le bureau de mon mari. Il a été tué d'une balle dans le dos.

Le technicien hoche la tête.

— Qui a été tué ? insiste Swann.

— J'en sais rien. Je demande ni leur nom ni leur marque de rasoir. Je relève que leurs empreintes.

Il prend congé. Avant de sortir, il chuchote quelque chose à un des flics devant la porte. Le flic cherche Swann des yeux. Elle essaie de disparaître au milieu des badauds.

Heureusement, l'attention du policier se détourne d'elle. Il salue de nouveaux arrivants. Bouveresse lui serre la main. Legal lui dit certainement quelque chose de désagréable car le flic se tourne vers Bouveresse avec stupéfaction. Bouveresse hausse les épaules, fataliste.

À la faveur de la foule, Swann s'approche à nouveau.

— Un mort. Ferdinand Piatzszek. Pas beau à voir.

Swann pense à la barre de fer qu'elle a apportée et oubliée sur place, avec le sac à dos.

Matéo sort de la maison en criant :

— Ils vont tous nous buter ! Un à un !

Swann aperçoit les yeux de Legal qui, de loin, semblent rouge vif. Elle se fait toute petite.

Bouveresse regarde Legal d'un air furieux :

— J'ai toujours su que c'était elle. Je te l'ai dit. Elle les a tués tous les trois. T'as pas voulu m'écouter. Tu vas attendre qu'elle en bute encore combien avant de dire tout ce que tu sais à la Crim' ?

Il se recoiffe avec sa main. Il est complètement à cran.

Swann reste immobile. Elle est tout près d'eux. Elle voudrait fuir, mais elle sait qu'elle doit rester calme. Ne pas attirer l'attention.

Legal paraît complètement abattu, tassé comme un vieillard. Est-ce le liseré de ses yeux ? On dirait qu'il pleure.

— Tu n'as pas voulu te rendre à l'évidence parce que tu es obsédé par ces totos, reprend Bouveresse. Faut passer l'éponge. Il faut pas les voir derrière tous les meurtres du monde.

Swann se dévisage dans le reflet d'une voiture. Ses cheveux sont en bataille. Ses vêtements, gris de saleté.

Elle regarde Anton Legal entrer dans la maison, la démarche incertaine, en s'appuyant contre les murs pour guider ses pas. Il disparaît, reléguant Swann de l'autre côté du monde.

HUITIÈME CERCLE

LES MOULINS À VENT

« Là-dessus ils découvrirent trente ou quarante moulins à vent qu'il y a en cette plaine, et, dès que don Quichotte les vit, il dit à son écuyer : « La fortune conduit nos affaires mieux que nous n'eussions su désirer, car voilà, ami Sancho Pança, où se découvrent trente ou quelque peu plus de démesurés géants, avec lesquels je pense avoir combat et leur ôter la vie à tous, et de leurs dépouilles nous commencerons à nous enrichir : car c'est ici une bonne guerre, et c'est faire grand service à Dieu d'ôter une si mauvaise semence de dessus la face de la terre. — Quels géants ? dit Sancho. — Ceux que tu vois là, répondit son maître, aux longs bras, et d'aucuns les ont quelquefois de deux lieues. — Regardez, monsieur, répondit Sancho, que ceux qui paraissent là ne sont pas des géants, mais des moulins à vent et ce qui semble des bras sont les ailes, lesquelles, tournées par le vent, font mouvoir la pierre du moulin. — Il paraît bien, répondit don Quichotte, que tu n'es pas fort versé en ce qui est des aventures. »

Don Quichotte de la Manche,
Cervantès, 1611.

1. Ni dieu, ni maître, ni croquettes

Elle court.

Son premier réflexe : regagner le métro. Entrer sous terre. Pourtant, des caméras de vidéosurveillance quadrillent les couloirs et les quais. Elle essaie de se placer dans un angle mort, juste sous le bras métallique. Ligne 9. Pour aller où ? Le squat va être surveillé. Les flics iront aussi chez ses parents. De toute façon, pour se rendre à Nantes, il faudrait prendre des billets de train, tendre son billet au contrôleur.

Elle sort place du Châtelet. Se perdre dans la foule semble provisoirement la meilleure cachette. Nouvelles caméras. Contrôles policiers. Swann pense un instant que c'est pour elle. Ils la cherchent. Ils vont la traquer. Et, contrairement aux animaux, elle ne bénéficie d'aucun espace vierge, d'autres terrains sauvages où disparaître.

Elle se raisonne. Le déploiement de flics ne peut pas être pour elle. Elle respire un grand coup devant les uniformes. Personne ne l'arrête. Blanche, trente-deux ans — ticket d'office pour les voyages interurbains. Pourtant, elle a peur. Avant, les policiers faisaient partie du décor, de sa toile de fond, une présence vague à laquelle elle ne prêtait pas garde. Aujourd'hui, ils forment des jalons dans le filet que la ville étend sur elle.

Elle marche au milieu de la foule compacte du forum. Un jeune type la bouscule. Elle serre son sac contre elle. Il contient sa survie. De l'argent, des papiers, des clés. Autant de pièges. Des clés pour se rendre dans des lieux où les flics l'attendent. Des papiers pour être repérée, classée, fichée. Photos, taille, poids, couleur des yeux, numéro de Sécurité sociale, coordonnées de la banque. Son nom, partout. Si elle tire de l'argent, on saura où, à quelle heure et combien elle a retiré. Si elle passe un coup de fil, on pourra la localiser.

Elle est coincée dans la toile.

On a mis une balise GPS sous sa voiture. Peut-être lui a-t-on greffé sous la peau une puce permettant de tracer son parcours. Ils la suivent sur un écran, comme un personnage de jeu vidéo.

Les flics contrôlent un jeune Noir. Il parle à haute voix pour être entendu des passants :

— Pourquoi moi ? Pourquoi pas eux ? C'est parce que j'ai les cheveux courts ? Attendez... Non... Parce que je porte un jean ?... Quoi d'autre ?

Papiers : prison.

Elle marche sans s'arrêter. Se dit que le salut réside dans le mouvement ininterrompu.

*

Quand le soir tombe, elle s'effondre sur un banc. Elle ne sent plus ses jambes. La plante de ses pieds lui fait mal.

Elle ouvre son sac. Elle retire de son portefeuille quelques billets. Elle regarde sa Carte Bleue. Elle arrache avec une pince à épiler la puce qui est à l'intérieur. Elle la tord jusqu'à la rendre inutilisable. Elle jette le plastique bleu dans la Seine.

Sa carte d'identité date de neuf ans. Il aurait fallu la renouveler bientôt. Dessus, elle semble déterminée, presque sévère. Sa mèche noire sur le front lui donne un air méchant. Large bouche. Des cernes. Taille : 1,69 m. Lieu de naissance : Ancenis (44). Elle taille au coupe-ongles des morceaux de plastique qu'elle disperse dans l'eau.

Elle balance sa carte de sécu, sa carte de mutuelle, sa carte de bibliothèque. Tout ce qui la relie à son identité sociale est aspiré par la Seine.

Il ne reste plus que des billets et son téléphone portable. Elle résiste à la tentation d'appeler ses parents. Souvenir de sa mère la berçant, lui chuchotant que tout va s'arranger. Aurélie, Falguière… Nour. Si elle jette le téléphone, jamais plus elle ne pourra la contacter.

Elle éteint le portable, le glisse dans sa poche.

Depuis qu'elle s'est arrêtée de marcher, le froid a progressivement envahi son corps. Mais elle souffre trop pour se remettre en mouvement.

Quelques badauds.

Bientôt, on ne pourra plus croire qu'elle s'est

assise sur ce banc pour contempler la Seine. Quand il fera nuit noire, elle ne sera plus pour les passants qu'une jeune femme désœuvrée ou une touriste éprise de paysages nocturnes.

La fatigue lui ferme les yeux. Elle résiste au désir de s'allonger. La honte la maintient droite.

Elle se redresse. Courbatures. Elle marche lentement jusqu'à la gare. Elle introduit quelques pièces dans la machine pour prendre un ticket de métro. Elle baisse la tête devant les caméras. Elle fait un changement place d'Italie.

Au pied des tours, elle passe devant un groupe de jeunes. Ça sent le hasch. Elle s'assoit un instant dans l'ombre pour vérifier qu'il n'y a pas de flics. Un garçon du groupe s'avance vers elle. La peur la saisit instinctivement. Cette fois, elle n'est plus protégée par rien. On pourrait la rouer de coups, la violer, la laisser pour morte, elle ne pourrait plus demander justice auprès de personne. Elle est seule.

Le type lui demande une clope. Il lui reste un paquet dans son sac. Des souvenirs affluent. Des faits divers, des récits. Titre de journal : « Mort en plein Paris pour avoir refusé une cigarette. » Un homme tué au couteau, un autre à la machette. Elle répond :

— Non, je fume pas.

Le jeune repart sans répondre vers sa bande.

Swann se lève. Elle tremble. Elle compose le code de Falguière. Elle grimpe jusqu'à son étage. Tient le doigt appuyé sur la sonnette. Entend son pas lourd sur le parquet. Il ouvre, le vieux chat arthritique entre les jambes. Il l'invite à s'asseoir.

Il va lui faire un café. Le chat vient se frotter contre la botte de Swann. Il ronronne. Swann le repousse du bout du pied.

Falguière revient avec une tasse de café brûlant et des madeleines. Swann se précipite sur l'assiette. Elle dévore les madeleines sans parler. Falguière l'observe, atterré.

— Tu veux que je te prépare autre chose ? Des pâtes ?

— Je peux me laver ?

Georges hoche la tête.

Swann ne parvient plus à détacher son corps du jet brûlant. Elle se frotte. Sa peau se couvre de mousse. Elle lave ses cheveux. Falguière lui a prêté un tee-shirt propre. Il est beaucoup trop large mais il sent bon la lessive et l'assouplissant. Swann l'enfile avec délices.

En se coiffant devant la glace, elle remarque des petites taches rose pâle sur sa lèvre inférieure.

Quand elle retourne dans le salon, Falguière l'attend, l'air grave :

— Qu'est-ce que tu as fait ? Faut que tu me racontes.

Il lui adresse un sourire forcé.

— C'est un peu long. Pour te la faire courte, on me soupçonne d'avoir tué quelqu'un.

Falguière écoute, de plus en plus atterré, le récit de Swann.

— Je n'y comprends rien. Samuel était de quel côté ?

— Il a pu changer d'avis. Virer de bord. La frontière est ténue, tu sais.

— Et toi, pourquoi t'es allée vivre avec eux ? Pourquoi t'as pas laissé faire la police ? Tu cherchais quoi ?

Swann regarde Falguière, puis le chat. Elle considère ses questions avec stupéfaction. Son monde douillet de livres et de petits gâteaux, de café chaud, de tee-shirts propres.

Le chat obèse et vieillissant. Swann le compare mentalement au chat du squat — un animal maigre, sans dieu, sans maître et sans croquettes.

— Je vais te donner de l'argent. Tu veux combien ? Parce que… parce que tu peux pas rester ici ce soir. Je voudrais bien. Je… Mais je peux pas te garder. J'ai une copine qui… Tu veux combien ? Je peux te donner beaucoup. Tu veux 500 euros ? 1 000 ?

Swann hoche la tête. Falguière sort pour aller tirer de l'argent. L'idée la traverse qu'il va appeler les flics pour la dénoncer. Se dit qu'il ne le fera pas. Elle va dans la cuisine. Falguière a posé une trousse à outils sur le plan de travail. Il a sorti un clou et un marteau pour accrocher une pendule murale.

Swann ouvre le réfrigérateur. Elle sort du fromage qu'elle fourre dans son sac. Elle prend du pain de mie dans un placard. Une boîte de gâteaux. Le chat se frotte contre sa botte. Elle le laisse faire. Se dit qu'elle pourrait l'emmener avec elle pour tromper sa solitude.

Elle attrape une banane et l'épluche. Elle l'avale en quatre bouchées.

Elle retourne dans le salon. Le chat la fait trébucher. Son miaulement strident porte sur les nerfs. Swann saisit le marteau. Elle vise entre les deux yeux. Un coup entraîne l'autre. Une flaque de sang et de chair se répand sur les carreaux blancs. Elle est saisie par l'ivresse. Elle est tour à tour le chat, le boucher et le marteau.

Quand elle retrouve son calme, la cuisine est rouge et noire.

Paris par la baie vitrée.

Swann se sent happée par l'obscurité.

Elle lave soigneusement ses mains, puis le marteau. Prend un nouveau tee-shirt dans le placard de la chambre. Taille XXL, mais noir. Georges avait dû le trouver trop beau pour le lui sacrifier.

Quand il rentre, elle est prête à partir. Elle a glissé le marteau dans son sac. Elle porte un blouson qu'elle a pris dans une armoire. Georges lui tend les billets :

— Tiens, tout est pour toi. Tu n'as pas besoin de me les rendre.

Swann prend l'argent sans répondre. Georges parle de plus en plus vite pour combler son silence :

— Je peux te faire des pâtes avant de partir. J'aurais bien voulu, tu sais. Enfin, quand tu reviendras, je…

Elle franchit le seuil. La barrière symbolique paraît le soulager. Il retrouve un semblant de sourire :

— La prochaine fois, préviens-moi. Je m'arrangerai pour te recevoir mieux que ça.

Swann lui tourne le dos. Elle se retourne :

— Ton opération de la prostate, ça t'a rendu impuissant, finalement ?

Il lui jette un regard perdu. Il ouvre la bouche pour répondre. Swann lui coupe la parole :

— Réponds pas. Je me fous de le savoir. Mais j'ai toujours eu envie de te poser la question.

Elle disparaît derrière les portes de l'ascenseur.

Il faudra à Falguière un certain temps avant d'ouvrir la porte de la cuisine. Swann a mis de la glu dans la serrure.

RECETTE DE LA COLLE CONTRE LES VERROUS DU CAPITALISME

Ingrédients :

Colle époxy acier.

Seringue.

XXX.

Préparation :

Enlever le bouchon plastique situé entre les poussoirs de la seringue.

Casser l'extrémité de la seringue et appuyer sur les poussoirs de la seringue afin de déposer de façon égale les 2 composants dans un récipient (ou dans la coque plastique de l'emballage).

Mélanger la colle avec XXX afin d'obtenir une pâte homogène.

Appliquer le mélange dans les 4 minutes dans une des surfaces à coller (serrure d'une usine, d'un bureau, d'une banque, d'une voiture, de l'ANPE, du MEDEF, d'un commissariat, etc.) à l'aide de la spatule fournie.

Prise définitive en une demi-heure.

Essuyer immédiatement le bout de la seringue. Remonter légèrement les poussoirs pour vider le surplus de colle et refermer la seringue grâce au bouchon fourni.

La recette est également savoureuse et aisée à réaliser avec de la superglu et un cure-dents.

Avis :

Cette recette est économique car un tube vous permet de coller un grand nombre de serrures.

Quand Falguière verra le chat, ce qu'il en reste, elle aura disparu dans la ville.

2. Zones autonomes

La nappe urbaine se déroule, gris foncé, sous ses pieds. Elle traverse des zones ponctuelles de beauté statufiée. Des espaces circonscrits de monuments hiératiques, donnés à admirer de loin. Des îlots délimités par la lumière électrique. Plus loin, de grands ensembles gris, des places sans âme, des statues écrasantes. Bars branchés. Au-delà, HLM, tours, zones industrielles, exploitations agricoles. Vitrines illuminées toute la nuit. Panneaux publicitaires.

Grâce à Samuel, elle sait maintenant comment faire des brèches dans cet espace qui se déroule à l'infini autour d'elle. Des trous dans la ville. Jeter une pierre tranchante sur une caméra de vidéosurveillance.

Même s'il n'y a plus que l'œil des flics pour lui donner encore de l'épaisseur.

Elle passe devant un mur si haut qu'il ressemble à la prison de la Santé. Un tag rouge : « Sous les pavés, les CRS. »

Elle descend sur le port de l'Arsenal. Elle

traverse l'échangeur et longe l'eau en direction des quais. Entre les deux s'étend un vaste espace sombre, au-dessus duquel passe la ligne 5 du métro. Ça sent l'urine. Elle rejoint la Seine. Elle s'assoit sur un banc de pierre.

Un métro transporte une cargaison de Parisiens. Des voitures passent sur les voies sur berge pour rejoindre le périph. Bateaux de nuit. Avions.

La ville est une vaste autoroute transportant par tous les moyens possibles des hommes et des objets à vendre.

Au-dessus de l'eau, des appartements retiennent les gens en cage.

Swann se sentirait libre si elle n'avait pas froid.

Une femme hirsute sort d'une tente et s'approche. Elle s'assoit sur le banc. Elle pue. Elle dit :

— Je vais lui faire la peau, putain. Plus rien à perdre. La nuit peut bien devenir blanche et noire, pour ce que j'en ai à foutre.

Swann se retourne pour la regarder. Elle est tout près. Elle ressemble à une clocharde que Swann a croisée, juste après la mort de Samuel.

Swann serre son sac. La femme a la peau grise, des cheveux sales. Elle porte un pardessus et un pantalon militaire. Ses chaussures ont les semelles ouvertes. Swann repense à Ferdinand, disant :

— Il y a deux détails qui trahissent les gens pauvres, même s'ils essaient d'avoir l'air apprêté : leurs chaussures et leurs dents.

Il fait environ cinq degrés. Elle enfile le blouson de Falguière et enroule le pull de Samuel autour de ses pieds. Malgré l'odeur de pisse, elle finit par se replier sous les arcades, pour être coupée du vent.

La clocharde aux semelles trouées continue à vociférer sans s'apercevoir de son absence :

— Si ce connard avait pas été là, j'en serais pas où j'en suis. Dans cette nuit qu'en finit pas.

Swann voit sortir un homme d'une tente gris foncé. Son visage est cadavérique mais son corps étrangement lourd. Il a doublé ses vêtements de papier journal.

Le froid de la rue est une saison nouvelle.

Swann rabat sur son visage le col du blouson de Falguière. Elle chuchote :

— Je vais faire une brèche dans leur monde pourri. Je vais faire une putain de brèche dans leur putain de monde pourri.

3. Réveil

À son réveil, un drôle de soleil brille sur l'eau. Un soleil éblouissant et froid. Le pull de Samuel est gris de poussière.

Swann a mal à la joue. Elle cherche son sac. Il a été ouvert. Elle fouille dedans avec frénésie. Elle palpe le fond, retourne les poches. Tous les billets ont disparu. On lui a laissé sa brosse à dents, un miroir de poche. Elle regarde son visage dedans. Elle touche les griffures, dues au contact du sol sur sa peau.

La zone rosée autour de ses lèvres s'est étendue.

Prise de panique, elle fouille son sac à nouveau, à la recherche du téléphone. Elle finit par le retrouver dans sa poche. Elle sourit de soulagement.

Des bruits de pas se font entendre. Une paire de chaussures vernies rouges. Taille enfant. Les chaussures s'arrêtent devant Swann. Elle relève les yeux. En légère contre-plongée apparaît un visage de petite fille. Les chaussures vernies sont vite rejointes par des escarpins chocolat. Une main d'adulte saisit la menotte de l'enfant. Swann voit son menton, ses narines.

Elle se redresse rapidement. Elle époussette sa jupe. Plie le pull de Samuel et le met dans son sac. Elle garde sur elle le blouson de Falguière.

Il lui suffit de se remettre debout pour appartenir aussitôt à l'humanité affairée et laborieuse qui l'entoure.

*

Swann va dans un jardin public. Elle croit sentir le regard des gens sur elle. Elle se lève. Elle prend le métro, passe sans payer en sautant le tourniquet.

RECETTE DU TICKET GRATUIT

Un ticket de métro est valable une heure quand il a été composté.

Un voyage étant généralement plus court, n'hésitez pas à proposer votre ticket à la fin de votre voyage.

Signaler à ses amis la présence de contrôleurs par téléphone portable.

Choisir de bons ustensiles pour ralentir le rythme des usagers : tournevis, superglu, batte, barre de fer, essence et allumettes...

Glisser une lame de rasoir dans les portillons.

Actionner les alarmes.

Elle marche jusqu'à l'immeuble en face de son ancien duplex. Elle gravit les marches, puis l'escalier incendie. Grimpe sur le toit où elle voyait des jeunes étrangères s'asseoir.

La fenêtre de l’appartement où ils ont vécu, elle et Samuel.

Elle sent la présence de Samuel.

Pour échapper au vent, elle s’allonge contre les tuiles. Le soleil froid l’éblouit. Samuel se penche sur elle. Un bruit de pas. Elle respire l’odeur de jasmin de Nour. Ses cheveux brillants. Les mains de Samuel caressent son visage. Tous deux se penchent vers elle. Ils lui chuchotent des mots de consolation.

Elle ne sait quel visage de Samuel choisir. Les yeux bleus sur le foulard noir. Samuel dans le bureau de Legal. Ultraviolent et balance. Elle serre son pull qui est devenu une deuxième peau. Le souvenir de l’odeur de Nour.

À vingt-deux heures, elle téléphone à Justine.

Quand elle a raccroché, elle se met à courir comme si la nuit avait des yeux.

4. Survie

Swann rejoint Justine à la gare RER de Malesherbes. La jeune femme a un petit ventre rond, la peau grêlée. Elle regarde Swann avec curiosité :

— On en a pour une heure à pied. Ça ira ?

— Tu veux pas m'offrir un café d'abord ? J'en peux plus.

— Je préfère pas, non. Ils ont parlé de toi aux infos. Les gens pourraient te reconnaître.

— Ils ont dit quoi ?

— Je te raconterai plus tard. Attends-moi là, je vais aller t'acheter un sandwich.

Avant de s'éloigner, Justine tend un gros bonnet de laine à Swann.

— Mets ça.

Swann enfile le bonnet. En descendant du métro, elle a été frappée par l'air glacé. Il doit faire deux ou trois degrés de moins qu'à Paris.

Swann engloutit un sandwich au saucisson pendant qu'elles marchent vers la maison.

— Tu sais, lui dit Justine, j'ai quand même

cru que tu balançais aux flics, jusqu'à ce qu'ils se mettent à te rechercher.

— T'avais raison. Je balançais.

Justine continue à marcher mais son silence est une question. Swann continue :

— Je pensais que l'un d'eux m'aiderait à trouver l'assassin de Samuel. Après, j'ai compris qu'il s'en foutait. Tout ce qui l'intéresse, c'est de vous coincer, vous.

Elles poursuivent sans parler jusqu'à l'entrée d'un village.

*

La maison de Justine ressemble à un petit chalet, perdu dans la végétation. Justine pousse la porte. À l'intérieur, il fait chaud. Swann sursaute. Un homme dont l'aspect ne lui est pas inconnu s'avance vers elle pour la saluer. Il est assez grand, brun, bel homme. Il est vêtu d'un costume bien coupé. Justine grimace :

— C'est mon père. Tu l'as peut-être vu à la télé.

Swann reconnaît le philosophe. Elle hoche la tête. Justine sent sa gêne :

— Tu pensais pas que la maison était à moi, quand même ? C'est celle de mon père. Il nous la prête pour cette nuit. Après, il vaut mieux que tu ailles ailleurs parce qu'on finira par te chercher ici. Mon père a un terrain constructible, plus éloigné dans la campagne. Tu peux y camper, si tu veux.

Swann se tourne vers Jean-Michel Gand. Il lui désigne un siège :

— Ravi de vous accueillir. Justine m'a parlé de vous. J'ai appris le reste à la télé.

— L'intérêt d'avoir un père philosophe de gauche, ricane Justine.

Swann accepte une tasse de thé.

— Vous avez intérêt à vous cacher, lui conseille Jean-Michel Gand. Vous êtes victime d'une machine judiciaire devenue folle.

— Pourquoi ? Ils disent quoi ?

— Depuis votre arrestation, l'enquête est au point mort. La Sous-direction des affaires terroristes vous a accusée de sabotage. Les enquêteurs ont souligné la présence d'éléments potentiellement explosifs dans le squat où vous logiez. On vous accuse donc d'un délit possible. Bientôt, on vous jugera sur vos intentions.

Justine se tourne vers Swann pour s'excuser du discours de son père :

— Papa prépare un livre sur l'affaire. Il voudrait que j'en écrive un chapitre.

— Pour votre cas particulier, poursuit Jean-Michel Gand, c'est plus complexe car la police a retrouvé vos empreintes sur deux scènes de crime : celle de Samuel Bordat et celle de Julien Fouet.

Puis, Justine se tourne vers son père :

— Swann doit avoir faim. Elle est plus sale qu'une lépreuse. Si tu permets qu'on remette tes discours à plus tard.

Jean-Michel Gand fronce les sourcils. Il répond avec sérieux :

— Oui, la propreté, c'est l'humanité. Primo Levi explique bien comment, dans les camps…

— Papa, Swann t'écoutera mieux quand elle aura ôté le cérumen qui lui bouche les oreilles.

Son père hoche la tête :

— Je comprends, je comprends. Malheureusement, j'ai un rendez-vous avec mon éditeur. Je ne peux…

— OK, papa. On se voit très bientôt.

Quand il est parti, Justine sourit :

— Mon père est très généreux. Mais il est totalement dépourvu d'humour. J'espère que mon gamin réussira à développer ça tout seul.

— C'est pas héréditaire, le manque d'humour.

— Non, mais je crains que ça ne se développe par imitation. Et vu que mon père va élever le gosse.

— Tu vas le lui laisser ? Il est d'accord ?

— C'est lui qui me l'a proposé. Je voulais le confier à la DASS. Mon père a refusé, il m'a demandé d'en devenir le tuteur légal. J'ai dit oui. Le seul truc qui me chiffonne, c'est qu'il ignore l'autodérision. Mais après tout, Julien n'avait pas beaucoup d'humour non plus.

C'est la première fois qu'elle sourit en évoquant Julien. Swann y repense sous la douche, en ôtant sa crasse avec le savon de marque.

*

Quand elle descend rejoindre Justine, elle a l'impression d'avoir eu droit à une seconde vie.

Elle s'installe en face de la jeune femme dans un canapé en cuir confortable. Justine a ouvert une bouteille de la cave paternelle. Mais elle se verse un verre d'eau :

— J'ai pas envie d'élever le gosse ; ça veut pas dire que je veux qu'il soit difforme.

Justine verse à Swann un verre de bordeaux grand cru. La bouteille évoque Samuel. Il lui tendait toujours son verre pour trinquer. Il le tenait par le pied, pour ne pas réchauffer le vin.

— Quand Ferdinand a été buté, raconte Justine, Matéo et moi on a paniqué. On était sûrs de tous y passer. Trois morts dans le groupe. On s'est dit que… Enfin, on s'est tirés du squat. De toute façon, les flics l'avaient réquisitionné. On est chacun retourné chez ses parents. Marrant, non ?

Justine a enlevé son pull. Elle est vêtue d'un corsage qui laisse deviner le contour de sa poitrine.

— Tu peux me montrer tes seins ? demande Swann. Ils ont l'air tellement beaux.

Justine soulève son corsage. Elle enlève le soutien-gorge en dentelle blanche. Swann l'admire, souffle coupé. Le tatouage de Justine, en forme de brin d'ADN, apparaît. Elle hausse les épaules pour s'en excuser :

— J'aimais ce type, il était chercheur. Quand il m'a quittée, je suis restée avec le tatouage.

— Tu pourrais l'enlever, suggère Swann.

— J'apprécie qu'il reste des traces.

Les deux femmes se taisent pendant que Justine remet son corsage.

— Et Nour, tu as des nouvelles ? demande Swann.

Justine hausse les épaules :

— Non, elle a disparu juste après la mort de Ferdinand. Avec son carnet d'adresses, je me suis dit qu'elle trouverait bien où crécher.

Elles se taisent un moment, puis Justine relève les yeux vers Swann :

— Avant que tu appelles, j'ai aussi cru que… ça pouvait être toi.

Swann hausse les épaules en terminant les gâteaux secs.

— Et ?

— Et je me suis dit que la possibilité d'être tuée valait mieux que la certitude d'être une salope. Mais pour être honnête avec toi, tu me fais peur. J'ai aussi peur des flics, de Nour, de Matéo. De tout le monde.

— Je vais te dire ce qui s'est passé. Ce que je sais. Ce que je devine. Si ça devait mal tourner, il y aura au moins une personne qui saura. Toi qui aimes les traces, tu auras quelque chose à te mettre sous la dent.

5. Nour

Dès le lendemain, Justine l'a emmenée sur le terrain de son père. Un champ dans la campagne, entouré par les bois, avec une cabane plantée au milieu. Elle lui a donné de l'argent, des vêtements, des draps, de la vaisselle, des vivres et mis à sa disposition tous les outils que contenait la cabane. Elle lui a dit au revoir : mieux valait ne plus se voir pendant quelque temps, en attendant que la vigilance des flics retombe un peu.

Swann a commencé par se construire un lit pour la nuit. N'ayant pas de planches, elle a décidé de se faire une couche provisoire avec des branchages. Elle a ramassé du bois mort, des brindilles, des feuilles. Elle les a assemblés puis protégés par des couvertures. Elle s'est enroulée dans ce nid de fortune et s'est endormie.

Swann est réveillée par le chant des oiseaux.

Elle se lève. Justine lui a donné du café en poudre et une machine italienne. Pour ne pas puiser dans ses réserves de nourriture, Swann cueille une pomme sur un des arbres du terrain et ramasse quelques châtaignes.

Elle va devoir se construire un vrai lit car le sien commence déjà à pourrir.

Il faudra couper du bois, apprendre à se servir de la scie qui trône sur une étagère de la cabane. Assembler les planches. Vernir. Poser des couvertures dessus en guise de matelas. Récolter toutes les plumes d'oiseau qu'elle trouvera dans un bocal. Quand il y en aura suffisamment, découper un drap pour coudre un oreiller.

Elle bâtit une table basse avec un tronc d'arbre. Pose une couverture par terre pour ne pas être en contact direct avec le sol. Afin de ne pas avoir trop froid, elle fait réchauffer des tisanes. Il y a un vieux poêle qu'elle n'allume que la nuit.

Sans électricité, elle se retrouve dès dix-huit heures éclairée à la seule lumière de la bougie. Par mesure d'économie, elle les allume au dernier moment et les éteint très tôt.

Plongée dans l'obscurité, elle laisse entrer les fantômes. Samuel se blottit près d'elle pour la réchauffer, il la guide, il l'encourage, il lui conseille parfois de se rendre, parfois de sortir de son trou et de tuer quelqu'un. Julien lui souffle au visage sa haine pour tenir bon. Ferdinand lui conseille de fuir. Il lui explique qu'elle vient de créer une zone autonome temporaire. Un espace de liberté, hors de l'œil de l'État.

La solitude pèse comme du plomb.

Nour apparaît également au milieu des fantômes. Elle se glisse à ses côtés sur la planche de bois qu'elle parvient à attendrir avec sa peau et son odeur. Ses cheveux forment un oreiller de soie noire.

Swann a constaté que l'intérieur de son sexe était couvert de zones rouge vif.

*

Le noir commence à menacer sa raison. Il laisse entrer trop d'ombres et trop de voix. Il emplit la pièce de trop d'absences. Swann décide de repousser l'obscurité. Elle va se construire une installation électrique.

Pour cela, elle doit ressortir à l'air libre. Aller dans une grande surface et acheter du matériel. La ville la plus proche, Malesherbes, se trouve à soixante-dix kilomètres. Elle fait du stop. Elle a gardé le marteau de Falguière dans son sac, en cas d'agression. Elle tombe sur un type du coin. Il est d'une laideur épouvantable, des yeux louches, des touffes de cheveux anarchiquement disposés sur le crâne. Il s'appelle Manu. Elle craint sa curiosité mais il ne lui pose aucune question. Il se contente de parler de lui, de ses champs de colza, de son manque de subvention, de sa solitude.

— À Noël, mon frère va dans sa belle-famille. Ça fait que je reste tout seul. C'est pas que je voulais pas de femme. Mais j'en ai pas trouvé. Remarquez, j'ai que quarante-deux ans, c'est pas fini. Je fais des décorations quand même. Ça égaie un peu. Trouvez pas ?

Chez Leroy-Merlin, Swann achète du matériel

pour les installations électriques. Craintive au début, elle gagne en assurance en constatant que personne ne la regarde. Le vendeur lui dit :

— Votre mari est bien courageux de faire son bazar tout seul.

— Oui, il adore le bricolage.

— Ouais, mais l'électricité, c'est quand même chiant. Moi qui suis bricoleur, je la fais pas.

— Mon mari préfère ne dépendre de personne.

— Il a raison. EDF et compagnie, tous des voleurs !

*

Tracer les emplacements sur les murs.

Faire les saignées.

Placer les gaines, tirer les fils.

Poser les boîtes de dérivation.

Poser les prises et les interrupteurs.

Installer les prises de téléphone.

Placer le tableau.

Raccorder tous les circuits aux coupe-circuits (fusibles et/ou disjoncteurs).

Faire l'installation pour le chauffe-eau.

Installer un parafoudre.

Raccorder la terre.

Faire un récapitulatif des raccordements pour le tableau.

L'électricité éloigne un temps la folie et la colère.

Elles reviennent quand même. Malgré les

alternances d'ombres et de lumières découpées sur les murs.

Swann sort de temps en temps. Elle parle aux vendeurs d'une vie ordinaire, avec son mari et leurs deux enfants.

Les zones roses de ses lèvres, rouges de son sexe, s'étendent. Elles forment sur sa peau des frontières nouvelles.

*

Dès qu'elle sort, Swann ne peut s'empêcher de consulter son portable, au cas où Nour l'appellerait. Un jour, elle reçoit un message.

— Aide-moi, dit Nour. J'ai été arrêtée. Je suis au commissariat des Halles. Ils vont me transférer au CRA de Vincennes. Après, l'Algérie. Je suis malade, Swann ! Appelle-moi à ce numéro : 06 11…

Swann achète à un passant deux minutes de conversation sur son portable. La voix de Nour est défaite.

— Comment tu vas ? demande-t-elle.

— Bien, répond Swann.

— Tu es où ?

— Je suis cachée.

— Pourquoi tu me dis pas où ? Tu me fais pas confiance ?

— Et toi, comment tu vas ?

— Je suis malade. J'ai la syphilis.

Swann caresse les zones roses de ses lèvres.

— Tu t'es fait arrêter pour quoi ?

— Racolage.

— Tu m'appelles avec quoi ?

— Avec le portable d'un gardien. Faut que tu me sortes de là, Swann !

— Qu'est-ce que je peux faire ?

— Arrêter le fourgon entre le commissariat et la CRA.

— C'est du suicide.

Quand elle raccroche, les fantômes reviennent en force.

La lumière électrique ne leur fait plus peur.

Elle a juste le temps de voir le CRS, à deux mètres de distance, diriger son Flash-Ball sur le jeune homme.

Le flic vise au visage.

L'œil du garçon se déchire. Il semble exploser sous la balle, dans une gerbe de chair et de sang.

Swann ferme les yeux à son tour.

Maintenant, elle va pouvoir écrire la fin de l'histoire avec Justine.

NEUVIÈME CERCLE

TEMPS DE CHIENNES

« Mais moi, la barre du bourreau s'était, au premier coup, brisée comme un verre, les torches des pénitents noirs s'étaient éteintes sous des torrents de pluie, la foule s'était écoulée avec les ruisseaux débordés et rapides, — et je poursuivais d'autres songes vers le réveil. »

Aloysius Bertrand,
Gaspard de la nuit, « Un rêve ».

Au milieu du champ couvert de givre monte un grand brasier, entouré par un muret de pierre. Swann y jette ses déchets pour ne pas attirer les animaux. Elle jette aussi le pull de Samuel, troué aux coudes. La photo, son petit carnet.

Elle attend que le feu meure.

Quand les dernières braises se sont éteintes, elle part.

Elle grimpe dans le RER, sac à dos sur l'épaule. Elle observe chaque visage. Visages blancs de Malesherbes, visages noirs de Corbeil, Évry…

Il est dix-neuf heures. Il fait presque déjà nuit.

*

Paris.

La Ville Lumière commence à rayonner. Lampadaires. Néons. Scintillements de la tour Eiffel. Surface chatoyante des vitrines. Éclairage vertical des statues.

Les entreprises ont ajouté à la splendeur des

œuvres leur propre touche de vie et d'impertinence. Paris resplendit sous les spots publicitaires étalant sur les trottoirs, au sommet des tours, leurs couleurs vives, leurs slogans rythmés, leurs femmes à la beauté époustouflante. De la couleur, du bruit, du mouvement. Une cité du divertissement sensoriel.

Les quais sont semblables à une rampe de feu, les saules pleureurs taillés de sorte qu'ils retombent vers le fleuve avec une grâce de danseuse. Derrière leurs feuilles scintillent les bateaux-mouches qui, à toute heure du jour ou de la nuit, sillonnent les eaux noires du musée urbain, visité par des touristes venus des quatre coins de la planète.

Tout en continuant à marcher, Swann enfile un keffieh noir dont elle couvre le bas de son visage. Elle rabat une capuche sur ses cheveux attachés.

De l'autre côté de la Seine, l'île de la Cité.

Au-dessus, la ville mortifère, muséifiée par la lumière électrique. Swann embrasse des yeux la momie hideuse.

En dessous — tentes humides, SDF enroulés dans du papier journal.

Elle marche sur les pavés millénaires. Elle passe devant Notre-Dame sans se retourner. Sa beauté de tombeau ne l'impressionne plus.

Swann observe la ville briller de ses derniers feux. Sa splendeur ne l'émeut pas.

Tout va retomber dans l'obscurité. Il suffit d'appuyer sur l'interrupteur.

Arrêter la respiration artificielle.

Elle voit maintenant les murs, les clôtures, les frontières, les barrières.

Mais elle voit aussi au-delà, un « espace possible ». Imaginaire et bref.

La lumière feint de donner vie au cadavre.

Sur le Pont-Neuf, elle rejoint une silhouette enveloppée de noir, surmontée d'une casquette rouge. Elle serre Matéo dans ses bras. Elle dit :

— Ta dent ?

— Je la fais réparer bientôt.

— Ça va ?

— Honnêtement, ça ira mieux tout à l'heure. Là, j'ai hyperenvie de pisser.

Matéo se met à rire nerveusement.

Swann l'interrompt :

— Vous avez pas changé d'avis, Justine et toi ?

— Non. Moi, tu sais, j'ai toujours été con. Et Justine, elle veut profiter de ses derniers mois avant d'être mère.

— Elle est toujours décidée à laisser le gosse à son père ?

— Oui. Elle dit qu'elle essaiera juste de passer la voir — c'est une fille, au fait — une fois ou deux. Histoire de lui apprendre à avoir un peu d'humour.

Swann le regarde longuement :

— Ça risque de dégénérer. Tiens-toi à distance. Et quand je te le dirai, file sans te retourner.

— Et toi ?

— Je vais juste suivre les conseils de la brochure.

— Au cas où ça se gâterait, n'oublie pas de me dire bonne nuit avant d'éteindre la lumière.

*

10, rue Pierre-Lescot. Trois policiers sortent du commissariat. Ils maintiennent quatre sans-papiers menottés, trois hommes et Nour. Deux policiers s'assoient à l'avant du fourgon. Le troisième se place à l'arrière, avec les sans-papiers.

Le véhicule démarre. Il emprunte un souterrain de la boucle Saint-Eustache et tourne à gauche sur le quai de la Mégisserie. Il s'engage sur l'île de la Cité. Vingt mètres plus loin, le fourgon freine brusquement. Il évite Swann de justesse.

Une silhouette cagoulée surgit sur le côté, un AK-47 à la main, acheté 270 euros au marché noir. Elle tient en joue les deux flics à l'avant. Elle contraint le conducteur à ouvrir l'arrière du fourgon. Le canon du fusil contre sa gorge, elle maintient les autres flics à distance.

Nour sort de la camionnette.

Swann marche vers elle. Elle se sent immense comme si elle se déroulait au-dessus de la ville.

Nour lui ouvre les bras. Swann se serre contre elle.

Dans le fourgon, l'un des prisonniers s'est levé. Il enlève sa perruque bouclée, dévoilant son crâne rasé. Le commandant Anton Legal tient un Sig Sauer dans son poing serré.

— Pourquoi tu as fait ça ? demande Swann à Nour.

Celle-ci prend une mine attristée.

— Anton paie en meilleure monnaie : il paie en tranquillité. Je suis désolée, Swann. Sincèrement.

Swann tente de retenir son bras, mais Nour lui échappe. Elle s'écarte. Elle marche vers le fourgon. Elle frôle Legal au passage et va s'asseoir à l'arrière.

Anton Legal approche de la silhouette cagoulée de Matéo. Son pas est vacillant, sa main tremble. Matéo hurle en agitant son fusil près de la tempe d'un des flics :

— Approche pas ou je le bute !

Legal marche vers Matéo, il s'appuie contre le mur. Matéo tremble. Il continue à menacer d'abattre le flic qu'il tient en joue. Swann reconnaît Bouveresse. Legal marche. Matéo tire. Bouveresse s'écroule.

Legal marque un temps d'arrêt. Il passe machinalement ses doigts sur son crâne.

Il reprend sa marche.

Matéo tire sur le deuxième flic. Il tombe à son tour.

Le commandant Legal vise Matéo à la tête.

Les richelieus de Legal évitent soigneusement la casquette chiffonnée par terre. Le commandant est maintenant tout près de Swann. S'il tendait le bras, il pourrait la toucher du bout de son flingue.

Ses orbites sont horriblement gonflées.

Son bras tremble.

Swann pense au chancre sur ses propres lèvres et sur son sexe.

Elle pense au mal qui se répand, au-delà des frontières idéologiques, par le frottement des corps entre eux.

Legal a une lueur folle dans les yeux. Forme tertiaire de la maladie, manifestée par une atteinte cérébrale caractérisée par une atteinte cognitive de type démentiel.

— Vous les avez tués chaque fois que vous pensiez qu'ils avaient le *Livre* ? demande Swann.

Legal hoche la tête.

— Pourquoi vous avez fait ça ? demande encore Swann.

— Je ne réponds jamais aux questions métaphysiques.

Son sourire s'efface rapidement de son visage.

— Vous vous êtes trompé, reprend Swann. Le livre n'existe même pas : c'est juste une brochure minable.

— C'est vous qui vous trompez. Sans lui, je n'ai plus rien pour prouver les dangers des autonomes. Alors il existe. Je suis en train de le terminer.

Legal lève le bras. Sa main calleuse est agitée de tremblements.

Fascinée par leur tremblement, Swann touche les doigts épais d'Anton Legal. Leurs mains s'unissent en une furtive étreinte.

*

*V*** (93).*

Justine s'est accroupie au pied d'un pylône. Son ventre commence à la gêner.

Justine dépose sa bombe au pied du pylône. Elle allume la mèche.

Elle court aussi vite qu'elle peut. Le plus loin possible.

Une fumée orange s'élève dans l'air. Ça dure quelques secondes.

*

Anton sort son paquet de Dunhill rouge. Il s'allume une cigarette avec son Zippo doré.

— Je crois que ce serait une occasion, maintenant, dit Swann.

Anton sourit. Il lui offre une cigarette. Il allume son Zippo et le tend vers elle.

Swann jette un regard vers l'arrière du fourgon où est assise Nour. Mais elle n'aperçoit qu'une silhouette fantomatique découpée sur les grilles.

Anton Legal semble souffrir. Il enfile des lunettes sombres. Swann voit son propre reflet dans les verres opaques. Un visage noir cagoulé, le visage de Samuel, celui de Ferdinand, celui de Julien, celui de Matéo, celui de n'importe qui, le visage anonyme de la révolte.

Swann arrache le Zippo des mains de Legal. Il tremble trop pour avoir encore des réflexes.

Elle écarte les pans de sa veste. Dessous, elle porte une préparation volée parmi les recettes faciles à réaliser de Samuel. Il lui a suffi de faire ses courses chez Truffaut, puis au supermarché. Elle allume la mèche.

Legal lui attrape le bras. Elle croit qu'il veut retenir son geste, mais il se serre contre elle. Il lui chuchote :

— *To die by your side is such a heavenly way to die*[1].

Une fumée orange monte dans l'air durant quelques secondes.

— Bonne nuit, lance Swann à Anton.

*V****

L'explosion est plus forte que Justine ne l'aurait cru.

Le pylône vole en éclats.

Paris.

La rue est livrée au noir.

Le verre devient béton. Les réverbères, grandes tiges aux fleurs fanées. Les scintillements se font tôle et plastique. Les reflets du sol, pavés. L'air se teinte de la fumée verte des pots d'échappement.

En un instant, la Ville Lumière est privée de ce qui la maintenait en respiration artificielle.

1. Paroles de la chanson « There Is a Light That Never Goes Out » des Smiths.

Elle se drape d'obscurité.

Au milieu des gravats, tentaculaire, ténébreuse, grouillante — la zone.

Un monde nouveau se crée, fugace et brûlant.

Une large entaille creusée dans la nuit.

LIVRE AU NOIR

À tous ceux qui ont écrit ce livre — par leurs actions, par leurs pensées, par leur présence — morts et vivants.

L'État n'aime pas *La Princesse de Clèves*, il n'aime pas *L'insurrection qui vient*, il n'aime pas la littérature.

Et la littérature le lui rend bien.

Ces derniers mois, le pouvoir s'est acharné à retrouver un livre. Les forces de police ont pourchassé son auteur avec plus de hargne qu'ils ne traquent les assassins. Les services de renseignement du gouvernement ont voulu épingler son créateur dans leur fichier STIC[1]. Ils sont allés jusqu'à arrêter des éditeurs pour les forcer à dénoncer l'auteur de l'œuvre.

Ce livre n'a jamais existé.

Il a pourtant plus de mérite, dans son inexistence, que n'en ont eu bien des défenseurs de la liberté : il a jeté une lumière crue sur l'État comme machine à créer de la répression, mécanique sans oreilles, sans yeux, sans cerveau, prête à s'emballer sur des chimères.

Et même s'il avait existé, quelle naïveté de croire qu'un livre n'a qu'un seul auteur ! On peut le signer d'un seul

1. STIC : Système de traitement des infractions constatées. Base de données répertoriant toute personne concernée par une procédure judiciaire.

nom, mais il reste toujours l'émanation des peuples. Les idées sont « dans l'air », elles sont le fruit de la conscience collective. L'auteur n'est que leur secrétaire.

Tout a débuté par le sabotage d'une caténaire de ligne TGV, action revendiquée par un groupe allemand en 2008.

L'État saisit l'occasion pour détourner l'attention du chômage et de la précarité. Alors que le capitalisme est un système qui se dévore lui-même et n'a pour issue que l'autodestruction, ce sont les anarchistes qui sont déclarés dangereux. Et la traque commence.

Pour nous surveiller, deux organismes : la SDAT et la DCRI. Bien malin qui pourrait déterminer les missions respectives de ces deux services de renseignement. Deux organismes en concurrence : deux fois plus de lenteur, deux fois moins de communication.

Leurs moyens ? Tous ceux qui peuvent réduire la liberté individuelle à néant. Écoutes, infiltrations, filatures.

Leurs cibles ? Les groupuscules anarchistes. Ceux qu'ils nomment, pour faire joli dans les médias, l'ultra-gauche.

Au sein de chaque groupe espionné, une taupe. Leur technique de recrutement est simple, c'est celle de tous les flics dans tous les types d'infraction : on arrête un des membres du groupe et on lui donne le choix entre être inculpé ou balancer. Quatre-vingts pour cent de ceux qui sont passés par la case « police » deviennent des balances.

À la SDAT, le chef de la mission se nomme Anton Legal. Il surveille, entre autres, un groupuscule situé à Montreuil, qui édite un journal sur les sans-papiers. Il utilise comme balance le premier qu'il réussit à arrêter.

Le plus extrémiste : Samuel Bordat. Il menace de le faire plonger s'il ne coopère pas. Samuel Bordat est maître de conférences à l'université. Il perd son poste s'il a un casier judiciaire. Il accepte d'informer Anton Legal.

Il ignore que ses « informations » sont complétées par un système d'écoutes dignes des grandes heures de l'Élysée. Grâce aux micros et aux caméras placés dans le squat, le commandant Anton Legal acquiert la certitude que Samuel Bordat joue double jeu. Legal est paranoïaque. Et il a bien raison. Samuel lui donne des informations pour l'endormir. En secret, il jette les bases d'un manuel de sabotage.

Son but ? S'attaquer aux réseaux électriques. Samuel Bordat est persuadé que bloquer les circuits électriques peut occasionner des destructions énormes, à la portée de tous. Un explosif artisanal, dont n'importe qui peut trouver la recette sur Internet, et un seul pylône peuvent enrayer la machine. Il rédige en ce sens une brochure, intitulée « Livrée au noir ». Il y explique en termes simples comment plonger la ville dans l'obscurité en coupant son alimentation électrique. Un jour où il décrit son projet à un membre du groupe, le commandant Legal surprend sa conversation. Mais il entend mal. Au lieu de « Livrée au noir », il comprend *Livre au noir*.

Comme le capitaine Achab s'obstinant à traquer la baleine blanche, Anton Legal se livre à une quête obsessionnelle du supposé livre. Les pages menacent l'État, il en est certain.

Anton Legal décide d'empêcher coûte que coûte la diffusion du *Livre au noir* pour anticiper ses crimes à venir.

Après tout, le ministre de l'Intérieur n'a-t-il pas lui-même, quelques mois plus tôt, appelé à un effort d'anticipation ?

« *Depuis plusieurs mois, je crains la résurgence de*

l'ultragauche, le retour de groupuscules terroristes comme Action Directe, les Brigades Rouges ou la Fraction Armée Rouge. Dans la lutte contre le terrorisme, l'anticipation est notre unique recours. »

Anticiper le crime, devancer les actes, découvrir les intentions : voici l'œuvre de science-fiction à laquelle s'est livré Anton Legal, suivant au plus près les directives de sa hiérarchie.

Dans un même temps, l'État agite un nouvel épouvantail, celui du Front national, pour détourner l'attention du peuple.

Mais plus l'État se désintéresse du livre, plus Anton Legal en fait son cheval de bataille. Son moulin à vent. Son dernier combat.

Et puisque le gouvernement n'agit plus, il décide de régler le problème tout seul.

On pourrait parler des raisons personnelles de son acte. Anton Legal est paranoïaque. Sa psychose est aggravée par sa maladie : il souffre depuis des années d'une méningo-encéphalite entraînant des crises de démence et une baisse des facultés visuelles. Il a contracté cette maladie sexuellement transmissible par sa femme et collègue, quinze ans plus tôt. Des flics de la SDAT ont témoigné que l'obsession d'Anton Legal pour les anarchistes avait commencé à cette période. Au moment où, apprenant que sa compagne lui avait donné la syphilis, il s'est séparé d'elle et s'est jeté à corps perdu dans sa traque contre les « totos ».

Ses collègues ont également témoigné qu'il a refusé de se soigner. Il disait que sa maladie était un rappel des dangers du chancre anarchiste sur la société saine.

Mais ces causes personnelles restent évidemment anecdotiques. Elles ne sont que les symptômes de la véritable maladie : la maladie sociale. Maladie d'un gouvernement entêté à agiter le mouchoir noir devant les yeux du peuple pour l'empêcher de voir le monde. Maladie d'un système policier toujours plus brutal, agissant en toute impunité.

Si Swann Ladoux ne l'avait pas arrêté, combien l'État policier aurait-il tué encore de nos camarades ?

Anton Legal est devenu le bras armé, fou, de l'État. Il a tué tous les hommes qu'il a cru en possession du *Livre au noir* : Samuel Bordat, Julien Fouet, puis Ferdinand Piatzszek. En fait, les trois victimes n'ont eu en leur possession qu'une brochure de trois pages intitulée « Livrée au noir ».

En raison de la position dans la machine étatique, la réalisation des crimes a été simple.

Le commandant donne rendez-vous à Samuel chez lui, dans le cadre de leur échange d'informations. Il le tue en lui tirant dans le dos, avec une arme confisquée à un suspect.

Grâce aux écoutes, Legal croit que Julien Fouet a récupéré le livre. Il lui donne rendez-vous sur un toit, en signant d'un autre nom — c'est facile, les membres du squat utilisent très souvent des portables empruntés à des inconnus dans la rue. Legal le tue mais, cette fois, il a gagné en assurance. Il prend davantage son temps. Il laisse s'exprimer sa haine de l'anarchie et des anarchistes. Il explose Julien Fouet à la batte de baseball. Il le réduit en bouillie. Il le défigure. Il lui brise toutes les dents.

Il utilise ensuite le téléphone de sa victime pour laisser un texto à Swann. Le détail aurait dû la faire tiquer. Jamais Julien n'aurait laissé un tel message de son propre portable. Mais Swann Ladoux est une recrue récente, elle ne possède pas tous les réflexes de survie qu'un duel prolongé contre l'État nous apprend à développer.

En faisant venir Swann Ladoux sur les lieux du crime, Anton Legal joue sur deux tableaux : il pourra faire chanter Swann si elle refuse de collaborer et elle constituera une coupable idéale au cas où les choses tournent mal.

Mais Legal ne trouve toujours pas le livre. Malheureusement, Ferdinand Piatzszek l'évoque devant Swann. Legal entend celle-ci s'en prendre à Ferdinand et partir avec ce qu'il croit être le livre. Son sort est scellé. Legal se rend au squat. Il sait qu'il n'y a plus que Ferdinand. Il le tue avec une violence encore accrue, de vingt-deux coups de couteau dans le corps. Dont un dans chaque œil.

Dès lors, l'appareil judiciaire se referme sur Swann Ladoux. Elle s'enfuit.

Mais elle possède cette brochure que l'État craint tellement.

Elle décide de réaliser ce que Samuel Bordat n'a pas eu le temps de faire. Il suffit de confectionner une bombe toute simple, artisanale, et de choisir un pylône stratégique.

Elle veut, à ce moment, accomplir la destinée avortée de Samuel Bordat.

Mais sa vengeance se précise quand elle comprend qui a tué Samuel, Julien et Ferdinand.

Elle le soupçonne, à cause d'un détail, quand un membre du groupe, N., lui apprend qu'elle a attrapé la syphilis. La maladie lui permet de reconstituer la chaîne invisible qui va de Legal à elle, en passant par Samuel. Elle comprend à quoi attribuer ses propres symptômes et ceux, plus anciens, d'Anton Legal. Elle comprend que N. est vendue. Les maillons de la chaîne se bouclent.

Swann Ladoux peaufine son plan. Elle va suivre à la lettre les directives de la brochure.

Une complice fait exploser un pylône transportant l'électricité du nord de Paris et du centre de la capitale. Swann Ladoux ne l'a pas informée qu'elle apporterait une variante à la brochure initiale.

Ses explosifs à elle, elle les portera à la ceinture.

Elle se fait sauter avec Anton Legal, devant N., sur l'île de la Cité.

Bilan de l'explosion : 48 morts.

Bilan de la destruction d'un seul pylône : la moitié nord de Paris reste plongée dans le noir pendant douze heures entières.

Sur Internet, à la télévision, dans les journaux, éclate un scandale jetable. Vite relayé par une tuerie aussi photogénique et plus neuve.

Et l'État continue d'exister, de réprimer, de s'inventer des adversaires. Il s'est trouvé de nouveaux boucs émissaires.

Pourtant, l'action de Swann Ladoux n'a pas été vaine : elle nous a montré ce qu'on pouvait faire avec de la rage et un peu de sucre.

Maintenant que tu as toutes les recettes pour faire ta propre cuisine, le moment est venu de refermer ce livre.

Et de leur en foutre plein la gueule.

Le Black Bloc.

DU MÊME AUTEUR

Aux Éditions Gallimard

Dans la Série Noire

LES CORPS BRISÉS, 2017.

ET ILS OUBLIERONT LA COLÈRE, 2015, Folio Policier n° 831.

L'EXPATRIÉE, 2013, Folio Policier n° 736.

BLACK BLOCS, 2012, Folio Policier n° 862.

LES YEUX DES MORTS, 2010, Folio Policier n° 656.

Dans la collection Folio 2 €

PETIT ÉLOGE DES BRUNES, 2013, Folio 2 € n° 5638.

COLLECTION FOLIO POLICIER

Dernières parutions

438. Bernhard Schlink — *Le nœud gordien*
439. Joseph Bialot — *Route story*
440. Martina Cole — *Sans visage*
441. Thomas Sanchez — *American Zazou*
442. Georges Simenon — *Les clients d'Avrenos*
443. Georges Simenon — *La maison des sept jeunes filles*
444. J.-P. Manchette & B.-J. Sussman — *L'homme au boulet rouge*
445. Gerald Petievich — *La sentinelle*
446. Didier Daeninckx — *Nazis dans le métro*
447. Batya Gour — *Le meurtre du samedi matin*
448. Gunnar Staalesen — *La nuit, tous les loups sont gris*
449. Matilde Asensi — *Le salon d'ambre*
450. Jo Nesbø — *Rouge-gorge*
451. Olen Steinhauer — *Cher camarade*
452. Pete Dexter — *Deadwood*
454. Keith Ablow — *Psychopathe*
455. Batya Gour — *Meurtre à l'université*
456. Adrian McKinty — *À l'automne, je serai peut-être mort*
457. Chuck Palahniuk — *Monstres invisibles*
458. Bernard Mathieu — *Otelo*
459. James Crumley — *Folie douce*
460. Henry Porter — *Empire State*
461. James Hadley Chase — *Pas d'orchidées pour Miss Blandish*
462. James Hadley Chase — *La chair de l'orchidée*
463. James Hadley Chase — *Eva*
464. Arkadi & Gueorgui Vaïner — *38, rue Petrovka*
465. Ken Bruen — *Toxic Blues*

466. Larry Beinhart	*Le bibliothécaire*
467. Caryl Férey	*La jambe gauche de Joe Strummer*
468. Jim Thompson	*Deuil dans le coton*
469. Jim Thompson	*Monsieur Zéro*
470. Jim Thompson	*Éliminatoires*
471. Jim Thompson	*Un chouette petit lot*
472. Lalie Walker	*N'oublie pas*
473. Joe R. Lansdale	*Juillet de sang*
474. Batya Gour	*Meurtre au Philharmonique*
475. Carlene Thompson	*Les secrets sont éternels*
476. Harry Crews	*Le Roi du K.O.*
477. Georges Simenon	*Malempin*
478. Georges Simenon	*Les rescapés du Télémaque*
479. Thomas Sanchez	*King Bongo*
480. Jo Nesbø	*Rue Sans-Souci*
481. Ken Bruen	*R&B – Le Mutant apprivoisé*
482. Christopher Moore	*L'agneau*
483. Carlene Thompson	*Papa est mort, Tourterelle*
484. Leif Davidsen	*Le Danois serbe*
485. Graham Hurley	*La nuit du naufrage*
486. John Burdett	*Typhon sur Hong Kong*
487. Mark Henshaw & John Clanchy	*Si Dieu dort*
488. William Lashner	*Dette de sang*
489. Patrick Pécherot	*Belleville-Barcelone*
490. James Hadley Chase	*Méfiez-vous, fillettes !*
491. James Hadley Chase	*Miss Shumway jette un sort*
492. Joachim Sebastiano Valdez	*Celui qui sait lire le sang*
493. Joe R. Lansdale	*Un froid d'enfer*
494. Carlene Thompson	*Tu es si jolie ce soir*
495. Alessandro Perissinotto	*Train 8017*
496. James Hadley Chase	*Il fait ce qu'il peut*
497. Thierry Bourcy	*La cote 512*
498. Boston Teran	*Trois femmes*
499. Keith Ablow	*Suicidaire*

500.	Caryl Férey	*Utu*
501.	Thierry Maugenest	*La poudre des rois*
502.	Chuck Palahniuk	*À l'estomac*
503.	Olen Steinhauer	*Niet camarade*
504.	Christine Adamo	*Noir austral*
505.	Arkadi & Gueorgui Vaïner	*La corde et la pierre*
506.	Marcus Malte	*Carnage, constellation*
507.	Joe R. Lansdale	*Sur la ligne noire*
508.	Matilde Asensi	*Le dernier Caton*
509.	Gunnar Staalesen	*Anges déchus*
510.	Yasmina Khadra	*Le quatuor algérien*
511.	Hervé Claude	*Riches, cruels et fardés*
512.	Lalie Walker	*La stratégie du fou*
513.	Leif Davidsen	*L'ennemi dans le miroir*
514.	James Hadley Chase	*Pochette surprise*
515.	Ned Crabb	*La bouffe est chouette à Fatchakulla*
516.	Larry Brown	*L'usine à lapins*
517.	James Hadley Chase	*Une manche et la belle*
518.	Graham Hurley	*Les quais de la blanche*
519.	Marcus Malte	*La part des chiens*
520.	Abasse Ndione	*Ramata*
521.	Chantal Pelletier	*More is less*
522.	Carlene Thompson	*Le crime des roses*
523.	Ken Bruen	*Le martyre des Magdalènes*
525.	James Hadley Chase	*Vipère au sein*
526.	James Hadley Chase	*Alerte aux croque-morts*
527.	Jo Nesbø	*L'étoile du diable*
528.	Thierry Bourcy	*L'arme secrète de Louis Renault*
529.	Béatrice Joyaud	*Plaisir en bouche*
531.	Patrick Pécherot	*Boulevard des Branques*
532.	Larry Brown	*Fay*
533.	Thomas H. Cook	*Les rues de feu*
534.	Carlene Thompson	*Six de Cœur*
535.	Carlene Thompson	*Noir comme le souvenir*
536.	Olen Steinhauer	*36, boulevard Yalta*

537. Raymond Chandler — *Un tueur sous la pluie*
538. Charlie Williams — *Les allongés*
539. DOA — *Citoyens clandestins*
540. Thierry Bourcy — *Le château d'Amberville*
541. Jonathan Trigell — *Jeux d'enfants*
542. Bernhard Schlink — *La fin de Selb*
543. Jean-Bernard Pouy — *La clef des mensonges*
544. A. D. G. — *Kangouroad Movie*
545. Chris Petit — *Le Tueur aux Psaumes*
546. Keith Ablow — *L'Architecte*
547. Antoine Chainas — *Versus*
548. Joe R. Lansdale — *Le mambo des deux ours*
549. Bernard Mathieu — *Carmelita*
550. Joe Gores — *Hammett*
551. Marcus Malte — *Le doigt d'Horace*
552. Jo Nesbø — *Le sauveur*
553. Patrick Pécherot — *Soleil noir*
554. Carlene Thompson — *Perdues de vue*
555. Harry Crews — *Le Chanteur de Gospel*
556. Georges Simenon — *La maison du juge*
557. Georges Simenon — *Cécile est morte*
558. Georges Simenon — *Le clan des Ostendais*
559. Georges Simenon — *Monsieur La Souris*
560. Joe R. Lansdale — *Tape-cul*
561. William Lashner — *L'homme marqué*
562. Adrian McKinty — *Le Fils de la Mort*
563. Ken Bruen — *Le Dramaturge*
564. Marcus Malte — *Le lac des singes*
565. Chuck Palahniuk — *Journal intime*
566. Leif Davidsen — *La photo de Lime*
567. James Sallis — *Bois mort*
568. Thomas H. Cook — *Les ombres du passé*
569. Mark Henshaw & John Clanchy — *L'ombre de la chute*
570. Olen Steinhauer — *La variante Istanbul*
571. Thierry Bourcy — *Les traîtres*
572. Joe R. Lansdale — *Du sang dans la sciure*

573. Joachim Sebastiano Valdez — *Puma qui sommeille*
574. Joolz Denby — *Stone Baby*
575. Jo Nesbø — *Le bonhomme de neige*
576. René Reouven — *Histoires secrètes de Sherlock Holmes*
577. Leif Davidsen — *Le dernier espion*
578. Guy-Philippe Goldstein — *Babel Minute Zéro*
579. Nick Stone — *Tonton Clarinette*
580. Thierry Jonquet — *Romans noirs*
581. Patrick Pécherot — *Tranchecaille*
582. Antoine Chainas — *Aime-moi, Casanova*
583. Gabriel Trujillo Muñoz — *Tijuana City Blues*
584. Caryl Férey — *Zulu*
585. James Sallis — *Cripple Creek*
586. Didier Daeninckx — *Éthique en toc*
587. John le Carré — *L'espion qui venait du froid*
588. Jeffrey Ford — *La fille dans le verre*
589. Marcus Malte — *Garden of love*
590. Georges Simenon — *Les caves du Majestic*
591. Georges Simenon — *Signé Picpus*
592. Carlene Thompson — *Mortel secret*
593. Thomas H. Cook — *Les feuilles mortes*
594. Didier Daeninckx — *Mémoire noire*
595. Graham Hurley — *Du sang et du miel*
596. Marek Krajewski — *Les fantômes de Breslau*
597. François Boulay — *Traces*
598. Gunnar Staalesen — *Fleurs amères*
599. James Sallis — *Le faucheux*
600. Nicolas Jaillet — *Sansalina*
601. Jean-Bernard Pouy — *Le rouge et le vert*
602. William Lashner — *Le baiser du tueur*
603. Joseph Bialot — *La nuit du souvenir*
604. Georges Simenon — *L'outlaw*
605. Kent Harrington — *Le serment*
606. Thierry Bourcy — *Le gendarme scalpé*
607. Gunnar Staalesen — *Les chiens enterrés ne mordent pas*

608. Jo Nesbø	*Chasseurs de têtes*
609. Dashiell Hammett	*Sang maudit*
610. Joe R. Lansdale	*Vierge de cuir*
611. Dominique Manotti	*Bien connu des services de police*
612. Åsa Larsson	*Horreur boréale*
613. Saskia Noort	*Petits meurtres entre voisins*
614. Pavel Kohout	*L'heure étoilée du meurtrier*
615. Boileau-Narcejac	*La vie en miettes*
616. Boileau-Narcejac	*Les veufs*
617. Gabriel Trujillo Muñoz	*Loverboy*
618. Åntoine Chainas	*Anaisthêsia*
619. Thomas H. Cook	*Les liens du sang*
620. Tom Piccirilli	*La rédemption du Marchand de sable*
621. Francis Zamponi	*Le Boucher de Guelma*
622. James Sallis	*Papillon de nuit*
623. Kem Nunn	*Le Sabot du Diable*
624. Graham Hurley	*Sur la mauvaise pente*
625. Georges Simenon	*Bergelon*
626. Georges Simenon	*Félicie est là*
627. Ken Bruen	*La main droite du diable*
628. William Muir	*Le Sixième Commandement*
629. Kirk Mitchell	*Dans la vallée de l'ombre de la mort*
630. Jean-François Vilar	*Djemila*
631. Dashiell Hammett	*Moisson rouge*
632. Will Christopher Baer	*Embrasse-moi, Judas*
633. Gene Kerrigan	*À la petite semaine*
634. Caryl Férey	*Saga maorie*
635. James Sallis	*Le frelon noir*
636. Gabriel Trujillo Muñoz	*Mexicali City Blues*
637. Heinrich Steinfest	*Requins d'eau douce*
638. Simon Lelic	*Rupture*
639. Jenny Siler	*Flashback*
640. Joachim Sebastiano Valdez	*Les larmes des innocentes*
641. Kjell Ola Dahl	*L'homme dans la vitrine*
642. Ingrid Astier	*Quai des enfers*

643.	Kent Harrington	*Jungle rouge*
644.	Dashiell Hammett	*Le faucon maltais*
645.	Dashiell Hammett	*L'introuvable*
646.	DOA	*Le serpent aux mille coupures*
647.	Larry Beinhart	*L'évangile du billet vert*
648.	William Gay	*La mort au crépuscule*
649.	Gabriel Trujillo Muñoz	*Mezquite Road*
650.	Boileau-Narcejac	*L'âge bête*
651.	Anthony Bourdain	*La surprise du chef*
652.	Stefán Máni	*Noir Océan*
653.	***	*Los Angeles Noir*
654.	***	*Londres Noir*
655.	***	*Paris Noir*
656.	Elsa Marpeau	*Les yeux des morts*
657.	François Boulay	*Suite rouge*
658.	James Sallis	*L'œil du criquet*
659.	Jo Nesbø	*Le léopard*
660.	Joe R. Lansdale	*Vanilla Ride*
661.	Georges Flipo	*La commissaire n'aime point les vers*
662.	Stephen Hunter	*Shooter*
663.	Pierre Magnan	*Élégie pour Laviolette*
664.	James Hadley Chase	*Tu me suivras dans la tombe* et autres romans
665.	Georges Simenon	*Long cours*
666.	Thomas H. Cook	*La preuve de sang*
667.	Gene Kerrigan	*Le chœur des paumés*
668.	Serge Quadruppani	*Saturne*
669.	Gunnar Staalesen	*L'écriture sur le mur*
670.	Georges Simenon	*Chez Krull*
671.	Georges Simenon	*L'inspecteur Cadavre*
672.	Kjetil Try	*Noël sanglant*
673.	Graham Hurley	*L'autre côté de l'ombre*
674.	John Maddox Roberts	*Les fantômes de Saigon*
675.	Marek Krajewski	*La peste à Breslau*
676.	James Sallis	*Bluebottle*
677.	Philipp Meyer	*Un arrière-goût de rouille*

678. Marcus Malte — *Les harmoniques*
679. Georges Simenon — *Les nouvelles enquêtes de Maigret*
680. Dashiell Hammett — *La clé de verre*
681. Caryl Férey & Sophie Couronne — *D'amour et dope fraîche*
682. Marin Ledun — *La guerre des vanités*
683. Nick Stone — *Voodoo Land*
684. Frederick Busch — *Filles*
685. Paul Colize — *Back up*
686. Saskia Noort — *Retour vers la côte*
687. Attica Locke — *Marée noire*
688. Manotti – DOA — *L'honorable société*
689. Carlene Thompson — *Les ombres qui attendent*
690. Claude d'Abzac — *Opération Cyclope*
691. Joe R. Lansdale — *Tsunami mexicain*
692. F. G. Haghenbeck — *Martini Shoot*
693. *** — *Rome Noir*
694. *** — *Mexico Noir*
695 James Preston Girard — *Le Veilleur*
696. James Sallis — *Bête à bon dieu*
697. Georges Flipo — *La commissaire n'a point l'esprit club*
698. Stephen Hunter — *Le 47e samouraï*
699. Kent Anderson — *Sympathy for the Devil*
700. Heinrich Steinfest — *Le grand nez de Lilli Steinbeck*
701. Serge Quadruppani — *La disparition soudaine des ouvrières*
702. Anthony Bourdain — *Pizza créole*
703. Frederick Busch — *Nord*
704. Gunnar Staalesen — *Comme dans un miroir*
705. Jack Ketchum — *Une fille comme les autres*
706. John le Carré — *Chandelles noires*
707. Jérôme Leroy — *Le Bloc*
708. Julius Horwitz — *Natural Enemies*
709. Carlene Thompson — *Ceux qui se cachent*

710.	Fredrik Ekelund	*Le garçon dans le chêne*
711.	James Sallis	*Salt River*
712.	Georges Simenon	*Cour d'assises*
713.	Antoine Chainas	*Une histoire d'amour radioactive*
714.	Matthew Stokoe	*La belle vie*
715.	Frederick Forsyth	*Le dossier Odessa*
716.	Caryl Férey	*Mapuche*
717.	Frank Bill	*Chiennes de vies*
718.	Kjell Ola Dahl	*Faux-semblants*
719.	Thierry Bourcy	*Célestin Louise, flic et soldat dans la guerre de 14-18*
720.	Doug Allyn	*Cœur de glace*
721.	Kent Anderson	*Chiens de la nuit*
722.	Raphaël Confiant	*Citoyens au-dessus de tout soupçon...*
723.	Serge Quadruppani	*Madame Courage*
724.	Boileau-Narcejac	*Les magiciennes*
725.	Boileau-Narcejac	*L'ingénieur aimait trop les chiffres*
726.	Inger Wolf	*Nid de guêpes*
727.	Seishi Yokomizo	*Le village aux Huit Tombes*
728.	Paul Colize	*Un long moment de silence*
729.	F. G. Haghenbeck	*L'Affaire tequila*
730.	Pekka Hiltunen	*Sans visage*
731.	Graham Hurley	*Une si jolie mort*
732.	Georges Simenon	*Le bilan Malétras*
733.	Peter Duncan	*Je suis un sournois*
734.	Stephen Hunter	*Le sniper*
735.	James Sallis	*La mort aura tes yeux*
736.	Elsa Marpeau	*L'expatriée*
737.	Jô Soares	*Les yeux plus grand que le ventre*
738.	Thierry Bourcy	*Le crime de l'Albatros*
739.	Raymond Chandler	*The Long Goodbye*
740.	Matthew F. Jones	*Une semaine en enfer*
741.	Jo Nesbø	*Fantôme*
742.	Alix Deniger	*I cursini*

334068

Composition : Nord Compo
Impression Novoprint
le 5 juin 2018
Dépôt légal : juin 2018

ISBN 978-2-07-278986-1/ Imprimé en Espagne.